全国各类成人高考(高中起点升本科)

地理考点精解与应试模拟

Quanguo Gelei Chengren Gaokao
(Gaozhong Qidian Sheng Benke)
Dili Kaodian Jingjie yu Yingshi Moni

(2011年版)

主编　王树声

参编　胡　瑾　顾　乡
　　　余　伽　管　笛

高等教育出版社·北京
HIGHER EDUCATION PRESS　BEIJING

图书在版编目（CIP）数据

地理考点精解与应试模拟：2011 年版/王树声主编.—北京：高等教

育出版社，2011.7

全国各类成人高考.高中起点升本科

ISBN 978－7－04－032116－6

Ⅰ.①地… Ⅱ.①王… Ⅲ.①地理－成人高等教育－入学考试－

习题集 Ⅳ.①G723.455

中国版本图书馆 CIP 数据核字（2011）第 069285 号

| 策划编辑 | 李 宁 | 责任编辑 | 张月娥 | 封面设计 | 张 志 | 版式设计 | 马敬茹 |
| 责任校对 | 杨凤玲 | 责任印制 | 刘思涵 | | | | |

出版发行	高等教育出版社	咨询电话	400-810-0598
社 址	北京市西城区德外大街 4 号	网 址	http://www.hep.edu.cn
邮政编码	100120		http://www.hep.com.cn
印 刷	国防工业出版社印刷厂	网上订购	http://www.landraco.com
开 本	787×1092 1/16		http://www.landraco.com.cn
印 张	14.25	版 次	2011 年 7 月第 1 版
字 数	350 000	印 次	2011 年 7 月第 1 次印刷
购书热线	010-58581118	定 价	22.00 元

本书如有缺页、倒页、脱页等质量问题，请到所购图书销售部门联系调换

版权所有 侵权必究

物 料 号 32116-00

审 图 号 JS(2011)01-104

出 版 前 言

为了帮助广大考生复习备考,本社根据教育部新颁布的《全国各类成人高等学校招生复习考试大纲(高中起点升本、专科)(2011年版)》所规定的考试内容及要求,组织作者新编了这套《全国各类成人高考(高中起点升本、专科)考点精解与应试模拟(2011年版)》,亦即本版《全国各类成人高考(高中起点升本、专科)复习指导丛书(第15版)》的配套读物。本丛书包括《语文考点精解与应试模拟》、《数学(文史财经类)考点精解与应试模拟》、《数学(理工农医类)考点精解与应试模拟》、《英语考点精解与应试模拟》、《历史考点精解与应试模拟》、《地理考点精解与应试模拟》、《物理考点精解与应试模拟》和《化学考点精解与应试模拟》共8册。

本丛书具有以下几个特点:

1. 解析精要,针对性强。丛书各科的"考点精解"部分力求以精练简洁的文字及精选的历年试题来全面解说《复习考试大纲》之考试内容,并辅以解题技巧,以逆向思维的方式,力助考生把握考试内容,强化应试能力。丛书各科的模拟试卷部分亦严格按照《复习考试大纲》所规定的题型、内容和难易比例编写,全面覆盖了《复习考试大纲》的知识点。在每套模拟试卷后,不仅给出了"参考答案",而且还设有"解题指要",即扼要指出该题所考查的能力、解题方法及考生解题时应注意的问题等,实用性、针对性强,可使考生通过做题而举一反三、融会贯通地掌握所学知识。

2. 结构新颖,学练结合。丛书各科的内容分为上下两编;上编为考点精解,下编为应试模拟;既有理论层面(基础知识)的精讲,又有实践层面(模拟试题)的精练;学练结合,便于经过第一轮基础知识复习的考生通过对本书的学与练,巩固考纲所要求掌握的知识,从容应对考试。

3. 名师荟萃,质量可靠。本丛书的作者均为长期从事成人高考命题研究的专家、学者及一线辅导教师,他们熟谙成人高考命题的思路、原则、方法以及考生的知识基础状况,具有丰富的经验。

我们恳切希望广大读者能就本丛书的编写出版提出意见和建议,以利于今后进一步修订和完善。最后衷心祝愿广大考生取得优异成绩!

高等教育出版社

2011年4月

目　录

上编　考点精解

下编　应试模拟

上 编

考 点 精 解

第一部分 地球与地图

1. 地球在宇宙中

（1）宇宙中的基本天体：宇宙中的各种形态的物质统称天体，包括恒星、行星、星云、卫星、流星、彗星以及星际之间的气体和尘埃等天体，在大小、质量、光度、温度等方面都存在差别。其中最基本的天体是恒星和星云。

（2）天体系统：天体之间相互吸引、相互绕转，形成天体系统。目前人们认识的天体系统从大到小的排列顺序如图1-1所示：

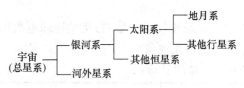

图1-1 天体系统的排列顺序

（3）太阳系及其成员：太阳系是由太阳、行星及其卫星、小行星、彗星、流星体和行星际物质构成的天体系统。中心天体是太阳，它占太阳系中质量的99.86%；其他天体绕日公转。八大行星距太阳由近及远，依次为水星、金星、地球、火星、木星、土星、天王星、海王星。

① 八大行星公转的运动特征

运动特征	含　义
共面性	八大行星公转运动的轨道倾角相差不大，近乎在同一平面上
同向性	公转方向与地球公转方向相同，都是自西向东
近圆性	公转运动的轨道偏心率趋近于零，轨道形状具有近圆形

② 八大行星的结构特征

	包括行星	距日远近	表面温度	质量	体积	密度	有无光环
类地行星	水星、金星、地球、火星	近	高	小	小	大	无
巨行星	木星、土星	中	中	大	大	小	有
远日行星	天王星、海王星	远	低	中	中	中	有

（4）太阳概况：太阳半径约 696 000 千米，是地球半径的 109 倍，体积是地球体积的 130 万倍，日地平均距离为 1.5 亿千米。太阳是一个巨大炽热的气体球，主要成分是氢和氦，表面温度约为 6 000K。人类所能观测到的太阳，是其外部的太阳大气。太阳大气从里到外可分为：光球层、色球层、日冕层。

（5）太阳和太阳活动对地球的影响：

① 太阳直接为地球提供了光、热资源，地球上生物的生长发育离不开太阳。

② 太阳活动

类型	太阳大气位置	表现	平均周期	标志
黑子	光球	光球层表面常出现一些暗黑斑点	11 年	太阳活动强弱的标志
耀斑	色球	某些区域有时会出现大而亮的斑块		太阳活动最激烈的显示

③ 太阳活动对地球的影响　对地球气候的影响；扰动地球电离层，影响短波无线电通信；干扰地球磁场，产生"磁暴"现象；产生极光现象。

（6）地球是太阳系中唯一有生命的星球：

地球上存在生命的条件		形成生命条件的原因
外部条件	太阳光照稳定	太阳从诞生至今没有明显的变化
	运行轨道安全	大、小行星绕日公转各行其道、互不干扰
自身条件	有适宜的温度	日、地距离适中，自转周期不长不短
	有适合生物呼吸的大气	地球的体积和质量适中，吸引气体形成大气层，并经过漫长的演化形成以氮和氧为主的大气
	有液态的水	地球内部的水随物质运动带到地表，形成原始海洋

2. 地球的形状、大小和运动

（1）地球的形状和大小：地球是一个两极稍扁赤道略鼓的不规则椭球体。平均半径 6 371 千米，赤道周长约 4 万千米。

（2）地轴、两极、赤道：如图 1-2 所示。

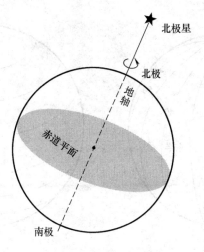

图1-2 地轴、两极、赤道

地轴是地球自转的假想轴；

地轴与地面相交的两点就是地球的两极（北极和南极），其中指向北极星的一端为北极；

赤道是地球与表面同南、北距离相等的大圆，是地球上最长的纬线，即0°纬线。

（3）经线和纬线：

	经线(子午线)	纬线
定义	在地球仪上，连接南北两极并和纬线垂直相交的线	在地球仪上，与南北两极距离相等的线，即0°纬线
形状	半圆	圆
长度	所有经线长度相等	由赤道向两极逐渐变短
关系	所有经线都汇聚于南、北两极点	所有纬线都相互平行
指示方向	南北	东西
0°线名称	本初子午线	赤道

（4）经度和纬度：

	经度	纬度
0度起点	本初子午线	赤道
度量方法	0度经线向东为东经(E)0—180°E 0度经线向西为西经(W)0—180°W	赤道向北为北纬(N)0—90°N 赤道向南为南纬(S)0—90°S

有关经线和纬线、经度和纬度的表示，见图1-3。

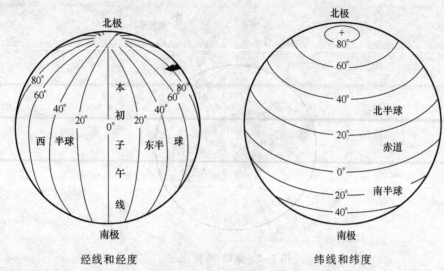

经线和经度　　　　　　　　　纬线和纬度

图1-3　地球的经纬线和经纬度

（5）东、西半球划分，南、北半球划分，高、中、低纬划分：

① 东西半球的划分　如图1-4所示。

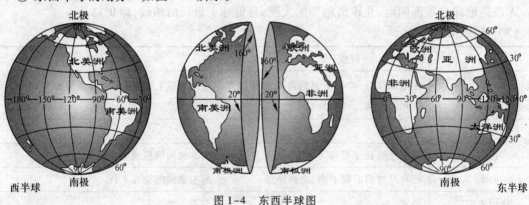

西半球　　　南极　　　　　　南极洲　　南极洲　　　　　南极　　东半球

图1-4　东西半球图

20°W向东至160°E为东半球，160°E向东至20°W为西半球

② 南、北半球划分与高、中、低纬度划分　如图1-5所示。

赤道（0°）以北为北半球

赤道（0°）以南为南半球

低纬度：南北纬0°—30°

中纬度：南北纬30°—60°

高纬度：南北纬60°—90°

（6）经纬网：地球仪上，经纬线相互交织，构成经纬网，利用经纬网可确定任何一点的经纬度位置。例如，根据经纬网可以确定北京位于40°N，116°E附近，经纬网在军事、航海、航空和气象观测等方面有着广泛用途。

确定某地经纬度位置的基本方法：

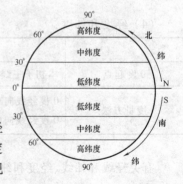

图1-5　高低纬度划分

① 首先确认该地地处南纬地区还是北纬地区。先找到赤道,若该地位于赤道以北,则该地地处北纬地区;若该地位于赤道以南,则该地地处南纬地区。然后再确认该地地处东经地区还是西经地区。先找到本初子午线,若该地位于本初子午线以东,则该地地处东经地区;若该地位于本初子午线以西,则该地地处西经地区。

② 如果该地位于相邻两条纬线或经线之间,则应先确定两条线间的数值差,再根据该地的具体位置,估算出大约的纬度数或经度数。例如,确定北京的经纬度位置时,依据北京位于赤道以北,说明北京地处北纬地区,又位于40°纬线,则北京的纬度位置约为40°N;北京位于本初子午线以东,说明北京地处东经地区,又正好位于110°E与120°E之间,如将10个经度分为10个等份,北京大约位于110°E以东6等份的地方,则北京的经度位置约为116°E。

（7）地球自转方向、周期和速度,地球公转的轨道和周期:

比较项目	地球自转	地球公转
方向		
旋转中心	地轴	太阳
轨道		近似于正圆的椭圆形
方向	自西向东,从北极上空看呈逆时针,从南极上空看呈顺时针	自西向东,从北极上空看呈逆时针,从南极上空看呈顺时针
周期	(1) 自转360°,23时56分4秒(真正周期) (2) 昼夜更替周期为24小时(太阳日)	(1) 恒星年,公转360°,365天6时9分10秒 (2) 回归年,太阳直射点移动一个周期,365天5时48分46秒
速度	(1) 角速度,除极点为0外,其他各点均为15°/小时 (2) 线速度,自赤道向极点逐渐减小为0	

（8）地球公转轨道与赤道面的交角及其影响:地球自转形成的赤道平面和公转形成的黄道平面构成23°26′的交角,称为黄赤交角。目前为23°26′,在数值上与地轴的倾角互余(即90°−23°26′=66°34′)。由于黄赤交角的存在,地球上的太阳直射点在南、北回归线之间作周年回归运动。太阳直射点的运动规律如图1−6所示。

（9）自转的地理意义:昼夜交替和地方时差。

① 昼夜交替成因　地球是不透明的球体,因此有昼半球和夜半球之分;由于地球持续不停

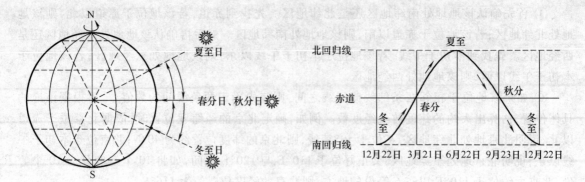

图 1-6　太阳直射点的移动示意图

地自转,因此昼半球、夜半球所处部分不停地变化,就产生了昼夜交替现象。

周期:一个太阳日,即 24 小时。

② 地方时　因经度而不同的时刻称地方时,同一条经线上的地方时相同。

(10) 时区的划分,国际日期变更线:

① 时区的划分　每隔经度 15°为一个时区,全球共划分成 24 个时区。以本初子午线(即 0°经线)为中央经线,向东向西各扩展 7.5°,确定为中时区或零时区,中时区以东为东时区,依次为东一至东十二区;中时区以西为西时区,依次为西一至西十二区;东、西十二区各跨经度 7.5°,合为一个时区称为东西十二区,以 180°经线为中央经线(图 1-7)。

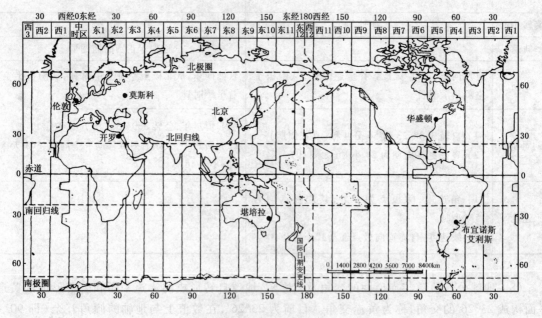

图 1-7　时区和日界线

② 国际日期变更线　国际上规定,原则上以 180°经线作为地球上"今天"和"昨天"的分界线,叫做"国际日期变更线",简称"日界线";人为规定,在日界线西侧的东十二区在任何时刻,总

是比日界线东侧的西十二区早24小时,这样东、西十二区,虽为一个时区钟点相同,但日期总是相差一天,即东十二区任何时候都比西十二区要早一天。所以,自西向东过日界线,日期要减一天;反之,自东向西过日界线,日期要加一天。为了避免日界线穿过陆地时给日界线上的国家或地区的居民带来不便,日界线与180°经线并不完全一致,而是增加了几处曲折。

日界线的特征:

	日界线西侧		日界线东侧
时区	东十二区	180°	西十二区
经度	东经度	5月1日3时　4月30日3时	西经度
时刻	相同		相同
日期	今天	减一天	昨天
日期变更	见图	加一天	见图
地球自转方向			

(11) 地球公转的地理意义:正午太阳高度的变化和四季更替。

① 正午太阳高度的变化　太阳光线与地球表面的交角叫太阳高度角,简称太阳高度。当太阳位于天顶时,太阳高度最大为90°,太阳位于地平线上时,太阳高度最小为0°。一天中,太阳高度的最大值出现在正午,叫正午太阳高度。

② 正午太阳高度角的变化规律　如图1-8、图1-9所示。

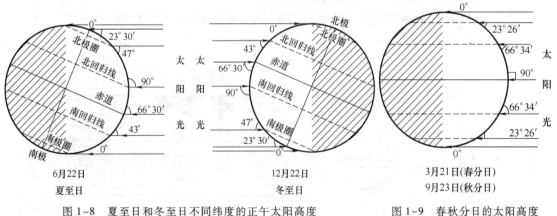

图 1-8　夏至日和冬至日不同纬度的正午太阳高度　　　图 1-9　春秋分日的太阳高度

a. 空间分布:太阳直射点所在纬度太阳高度角为90°,并由此向南北两侧降低。距直射点所在纬度越近,正午太阳高度角越大。

b. 时间变化:夏至日,北回归线及其以北地区的正午太阳高度角达到一年中的最大值,南半球最小值;冬至日,南回归线及其以南地区的正午太阳高度角达到一年中的最大值,北半球最小值;春秋分日,赤道地区的正午太阳高度角达到一年中的最大值。

c. 计算:H＝90－两地纬度差(直射点与所求地)

③ 四季更替　从天文含义看四季,夏季就是一年内白昼最长,太阳高度最大的季节;冬季就是一年内白昼最短、太阳高度最小的季节;春季和秋季是过渡季节。

现在一般划分的四季,是天文季节与气候季节相结合,一般把 3、4、5 三个月划为春季;6、7、8 三个月划为夏季;9、10、11 三个月划为秋季;12 月及次年的 1、2 月划为冬季。

3. 地图

(1) 地图上的比例尺:

① 比例尺的公式及换算　比例尺＝图上距离/实地距离。图上距离＝比例尺×实地距离;实地距离＝图上距离÷比例尺。进行比例尺换算要特别注意单位的统一。

② 表示方法　数字式、文字式、线段式。

③ 比例尺大小的比较　比例尺的比值越大(分母越小),比例尺越大;反之比例尺越小。

(2) 地图上的方向、图例、注记:

① 方向的判定

a. 普通地图:上北下南,左西右东;

b. 指向标地图:指向标指北,转动地图让指向标箭头指向正上方,然后按照"上北下南,左西右东"的原则判断;

c. 经纬网地图:经线指示南北方向,纬线指示东西方向;

d. 在极地图中,首先根据地球自转方向确定东西,再根据距离极点远近确定南北,然后合成即可。

② 图例和注记

(3) 海拔高度和相对高度:海拔高度是地面上某一点至大地水准面的垂直距离,又称绝对高度;相对高度是指地图上任意两点之间的垂直距离。

图 1-10 中 800 米为海拔高度,400 米为相对高度,甲地海拔高度为 1 200 米。

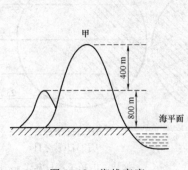

图 1-10　海拔高度

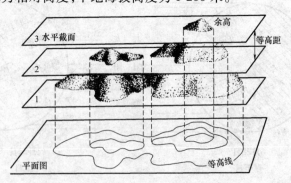

图 1-11　等高线地形图

(4) 等高线地形图:

① 等高线图的基本特征(图 1-11)

a. 同一条等高线上的各点海拔高度相等;

　　b. 等高距全图一致。等高距指两条相邻等高线之间的高度差。例如,相邻的三条等高线的海拔分别为 300 米、400 米、500 米,则等高距为 100 米,特别说明的除外;

　　c. 等高线是闭合的曲线,无论怎样迂回曲折势必环绕成圈,但在同一幅图上不一定全部闭合;

　　d. 等高线一般不相交、不重叠,如果有重合那只有在陡崖处出现。

　　② 等高线图上的基本地貌类型(图 1-12)

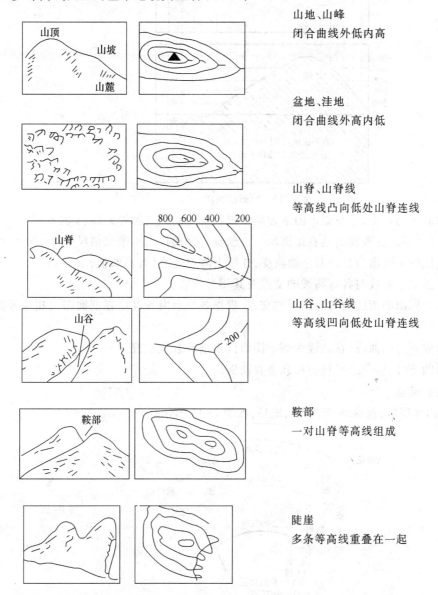

山地、山峰
闭合曲线外低内高

盆地、洼地
闭合曲线外高内低

山脊、山脊线
等高线凸向低处山脊连线

山谷、山谷线
等高线凹向低处山脊连线

鞍部
一对山脊等高线组成

陡崖
多条等高线重叠在一起

图 1-12　等高线图上的地貌类型

③ 等高线疏密反映坡度陡缓　等高线分布越密集则坡度越陡,等高线越稀疏则坡度越缓。

（5）地形剖面图:如图1-13所示。

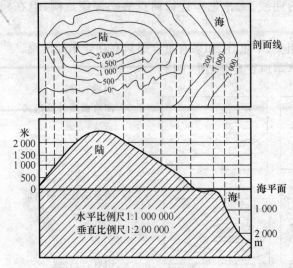

图1-13　地形剖面图

① 先量出剖面线的长度,并在地形图下方画一根长度与剖面线相等的线(x轴方向)。

② 根据水平比例尺,合理确定垂直比例尺。一般垂直比例尺为水平比例尺的5~20倍。

③ 根据垂直比例尺画出适当的双y轴高度,并标上海拔高度(等高线值)。

④ 量出地形图中剖面线与各等高线的交点及其相对位置。

⑤ 在剖面图上标出剖面线与各等高线的交点,根据各交点海拔高度在剖面图上相应等高线上画一个点。

⑥ 把各点连成光滑的曲线,在曲线内画上阴影以示剖面起伏情况。

⑦ 在剖面图的下方,标上水平比例尺和垂直比例尺。

4. 地壳和地壳运动

（1）地球的内部圈层:包括地壳、地幔、地核:如图1-14所示。

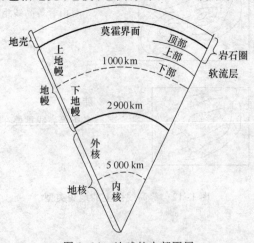

图1-14　地球的内部圈层

岩石圈:地壳和上地幔顶部(软流层以上),由坚硬的岩石组成。

(2)陆地地形类型及特征:

地形类型	特征
平原	地势相对较低,海拔200米以下,地形平坦开阔,等高线稀疏
山地	海拔500米以上,起伏很大,坡度陡峭,沟谷幽深,等高线密集
盆地	由高地和低地两部分组成,周围被山地、高原或丘陵环绕,中间地势相对较低,闭合等高线数值从中心向四周增大
丘陵	相对高度不超过200米的低矮山丘,海拔一般在500米以下,地势起伏不大,坡度较缓,等高线稀疏
高原	海拔在500米以上,顶面比较宽阔、平缓的高地,边缘往往有陡峭的崖壁。等高线在边缘十分密集,而顶部明显稀疏

(3)海底地形种类:如图1-15所示。

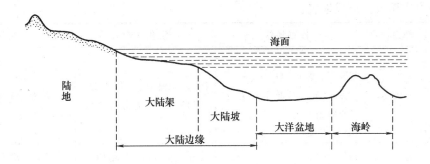

图1-15　海底地形

(4)内力作用和外力作用:

地质作用	能量来源	主要表现形式
内力作用	地球内部——地热能等	地壳运动、岩浆活动、变质作用
外力作用	地球外部——太阳能等	风化作用、侵蚀作用、搬运作用、沉积作用

（5）褶皱、断层：

	成因	示意图	特点	地表形态
褶皱	岩层受到地壳运动产生的强大挤压力后,发生的弯曲变形		背斜:岩层向上拱; 向斜:岩层向下弯	正态地形:背斜成山;向斜成谷倒置地形:背斜顶部受到张力被侵蚀成谷地;向斜槽部受挤压岩性坚硬不易被侵蚀反而成山岭
断层	地壳运动产生的强大压力或张力,使岩层发生断裂,并沿断裂面发生明显的错动、位移		地垒:中间岩块上升,两侧岩块下降; 地堑:中间岩块下降,两侧岩块上升	上升岩块（地垒）:成山岭或高地（华山、庐山、泰山）; 下降岩块（地堑）:成谷地或低地（渭河平原、汾河谷地）

（6）外力作用及其形成地貌：

分布区	外力作用	侵蚀地貌	沉积地貌	其他
主要在湿润、半湿润地区	流水	沟谷、瀑布、峡谷（V形谷）,黄土高原千沟万壑的地表形态	冲（洪）积扇、冲积平原、河口三角洲（有分选性）	溶蚀作用——喀斯特地貌(峰林、峰丛、溶洞、钟乳石、石柱、石笋)
干旱地区	风力	风蚀蘑菇、风蚀洼地	沙丘、沙垄、黄土高原的形成（有分选性）	
高纬度、高海拔地区	冰川	U形谷、冰斗、刃脊、角峰、峡湾	冰碛地貌（不具有分选性）	

（7）板块构造学说,六大板块及其运动：

① 岩石圈不是一块整体,而是被构造带（海岭、海沟）分割成六大板块（亚欧板块、非洲板块、美洲板块、太平洋板块、印度洋板块、南极洲板块）。

② 这些板块漂浮在"软流层"之上,不停地运动。

③ 板块内部较稳定,板块交界处是地壳比较活跃的地带。

④ 六大板块示意图 如图1-16所示。

⑤ 板块的碰撞和张裂形成地表基本面貌

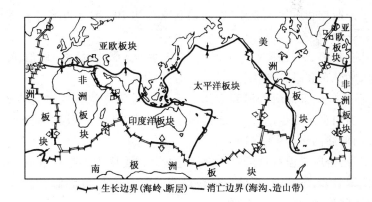

生长边界(海岭、断层)　——消亡边界(海沟、造山带)

图 1-16　六大板块示意图

碰撞:两大陆板块碰撞——褶皱山脉,例如,喜马拉雅山、阿尔卑斯山等。

海、陆板块碰撞——海沟、海岸山脉(落基山脉、安第斯山脉)、岛弧。

张裂:裂谷(东非大裂谷)和海洋(大西洋)

（8）地震的震级和烈度,火山、地震带的分布规律:

① 地震的震级和烈度　地震的大小用里氏震级表示,它与地震释放的能量多少有关。

地震的破坏程度用烈度表示,它与震级、震源深浅、震中距、地质构造和地面建筑等有关。震级越大,烈度越高;离震中距越近,烈度越高;震源越深,烈度越低。一次地震只有一个震级,可以有多个烈度。

② 火山、地震带分布　世界两大主要火山地震带:环太平洋火山地震带和地中海-喜马拉雅火山地震带

5. 地球上的大气

（1）天气和气候的概念、主要气候要素:

① 天气　是指某一地区在短时间内的大气物理状况,包括阴、晴、冷、热、雨雪等。

② 气候　是指一地区多年天气特征的综合,包括平均状况和极端变化。一个地区的气候特征,常用气温、降水、气压、风等状况来表示。

③ 主要气候要素　气温和降水。

（2）气温的日变化和年变化:

① 气温的日变化　随着一日内太阳的东升西落,气温也相应地有变化。一天之内,气温有一个最高值和一个最低值。气温的最高值与最低值之差,称为气温日较差。日较差的大小与地理纬度、季节、地表性质、天气状况有关。一般说来,高纬度气温日较差比低纬度小些。据统计,热带的气温日较差平均为 12 ℃,温带为 8～9 ℃,极地只有 3～4 ℃。地表性质和地形对气温的日较差也有显著的影响,例如,海洋上气温日变化比大陆小得多,山地的气温日较差比同纬度的平地要小。

② 气温的年变化　一年中月平均气温的最高值与最低值之差,称为气温年较差。气温年较差的大小受地理纬度、地表性质、地形等因素的影响。由于太阳辐射的年变化高纬比低纬大,所以,气温的年变化随纬度的变化与日变化相反,即纬度越高,年较差越大。世界上气温年较差最

大值出现在维尔霍扬斯克和奥伊米亚康(在西伯利亚),达102 ℃。世界年较差最小值出现在厄瓜多尔首都基多,只有0.6 ℃。

变化规律:内陆>沿海,大陆性气候>海洋性气候,裸地>草地>林地>湖泊,晴天>阴天。

(3)气温的水平分布和垂直变化:

① 气温的水平分布　通常用等温线表示。等温线是将气温相同的地点连接起来的曲线。等温线越密表示气温的水平变化越大,反之越小。气温高的地方,等温线向高纬凸出,反之,气温低的地方,等温线向低纬凸出(图1-17)。

无论1月或7月,全球气温都从低纬向高纬递减。这是因为太阳辐射随纬度升高而减少,低纬地区获得的太阳辐射多,气温高;高纬地区获得的太阳辐射少,气温低。

海陆分布:夏季陆地>海洋,冬季海洋>陆地;

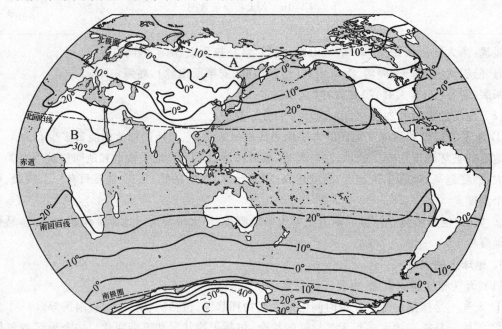

图1-17　世界年平均气温分布图

北半球1月各纬度之间气温差异较大,南半球相反。

北半球1月在同一纬度上,冬季大陆气温比海洋低,夏季比海洋高。南半球因陆地面积较小,海洋面积较大,等温线基本上反映的是海洋上气温随纬度的变化,显得比较平直。

1月,西伯利亚成为北半球寒冷中心,7月,全球最炎热的地方出现在北纬20°—30°的沙漠地区。这说明地理纬度并不是支配热力分布的唯一因素,海陆分布、地形、大气环流、洋流等都会影响到气温的分布。

② 气温的垂直变化　在对流层范围内(地面以上15 km),气温随海拔的升高而降低,单位高度内气温的变化值称为气温垂直递减率,简称直减率。平均而论,整个对流层内气温直减率为0.6℃/100 m,即高度升高100米,气温下降0.6℃。

(4)世界降水的分布:

世界降水量分布受大气环流、海陆位置、地形、洋流、天气系统等因素的影响。世界年平均降水分布状况如图1-18所示：

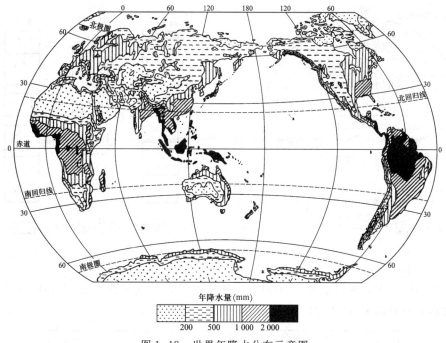

图1-18　世界年降水分布示意图

从降水的纬度分布图来看（图1-19），A处为赤道多雨带，全年高温，且水汽来源充沛，盛行上升气流，所以终年多雨，降水量1500 mm以上。B处为副热带少雨带，以下沉气流为主。C处为中纬多雨带，降水量比较丰富，一般在500～1000mm。D处为高纬少雨带，全年气温低，蒸发微弱，降水很少。

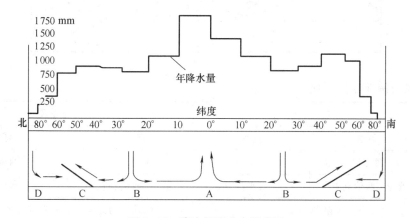

图1-19　降水纬度分布示意图

（5）地球上的气压带、风带的分布及移动：由于太阳辐射对各纬度加热不均及地转偏向力的影响，全球近地面形成七个气压带、六个风带（图1-20）。

全球的气压带和风带随着太阳直射点的季节移动而移动,就北半球而言,大致是夏季北移,冬季南移。

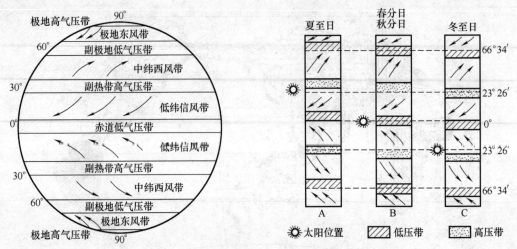

图 1-20 地球上的气压带和风带分布示意图

(6)季风环流:东亚季风最显著的原因:位于世界最大大陆亚欧大陆,东临世界最大海洋太平洋,海陆热力差异最大(图 1-21)。

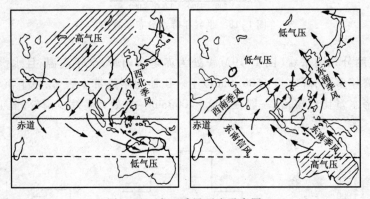

图 1-21 东亚季风环流示意图

东亚季风与南亚季风对比:

	东亚季风		南亚季风	
季节	冬季	夏季	冬季	夏季
风向	西北风	东南风	东北风	西南风
源地	蒙古、西伯利亚	太平洋	蒙古、西伯利亚	印度洋
成因	海陆热力差异		海陆热力差异+气压带、风带季节移动	
性质	寒冷干燥	温暖湿润	温暖干燥	高温高湿
比较	冬季风强于夏季风		夏季风强于冬季风	
分布	我国东部、朝鲜半岛、日本		印度半岛、中南半岛、我国西南部	

（7）气候的形成和分布：

影响因素	影响气候	举例
太阳辐射	纬度不同获得太阳辐射的热量不同,是影响地表温度的最基本因素	从低纬到高纬依次形成热带、亚热带、温带、亚寒带、寒带
大气环流	大气环流促进了高低纬之间、海陆之间热量和水分的交换,调节了全球热量和水汽的分布。控制各地的气压带、风带不同,年降水量和降水的季节变化也存在差异	中纬度亚欧大陆西岸(南北纬 30°—40°),由于受到副热带高压带和西风带的交替控制,形成地中海气候。而同纬度的大陆东岸受季风环流影响,形成典型的亚热带季风气候和温带季风气候
海陆分布	沿海地区由于受到海洋的调节,气温的日变化和年变化相对较小,内陆地区相对较大	亚欧大陆西岸受海洋影响较大,形成典型的温带海洋气候,大陆内部形成温带大陆性气候
洋流	暖流对沿岸气候起增温增湿作用,寒流对沿岸气候起降温减湿作用	西欧温带海洋气候的形成,沿岸的暖流起了巨大作用,秘鲁太平洋沿岸沙漠气候的形成,沿岸寒流起了一定作用
地形	同纬度平原比高原气温高;迎风坡降水丰富,背风坡降水稀少	青藏高原气候区喜马拉雅山南坡的乞拉朋齐因为是迎风坡成为世界"雨极",北坡是背风坡降水稀少

　　某种气候类型的分布规律由其形成因子决定,对此问题分析的关键是理解不同气候类型的形成机制。太阳辐射决定了热量带的分布,在地球表面形成热带、亚热带、温带、亚寒带、寒带五大类型;大气环流中的不同气压带和风带的控制决定着降水和气温的差异;下垫面状况的不同影响着一些局部地区特殊气候类型的形成,从整体上看,对各种气候类型的分布规律的把握应从气压带和风带的分布规律及其性质入手加以分析(参见图 1-22)。

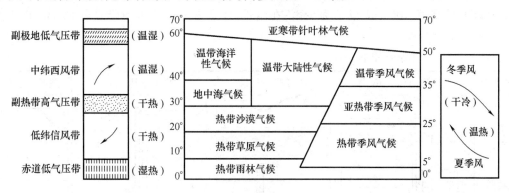

图 1-22　气候类型的形成及分布规律图

（8）运用气温、降水的图表资料,归纳世界主要气候类型的特征：

① 最常见的气候特征图有气温曲线降水柱状图、气候资料图表等,判别一般分三步：

第一,根据气温最高月、最低月或气温曲线形状确定南、北半球。

第二,根据最冷月均温确定气候带。

最冷月均温在15℃以上的有4种(热带雨林气候、热带沙漠气候、热带草原气候、热带季风气候);最冷月均温在0~15℃之间的有3种(亚热带季风气候、地中海气候、温带海洋气候);最冷月均温在0℃以下的有3种(温带大陆性气候、温带季风气候、极地气候)。

第三,在第二步的基础上,根据降水资料确定气候类型。

在热带的4种气候类型中热带雨林气候(全年多雨)和热带沙漠气候(全年少雨)很好判别,而热带草原和热带季风气候可以根据月降水量≥200mm的月份数区分;<3个月为热带草原气候,≥3个月为热带季风气候;有时需要结合年降水量综合分析,热带草原气候年降水量在750mm~1000mm之间,热带季风气候年降水量在1500mm~2000mm之间。

在亚热带和温带海洋气候中,根据降水的季节变化即可判断,雨热同期的为亚热带季风气候,雨热不同期的为地中海气候,降水均匀的为温带海洋气候。

在温带和极地气候中,全年气温最低的是极地气候;而温带大陆性气候、温带季风气候的判别可以根据月降水量≥100 mm的月份区分:<2个月,年降水量在200 mm左右为温带大陆性气候,≥2个月,年降水量在500mm~1000mm左右的为温带季风气候。

② 气候特征的描述。世界各地气候千差万别,同一种气候类型的特征也有一些差异。气候特征一般可以根据典型的气候特征描述。如典型的地中海气候,夏季炎热干燥,冬季温和多雨,但如果题目中给出了气温降水资料,一般应当根据数据描述。在描述中要注意两点区别:

第一,高温和凉爽。一般根据夏季的月平均气温来判定,夏季月均温超过20℃称为高温,而低于20℃时称为凉爽。如我国气候特征是"夏季普遍高温",这里所说的高温是指全国大部分地区7月均温在20℃以上。温带海洋性气候夏季凉爽,指夏季均温在20℃以下。昆明"夏季凉爽"也是指夏季均温在20℃以下。

第二,寒冷和温和。某气候冬季寒冷还是温和,一般是以最冷月月均温高于还是低于0℃为标准,高于0℃为温和,反之为寒冷。

第三,多雨和少雨。一般根据各月平均降水量来判断,在热带、亚热带地区月平均降水量100 mm以上为多雨,100 mm以下为少雨;在温带、亚寒带地区月平均降水量50 mm以上为多雨,50 mm以下为少雨。

总结各气候类型特征如下:

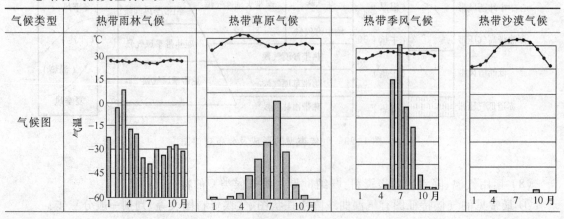

气候类型	热带雨林气候	热带草原气候	热带季风气候	热带沙漠气候
气候图				

续表

气候类型	热带雨林气候	热带草原气候	热带季风气候	热带沙漠气候
气候特征	全年高温多雨	全年高温,有明显的干、湿季	全年高温,有明显的旱、雨季	全年炎热干燥
气候类型	地中海气候	亚热带季风气候	温带海洋气候	温带季风气候
气候图				
气候特征	夏季炎热干燥,冬季温和多雨	夏季高温多雨,冬季温和少雨	全年温和多雨	夏季高温多雨,冬季寒冷干燥
气候类型	温带大陆	极地气候		
气候图				
气候特征	温差大,降水少	全年寒冷干燥		

6. 地球上的水

（1）自然界的水循环：如图 1-23 所示。

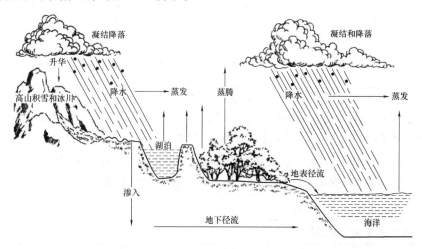

图 1-23　水循环示意图

① 主要环节有　蒸发、降水、水汽输送、地表径流、下渗、地下径流、植物蒸腾等。

② 水循环分为　海陆间大循环、海上内循环、陆上内循环。

台风登陆属水汽输送环节,江河入海属地表径流环节,跨流域调水是人类改变了地表径流。外流河参与了海陆间循环,内流河(如塔里木河)只参与了陆上内循环。

(2) 洋流的分布及对地理环境的影响:

① 洋流分布规律　如图1-24及下表所示。

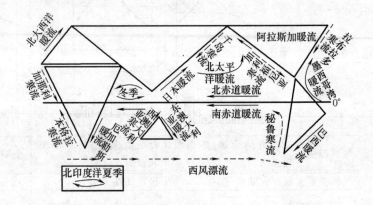

图1-24　洋流分布规律示意图

海区	洋流分布规律
中低纬度海区	① 形成以副热带高压为中心的大洋环流;② 北半球呈顺时针方向流动,南半球呈逆时针方向流动;③ 大洋环流东部为寒流,西部为暖流
北半球中高纬度海区	① 形成以副极地低压为中心的逆时针大洋环流;② 大洋环流东部为暖流,西部为寒流
南纬40°附近海区	形成环球性西风漂流
北印度洋海区	形成季风环流,夏季呈顺时针方向流动,冬季呈逆时针方向流动

② 洋流对地理环境的影响

影响	举　例
气候	a. 热量平衡:促进高低纬度间热量的输送和交换; b. 对沿岸气候:暖流增温增湿(北大西洋暖流对西欧气候的影响),寒流降温减湿(秘鲁寒流、本格拉寒流、西澳大利亚寒流等对沿岸沙漠气候的影响)
生物	a. 寒、暖流交汇处,饵料丰富,形成著名渔场(纽芬兰渔场、北海道渔场、北海渔场); b. 上升补偿流将深层营养物质带到表层,形成大渔场(秘鲁渔场)
海洋污染	加快净化速度,扩大污染范围
航海	顺流航速快、省燃料,逆流减速;

（3）河水的补给与径流变化：

补给类型	径流的季节变化	补给季节	说明	我国分布地区
雨水补给		全年大部分时间	大气降水是陆地水的主要补给来源，以雨水补给为主的河流，其径流变化随降雨量变化而变化	东部季风区
季节性积雪融水补给		春季	多见于纬度高的地区，冬季固体降水，在流域内以积雪的形式保存下来，第二年春季，随着气温的回升，积雪融化再补给河流	东北地区
高山冰雪融水补给		夏季	冰川储存固体水，输出液态水，以冰雪融水补给为主的河流，其季节变化随气温变化而变化	西北地区、青藏高原
地下水补给		全年	河水与地下水是互补关系，A图河水补给地下水，B图地下水补给河水	普遍
湖泊水补给		全年	湖泊对河流径流有调蓄作用。洪水期蓄水（D图），枯水期补给河水（C图）。	普遍

（4）地下水：

地下水按其埋藏条件主要可分为潜水和承压水。潜水是埋藏在地下第一个隔水层之上的地下水,有一个自由水面。承压水是埋藏在两个隔水层之间承受一定压力的地下水,没有自由水面。当凿穿上面的隔水层时,水会在压力作用下自动上涌,甚至喷出地表,因此也称自流水(图1-25)。

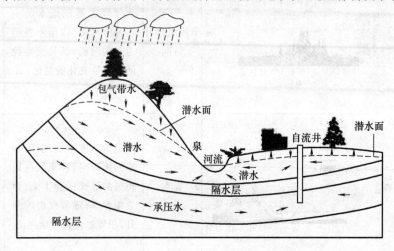

图1-25 地下水示意图

7. 陆地上的自然带

（1）陆地自然带:地球上不同的地区,由于所处的纬度位置和海陆位置互不相同,分别具有一定的热量和水分组合。不同的气候,产生了与之相应的、有代表性的植被和土壤类型,从而形成了具有一定宽度、呈带状分布的陆地自然带(图1-26)。

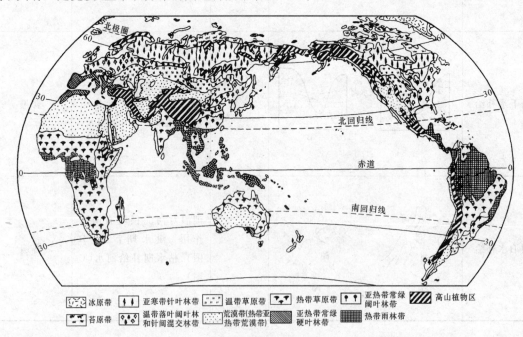

图1-26 陆地上的自然带

24

（2）自然带的分布规律：从世界陆地自然带分布图中可以看出，陆地自然带的分布是有明显规律性的。

分异规律	形成基础	影响因素	分布规律	示意图
从赤道到两极的地域分异（纬度地带性）	热量	太阳辐射	纬线延伸，纬度更替。低、高纬度明显。（东西延伸，南北更替）	
从沿海向内陆的地域分异	水分	海陆位置	经线延伸，经度更替，中纬度明显。（南北延伸，东西更替）	
山地垂直地域分异（垂直地带性）	水热状况	海拔高度	从山麓到山顶更替，高山、高原地区明显。（水平延伸，垂直更替）	

（二）常见考试题和解题技巧

1. 地球在宇宙中

例题 1.（2010 年成考试题）太阳是太阳系的中心天体，其质量约占太阳系质量的

A. 99.9%　　　　B. 79.3%　　　　C. 50.6%　　　　D. 0.8%

解析：太阳系是由太阳、行星及其卫星、小行星、彗星、流星体和行星际物质构成的天体系统。中心天体是太阳，它占太阳系中质量的 99.9%；答案选 A

例题 2.（2009 年成考试题）分析太阳系行星公转轨道特征表，指出不属于行星运动共同特征的是

行星	水星	金星	地球	火星	木星	土星	天王星	海王星
公转方向	自西向东	自西向东	自西向东	自西向东	自西向东	自西向东	自西向东	自西向东
轨道倾角	7.0	3.4	0	1.9	1.3	2.5	0.8	1.8
偏心率	0.206	0.007	0.017	0.093	0.048	0.055	0.051	0.006
公转周期	87.9 天	224.7 天	1 年	1.9 年	11.8 年	29.5 年	84 年	164.8 年

A. 近圆性　　　　　B. 共面性　　　　　C. 同步性　　　　　D. 同向性

解析：八大行星的公转方向相同，都是自西向东；八大行星公转运动的轨道倾角相差不大，近乎在同一平面上；公转运动的轨道偏心率趋近于零，轨道形状具有近圆性。因此，八大行星绕日公转具有共面性、同向性、近圆性的运动特征。题目问不属于行星运动共同特征的，答案选 C。

例题 3.（2006 年成考试题）在太阳系的行星中，距离太阳不足 1.5 亿千米的是

A. 火星、木星　　　B. 海王星、土星　　　C. 水星、金星　　　D. 天王星、木星

解析：此题重要的是要了解日地平均距离为 1.5 亿千米，八大行星距太阳由近及远，依次为水星、金星、地球、火星、木星、土星、天王星、海王星，因此水星、金星距离太阳比地球距离太阳近，不足 1.5 亿千米。答案选 C。

例题 4.（2003 年成考试题）在太阳系的八大行星中，邻近地球的两个行星是

A. 水星和木星　　　B. 火星和金星　　　C. 水星和金星　　　D. 土星和火星

解析：八大行星距太阳由近及远，依次为水星、金星、地球、火星、木星、土星、天王星、海王星。其中邻近地球的为火星和金星，答案选 B

例题 5.（2002 年成考试题）太阳大气层从外到内分别是

A. 光球、色球、日冕　　　　　　　　　　B. 光球、日冕、色球

C. 日冕、色球、光球　　　　　　　　　　D. 日冕、光球、色球

解析：太阳大气从里到外可分为：光球层、色球层、日冕层。答案选 C

例题 6.（2008 年成考试题）太阳黑子发生在

A. 色球表面　　　B. 日冕外　　　C. 光球表面　　　D. 色球和光球之间

解析：太阳光球常出现一些暗黑的斑点，叫做黑子。黑子实际上并不黑，只是因为它的温度比太阳表面其他地方低，所以才显得暗一些。太阳色球有时会出现一块突然增大、增亮的斑块，叫做耀斑。答案选 C。

2. 地球的形状、大小和运动

例题 7.（2009 年成考试题）图中 aa'bb'cc'dd'四条经线中示意本初子午线的是

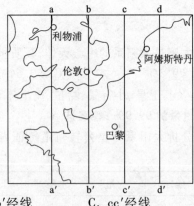

A. aa'经线　　　B. bb'经线　　　C. cc'经线　　　D. dd'经线

解析：国际上规定，把通过英国伦敦格林尼治天文台原址的经线定为 0°经线，也叫本初子午线。从图中可知 bb'是通过伦敦的经线。答案选 B。

例题 8.（2004 年成考试题）本初子午线是

A. 东半球和西半球的界线　　　　　　B. 东经和西经的界线

C. 东时区和西时区的界线　　　　　D. 东方和西方的界线

解析:经度的划分以本初子午线为界线,本初子午线以东为东经,以西为西经;东西半球的划分界线是 20°W,160°E;以本初子午线即 0°经线为中央经线,向东向西各扩展 7.5°,确定为中时区或零时区,中时区以东为东时区,以西为西时区。答案选 B。

例题 9.(2007 年成考试题)读图,完成例 3、例 4 题

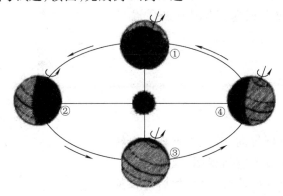

地球在公转轨道上运行至位置②时是北半球的

A. 春分日　　　　B. 夏至日　　　　C. 秋分日　　　　D. 冬至日

例题 10.(2007 年成考试题)12 月 22 日,太阳直射点位于

A. 赤道　　　　B. 北回归线　　　　C. 南极圈　　　　D. 南回归线

解析:在地球公转轨道上① 为夏至日(6 月 22 日),太阳直射北回归线,② 为秋分日(9 月 23 日),太阳直射赤道,③ 为冬至日(12 月 22 日),太阳直射南回归线,④ 为春分日(3 月 21 日),太阳直射赤道。因此例 3 答案选 C,例 4 答案选 D。

例题 11.(2009 年成考试题)图中表示每年 9 月 23 日前后昼夜长短状况的图是

A. ①　　　B. ②　　　C. ③　　　D. ④

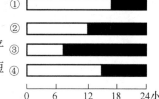

解析:春分日(3 月 21 日)和秋分日(9 月 23 日)全球昼夜平分,昼长夜长均为 12 小时;夏至日时北半球昼长夜短,南半球昼短夜长;冬至日时北半球昼短夜长,南半球昼长夜短。答案选 B

例题 12.(2006 年成考试题)地球上纬度相同的地方

A. 地方时相同　　B. 气候类型相同　　C. 昼夜长短相同　　D. 地表温度相同

解析:本题考查地球自转的地理意义,地球上纬度相同的地方自转一周昼夜长短相同,经度相同的地方地方时相同,可总结为"同经同时,同纬同长",故答案选 C。

例题 13.(2005 年成考试题)地球公转直接导致了

A. 昼夜交替　　　　　　　　B. 地球五带的形成

C. 正午太阳高度的变化　　　　D. 地转偏向力的产生

解析:本题考查地球运动的地理意义,地球自转会形成昼夜交替,地方时差和地转偏向力;地球公转直接导致正午太阳高度角的变化和昼夜长短的变化,从而形成四季和五带。因此地球公转直接导致正午太阳高度的变化。答案选 C。

3. 地图

例题14. (2008年成考试题)比例尺为1∶500 000的地图中,图上1cm表示实地距离是

A. 50千米   B. 10千米   C. 5千米   D. 1千米

解析:比例尺1∶500 000指的是图上1cm代表实地距离500 000cm,经过换算得出

500 000cm=5km,因此图上1cm代表实地距离5km。答案选C。

例题15. (2010年成考试题)读图判断①位于

③的

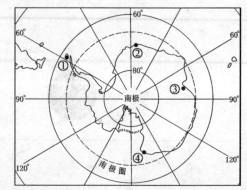

A. 东北方向

B. 西北方向

C. 西南方向

D. 东南方向

解析:在极地图中判断方向,首先根据地球自转

方向确定东西,此图为南极上空俯视图,地球自转方

向为顺时针,因此①位于③的偏西方向,然后再根据

距离极点远近确定南北,图中③距离南极更近,因此①位于③的偏北方向,因此①位于③的偏西

北方向。答案选B

例题16. (2005年成考试题)读图回答下列问题

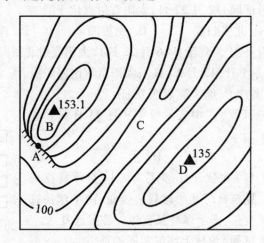

(1) 图中等高距是_____米。

(2) 断崖A的高度不高于_____米。

(3) C处地形部位的名称为_____。

(4) 山峰B的东、西两侧坡度,_____坡更和缓。

解析:(1) 等高距可通过相邻两条等高线的差值计算出来,与D点相邻的等高线为130米,

此等高线与100米等高线相差30米,两等高线之间有2条等高线穿过,因此等高距为10米;

(2) 陡崖高度的计算方法:若有一个由n条等高线重叠,等高距为d米的陡崖①相对高度ΔH的

计算公式:$(n-1)d \leqslant \Delta H \leqslant (n+1)d$;② 崖顶处海拔高度取值范围:$A+d>H \geqslant A$,A为崖顶处重合

等高线中海拔最大值;③ 崖底处海拔高度取值范围:$B \geqslant H>B-d$,B为重合等高线中海拔最小值;

（3）此处地形部位是位于两个山顶之间的较低部位,因此是鞍部;（4）等高线疏密反映坡度陡缓:等高线分布越密集则坡度越陡,等高线越稀疏则坡度越缓。B 山峰东坡等高线比西坡稀疏,所以坡度东坡更和缓。答案:(1) 10　　　(2) 150 米　　　(3) 鞍部　　　(4) 东

例题 17.（2008 年成考试题）读图:乙图所示地形剖面是沿甲图中的

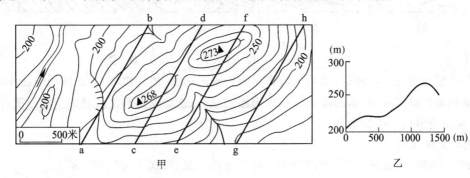

A. ab 线段所作　　　　　　　　　　B. cd 线段所作

C. ef 线段所作　　　　　　　　　　D. gh 线段所作

解析:读图可知,图中等高距为 10 米,乙图中海拔最高处大于 250 米,从而排除 ab 和 gh,从图中还可观察到乙图中最高点与水平方向 1500 米终点很近,进而判断只有 ef 最符合。答案选 C。

4. 地壳和地壳运动

例题 18.（2005 年成考试题）地球内部圈层由外向里依次是

A. 中间层、岩石圈、地核　　　　　　B. 地壳、地幔、地核

C. 地壳、软流层、地核　　　　　　　D. 岩石圈、地核、地壳

解析:地球的内部圈层由外向里依次是地壳、地幔、地核。答案选 B。

例题 19.（2007 年成考试题）板块碰撞是地震发生的重要原因,2004 年印度洋海底地震并引发海啸的两大板块是

A. 南极洲板块和非洲板块　　　　　　B. 非洲板块和亚欧板块

C. 太平洋板块和印度洋板块　　　　　D. 亚欧板块和印度洋板块

解析:板块相互碰撞在交界处活动剧烈,容易引发地震和火山喷发,此类题需要熟悉六大板块的示意图,了解六大板块的边界位置。其中印度洋底海啸主要是亚欧板块和印度洋板块碰撞产生的。答案选 D。

例题 20.（2010 年成考试题）地震发生时,甲地为震中区,乙地为邻近地区,一般情况下两地

A. 烈度相同,震级乙地比甲地大　　　B. 震级相同,烈度乙地比甲地大

C. 烈度相同,震级甲地比乙地大　　　D. 震级相同,烈度甲地比乙地大

解析:地震的大小用里氏震级表示,它与地震释放的能量多少有关。地震的破坏程度用烈度表示,它与震级、震源深浅、震中距、地质构造和地面建筑等有关。震级越大,烈度越高;离震中距越近,烈度越高;震源越深,烈度越低。一次地震只有一个震级,可以有多个烈度。答案选 D。

例题 21.（2007 年成考试题）图中①②③④各地貌景观中,主要由风蚀作用塑造而成的是

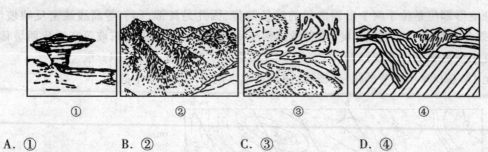

A. ①   B. ②   C. ③   D. ④

解析:图①地貌为风蚀蘑菇,是由风蚀作用塑造成的;②地貌为角峰,是由冰川侵蚀作用塑造成的;③地貌为河口三角洲,是由流水沉积作用塑造成的;④地貌为黄土高原的千沟万壑,是由流水侵蚀作用塑造成的。答案选 A。

5. 地球上的大气

例题22.(2003 年成考试题)下列选项中所列举的现象,都属于天气现象的是

A. 高温、酷暑   B. 高压、北风   C. 台风、小雨   D. 寒潮、季风

解析:天气是指某一地区在短时间内的大气物理状况,包括阴、晴、冷、热、雨雪等。气候是指一地区多年天气特征的综合,包括平均状况和极端变化。一个地区的气候特征,常用气温、降水、气压、风等状况来表示。气温、降水、气压被称为气候的三大要素。选项所列地理现象中属于气候的有:高温、酷暑、高压、北风、季风,属于天气的有:台风、小雨、寒潮。答案选 C。

例题23.(2009 年成考试题)图中箭头表示气流运动方向,读图指出在气流运动过程中,容易成云致雨的地方是

A. ①   B. ②
C. ③   D. ④

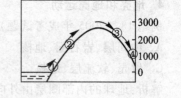

解析:此图为地形雨的形成,暖湿气流在前进过程中受到高山阻挡,被迫沿山坡爬升。在上升过程中气团中的水汽冷却凝聚而形成降水,地形雨常见于山地的迎风坡。答案选 B。

例题24.(2003 年成考试题)亚马孙河流域的常年降水类型属于

A. 地形雨   B. 锋面雨   C. 台风雨   D. 对流雨

解析:亚马孙河流域位于赤道附近,全年高温,且水汽来源充沛,盛行上升气流,形成对流雨。答案选 D。

例题25.(2010 年成考试题)导致气压带和风带发生季节性移动的主要原因是

A. 太阳直射点的位置变化   B. 地球自转
C. 海陆热力性质差异   D. 大气环流

解析:由于地球不停的自转和公转,太阳直射点的位置随季节变化而呈规律性的南北移动,这就导致了气压带和风带也成季节性移动。就北半球而言,夏季气压带、风带北移,冬季南移。答案选 A。

例题26.(2009 年成考试题)印度尼西亚、巴西等国热带雨林植被广布,其原因主要是受

A. 低压带控制   B. 西风的控制
C. 高压带的控制   D. 季风的控制

解析:印度尼西亚、巴西等国位于赤道附近,终年受赤道低压带控制,盛行上升气流,全年高

温多雨,因而形成热带雨林带。答案选 A。

例题 27. 读图完成(1)、(2)小题。

(1)(2010 年成考试题)由①地到②地,沿线依次经过的气候类型是

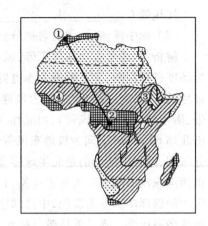

A. 地中海气候–热带沙漠气候–热带草原气候–热带雨林气候

B. 地中海气候–热带雨林气候–热带草原气候–热带沙漠气候

C. 地中海气候–热带沙漠气候–热带草原气候–热带雨林气候

D. 地中海气候–热带沙漠气候–热带雨林气候–热带草原气候

(2)(2010 年成考试题)③地和④地气候类型不同,其主要影响因素是

A. 纬度　　　　B. 洋流　　　　C. 海拔　　　　D. 海陆位置

解析:本题要求熟悉世界主要气候类型分布图,气候类型分布规律:南北纬 10 度之间为热带雨林气候,南北纬 10—20 度大陆西岸为热带草原气候,南北纬 20—30 度大陆西岸为热带沙漠气候,南北纬 30—40 度大陆西岸为地中海气候。③地与④地虽位于同一纬度,但由于③地海拔高形成高山高原气候。(1)题答案选 A,(2)题答案选 C。

6. 地球上的水

例题 28.(2005 年成考试题)水循环过程中,受人类活动影响最大的环节是

A. 水汽输送　　B. 陆地径流　　C. 凝结降水　　D. 蒸发和蒸腾

解析:人类活动(如水利措施和农林措施)会对水循环中的各环节产生影响:陆地径流、蒸发量和降水量。其中影响最大的环节是陆地径流,主要是通过修水库等一些措施来改变水资源的季节分配,或通过跨流域调水等措施来改变水资源的空间分布。答案选 B。

例题 29.(2004 年成考试题)形成全球表层洋流的动力主要来自

A. 地转偏向力　　B. 海水密度差异　　C. 海底扩张　　D. 大气环流

解析:大气运动和近地面风带是海洋水体运动的主要动力,盛行风吹拂海面,推动海水随风漂流,并且使上层海水带动下层海水流动,形成规模很大的洋流叫做风海流,例如南、北赤道暖流、西风漂流。答案选 D。

例题 30.(2007 年成考试题)图是北半球气压带、风带模式图和洋流模式图。读图完成下列要求。

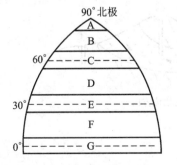
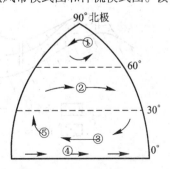

（1）填写气压带和风带的名称：

气压带 C _____、E _____、G _____；风带 B _____、F _____。

（2）图中洋流②、④的名称分别是_____、_____，洋流⑤属于_____（寒、暖）流。

解析：本题考查全球气压带、风带的分布和世界洋流的分布。（1）气压带和风带的分布可根据纬度进行判断，赤道附近为赤道低压带，南北纬30°附近为副热带高压带，南北纬60°附近为副极地低压带，南北纬90°附近为极地高压带。南北纬0°—30°之间为信风带（北半球为东北信风带，南半球为东南信风带），南北纬30°—60°之间为中纬西风带（北半球西南风，南半球西北风），南北纬60°—90°之间为极地东风带（北半球东北风，南半球东南风）。（2）本题需掌握世界洋流分布图，题目中所给的是北半球洋流模式图，其中赤道附近由东向西流的洋流③为北赤道暖流，由西向东流的洋流④为赤道逆流，在中纬度海区由西向东流的洋流②为西风漂流，在中低纬度海区大洋西部洋流⑤为暖流，中高纬度海区大洋西部洋流①为寒流。答案为：（1）副极地低压带　副热带高压带　赤道低压带　极地东风带　东北信风带　（2）西风漂流　赤道逆流　暖

例题31.（2010年成考试题）读图完成下列要求。

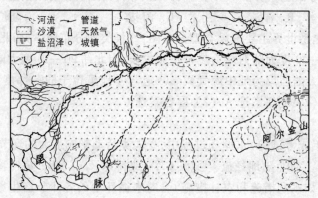

（3）图中河流主要靠_____补给，最大补给量出现在_____（季节）。

解析：本题考查河流补给方式和径流季节变化。从图中所给山脉和图例可知，①此区域为塔里木盆地，位于我国西北内陆地区，降水稀少；②河流均发源于高大山脉，受冰川融水补给作用明显，河流流量变化与气温变化有密切关系，夏季应为补给量最大的季节。答案：高山冰川积雪融水　夏

例题32.（2007年成考试题）图中可能有地下水自流出的钻井是

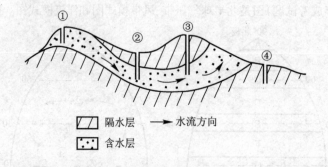

A. ①　　　　　　　B. ②　　　　　　　C. ③　　　　　　　D. ④

解析:本题考查地下水的相关内容。首先判断四口井中,④井打在隔水层,不可能打出水,是口枯井,①井打在地下水中的潜水层,没有压力不可能是自流井,②井和③井打在地下水的承压水层,其中②地势低,承受的压力大,有可能自流。答案选 B。

7. 陆地上的自然带

例题 33.(2003 年成考试题)纬度地带性分布规律的主要影响因素是

A. 地形　　　　　　B. 降水　　　　　　C. 海陆分布　　　　　　D. 太阳辐射

解析:本题考查自然带的分布规律,受太阳辐射从赤道向两极递减的影响,地表景观和自然带沿纬度变化的方向作有规律的更替。这种地域分异规律是以热量为基础的。答案选 D。

第二部分 世界地理

(一) 常见考试知识点(本部分共有 **10** 项)

1. 世界的陆地和海洋

(1) 地球表面海陆面积及其比例,全球陆地分布的特点:见图 2-1、表 2-1。

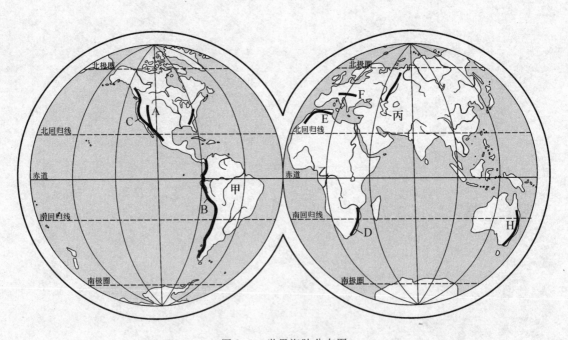

图 2-1　世界海陆分布图

表 2-1　世界海陆面积、比例及分布特点

	面积(亿平方千米)	占地球表面积比例(%)	分布区域	分布特点
海洋	3.61	71	主要在南半球、西半球	相互连接
陆地	1.49	29	主要在北半球、东半球	不连续

（2）七大洲、四大洋的名称、分布和界限：见图 2-2、表 2-2。

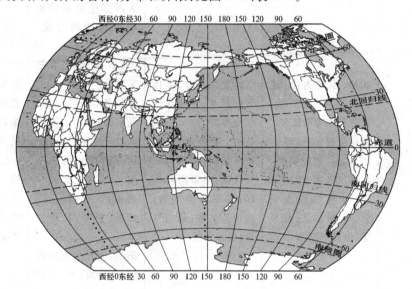

图 2-2　七大洲四大洋分界

表 2-2　大洲间、大洋间的界线

名称	地理分界线
亚洲与欧洲	乌拉尔山—乌拉尔河—里海—大高加索山—黑海—土耳其海峡
亚洲与非洲	苏伊士运河—红海—曼德海峡
亚洲与北美洲	白令海峡
北美洲与南美洲	巴拿马运河
南美洲与南极洲	德雷克海峡
欧洲与非洲	直布罗陀海峡—地中海
欧洲与北美洲	丹麦海峡
太平洋与大西洋	巴拿马运河—麦哲伦海峡—德雷克海峡(南美洲南端合恩角—67°W 经线)—南极半岛
太平洋与北冰洋	白令海峡
太平洋与印度洋	马六甲海峡—塔斯马尼亚岛东南角—146°E 经线
大西洋与印度洋	苏伊士运河—非洲南端厄加勒斯角—20°E 经线
大西洋与北冰洋	丹麦海峡

2. 亚洲

（1）亚洲的主要特征：见表2-3、图2-3、图2-4。

表2-3 亚洲的主要特征

	位置和范围	地形特征及主要地形区	气候特征及主要类型	主要河湖	物产
亚洲	介于北冰洋、太平洋、印度洋、欧洲和非洲之间	高原、山地为主；地势中部高，四周低。大陆东缘有岛弧带。喜马拉雅山脉、昆仑山、天山；青藏高原、帕米尔高原、伊朗高原；西西伯利亚平原、中国的三大平原、恒河平原等	气候复杂多样，季风气候显著，大陆性气候分布广。热带、亚热带、温带季风气候；温带大陆性气候；热带雨林气候；热带沙漠气候；地中海气候；高山气候；极地气候	大河多呈放射状由中部向四周分流。中下游多平原，东部、南部河流水能丰富。鄂毕河、叶尼塞河、勒拿河；黄河、长江、珠江、湄公河；印度河、恒河、底格里斯河、幼发拉底河。内流河：锡尔河、阿姆河、伊犁河、塔里木河。湖泊：世界最大的内陆湖里海；世界最深、蓄水量最大的湖贝加尔湖等	东亚、东南亚、南亚的水稻、小麦、茶叶，东南亚的热带经济作物（天然橡胶、油棕、椰子等）、锡矿、西亚的石油、中亚和中国的棉花

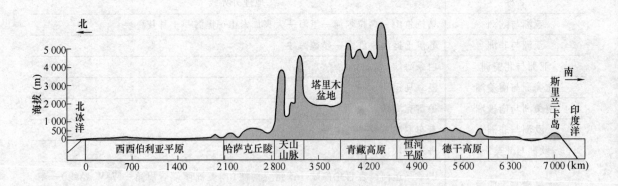

图2-3 亚洲东经80°地形剖面示意图

（2）东亚季风气候最显著：见图2-5。

为什么东亚季风气候最显著？

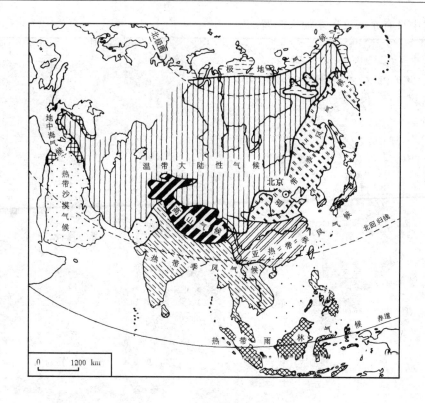

图 2-4 亚洲气候图

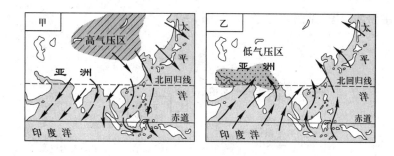

图 2-5 亚洲季风

主要是海陆热力性质差异引起的:背靠最大的大陆——亚欧大陆,面临最大的大洋——太平洋→冬夏海陆温差大→冬季亚洲为高压、海洋为低压;夏季亚洲为低压、海洋为高压→冬季风从陆地吹向海洋、夏季风从海洋吹向陆地。

(3)东南亚国家联盟:东南亚国家联盟也称东盟,是 1967 年 8 月 7 日至 8 日在泰国曼谷正式宣告成立的一个区域性国际组织。东盟成立以来在维护区域安全、加强各国间的团结、合作、反对外来势力干涉、促进区域经济发展等方面发挥了重要作用。目前东盟有 10 个成员国,由马来西亚、菲律宾、新加坡、泰国、印度尼西亚、文莱、老挝、柬埔寨、缅甸、越南十国组成(图 2-6)。

东南亚各国中只有东帝汶还未加入东盟。

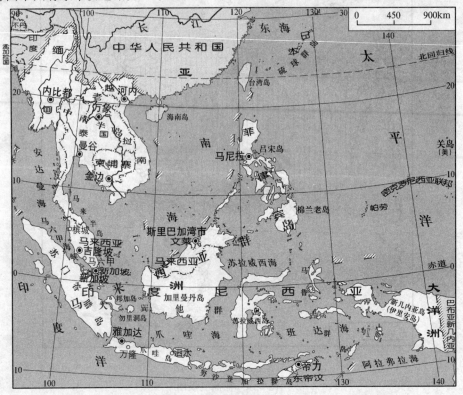

图2-6 东盟十国

（4）亚洲主要的国家：见图2-7、图2-8、图2-9。

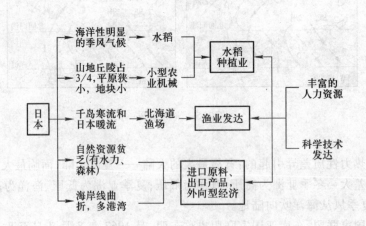

图 2-7　日本工业分布图

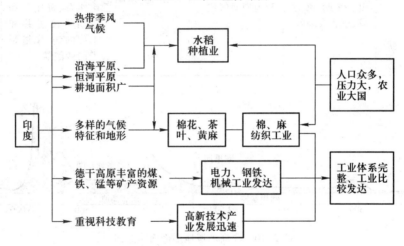

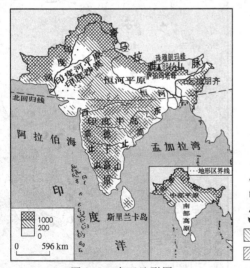

图 2-8　南亚地形图

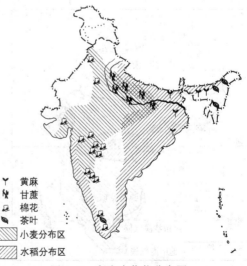

图 2-9　印度农作物分布图

3. 非洲

（1）非洲的主要特征：见表2-4、图2-10、图2-11、图2-12。

表2-4 非洲的主要特征

	位置和范围	地形特征及主要地形区	气候特征及主要类型	主要河湖	物产	居民
非洲	介于大西洋、印度洋、南极洲和欧洲之间	高原大陆,海岸线平直。东非高原、南非高原、刚果盆地、阿特拉斯山脉、乞力马扎罗山、撒哈拉沙漠、东非大裂谷	热带大陆,南北气候对称,季节相反。热带雨林、热带草原、热带沙漠和地中海气候	尼罗河世界最长;刚果河水能丰富;赞比西河、尼日尔河等。湖泊:维多利亚湖最大、坦噶尼喀湖最深且狭长	热带经济作物有可可、天然橡胶、油棕、丁香、剑麻等;矿产有北非和尼日利亚的石油、南非的黄金、刚果民主共和国的金刚石、赞比亚和刚果民主共和国的铜、摩洛哥的磷酸盐	撒哈拉沙漠以南为黑色人种,以北为阿拉伯人,属白色人种

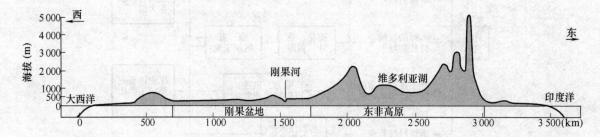

图2-10 非洲赤道地形剖面示意图

图2-11 非洲气候图

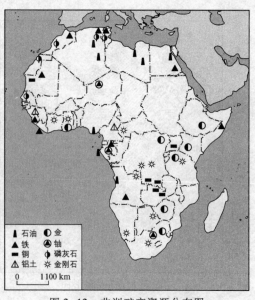

图2-12 非洲矿产资源分布图

（2）东非大裂谷：

东非大裂谷 {
范围：南起赞比西河口，北经红海，一直延伸到死海附近
特点：两岸悬崖壁立、附近火山很多，谷底湖泊连串。
　　　有非洲最高峰乞力马扎罗山，有非洲最深而狭长的湖泊坦噶尼喀湖
形成：地壳运动中断裂形成，是一个大的地堑

（3）苏伊士运河：见表2-5、图2-13。

表2-5　苏伊士运河

	大洲分界线	所在半球	所属国家	沟通大洋	避免绕行航线	缩短航程	通航能力	长度	凿通地峡	两端港口
苏伊士运河	亚洲和非洲	北半球、东半球	埃及	连接地中海与红海，沟通印度洋和大西洋	非洲南端好望角	14 500千米左右	25万吨级以下	173千米	苏伊士地峡	塞得港、苏伊士港

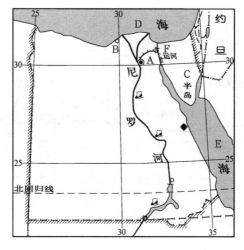

图2-13　苏伊士运河图

（4）埃及：

① 位置和领土　位于非洲东北部。亚洲境内的西奈半岛（在苏伊士运河以东），也是埃及领土。

② 人口城市　主要集中于尼罗河沿岸平原和入海处的河口三角洲地区，开罗在尼罗河三角洲顶端，是阿拉伯国家中人口最多的城市，亚历山大是埃及地中海边的重要海港。

③ 尼罗河　全长6 600千米，世界第一长河，发源于东非高原、自南向北，注入地中海。

④ 苏伊士运河　沟通红海和地中海，连接大西洋和印度洋。

⑤ 经济　传统出口商品长绒棉，现在经济支柱是石油、运河、侨汇、旅游收入。

4. 欧洲

（1）欧洲的主要特征：见表2-6、图2-14。

表2-6 欧洲的主要特征

	位置和范围	地形特征及主要地形区	气候特征及主要类型	主要河湖	物产
欧洲	介于大西洋、亚洲和非洲之间	平原为主，海拔最低的洲，冰川地形广布。海岸线曲折。东欧平原、中欧平原、西欧平原，阿尔卑斯山脉、斯堪的纳维亚山脉	温带气候占绝对优势，海洋性特征显著；无热带气候	河流众多，航运便利。多瑙河、莱茵河、伏尔加河（世界最长的内流河、欧洲第一长河）。湖泊：日内瓦湖	俄罗斯的石油、德国的煤、法国和俄罗斯的铁、法国的葡萄酒等

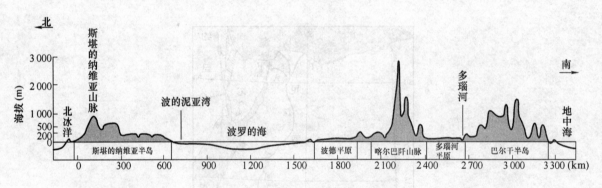

图2-14 欧洲东经20°地形剖面示意图

（2）深受大西洋影响的气候：见表2-7、图2-15。

表2-7 海洋性气候成因

纬度位置	大部分地区位于北纬35°~60°之间，属温带气候
海陆分布	西临大西洋，大陆轮廓曲折，使海洋影响深入内陆
地形	中部为平原，山脉东西走向利于海洋湿润气流深入内陆
洋流	北大西洋暖流经过，对沿岸地区起到增温增湿作用
大气环流	地处西风带，盛行西风将大西洋暖湿气流输送到内陆

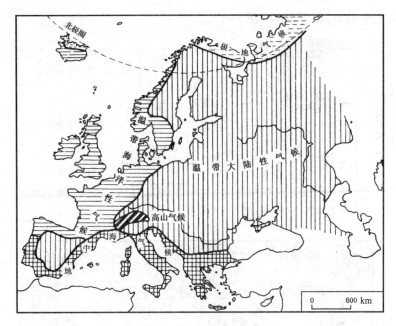

图 2-15 欧洲西部气候图

（3）欧洲发达的旅游业：

① 条件：自然条件多种多样；历史上灿烂文化；各地独特的风土人情。

② 主要旅游地：希腊雅典巴农台神庙；意大利罗马古斗兽场和水城威尼斯；奥地利维也纳"音乐之都"；挪威奥斯陆峡湾和午夜太阳；荷兰鹿特丹花卉、风车、围湖造田工程；瑞士日内瓦湖光山色、手表作坊、登山滑雪；西班牙地中海沿岸沙滩风光、斗牛比赛；法国巴黎埃菲尔铁塔、凯旋门、凡尔赛宫、时装节；英国伦敦白金汉宫，格林尼治天文台原址、大英博物馆、马克思墓地。

（4）欧洲联盟：20 世纪末，欧洲人口约 10 亿，是世界上人口最稠密的大洲。城市化水平高；人口增长速度慢，许多国家出现了人口负增长现象；人口的老龄化问题突出，是欧洲经济发展面临的几个有特色的问题。欧洲一些国家，为了在市场经济中取得竞争优势，第二次世界大战以后，率先成立了国家联盟。

欧洲联盟的前身是 1957 年成立的欧洲经济共同体（最初的 6 个国家为：法国、比利时、卢森堡、荷兰、意大利和德意志联邦共和国），简称"欧共体"。1991 年 12 月，欧共体的 12 个国家签署《欧洲联盟条约》，该条约于 1993 年 11 月 1 日生效，欧共体正式改称欧洲联盟。到 2002 年 6 月，欧洲联盟共有 15 个成员国：法国、比利时、卢森堡、荷兰、意大利、德国、爱尔兰、丹麦、希腊、英国、葡萄牙、西班牙、芬兰、瑞典和奥地利。欧洲联盟的目的在于实现成员国的政治和经济一体化，其总部设在比利时首都布鲁塞尔。欧洲议会是欧洲联盟的立法机构；欧洲法院是欧洲联盟的司法机构。

欧元的前身是欧洲货币单位，到 20 世纪 90 年代初期，它已经成为国际债券市场上仅次于美元的第二货币。90 年代末期，欧洲联盟决定启用统一的货币，包括硬币和纸币，即欧元。从 2002 年 1 月 1 日起，欧元取代了除英国、瑞典和丹麦以外的 12 个欧洲联盟国家的货币，在欧洲和世界其他认同货币的地方流通。设在德国法兰克福的欧洲中央银行负责监督欧元。

（5）欧洲的主要国家：见图2-16、图2-17。

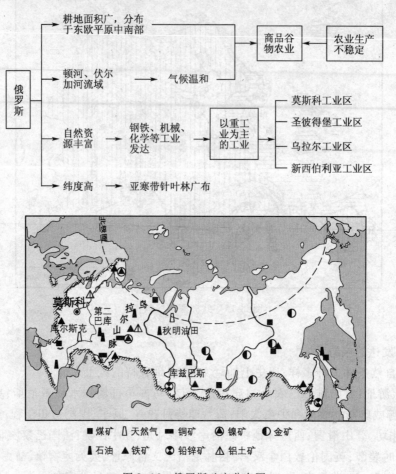

图 2-16　俄罗斯矿产分布图

图 2-17　俄罗斯工业及铁路分布

5. 北美洲

（1）北美洲的主要特征：见表2-8、图2-18。

表2-8 北美洲的主要特征

	位置和范围	地形特征及主要地形区	气候特征及主要类型	主要河湖	物产	民族
北美洲	介于太平洋、大西洋、北冰洋和巴拿马运河之间	西部为高大山系，东部为低缓的高原山地，中部为平原。冰川地形广布。科迪勒拉山系，拉布拉多高原和阿巴拉契亚山脉，中央大平原	温带大陆性气候显著	密西西比河与五大湖水系构成便利的水运网	美国、加拿大的煤、铁、石油和有色金属矿及小麦；墨西哥的石油、白银和玉米；中美诸国的香蕉；古巴的甘蔗等	土著居民印第安人；移民：白人、黑人、亚洲黄种人

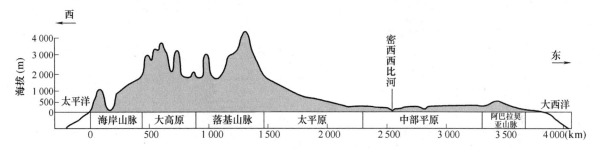

图2-18 北美洲北纬40°地形剖面示意图

（2）北美地形对气候的影响：见表2-9、图2-19。

表2-9 北美地形对气候的影响

① 海岸山脉紧逼着太平洋沿岸，迎风坡地形雨丰沛。但是，海岸山脉阻挡了太平洋上暖湿西风向东深入，限制了山脉以西的温带海洋性气候和地中海气候向东延伸，使上述两种气候呈南北向带状分布于沿海地区。山间高原盆地由于地形闭塞，海洋水汽难以进入，因此，气候干旱，呈现出荒漠的景象。

② 东部高地西北坡面迎冬季西北风，常造成大雪；东南坡面对大西洋水汽产生抬升作用，造成地形雨。但因东部高地低缓，连续性差，冬季干冷的西北风可影响到东海岸，夏季从大西洋来的暖湿气流亦可越过高地，进入内陆。

③ 中部平原地区气温、降水季节变化最大，大陆性较强。这是因为中部平原地势低平，无东西走向山脉，南北开敞，致使南北气流畅通无阻。冬季极地冷气团可长驱直入，骤然降温。夏季来自墨西哥湾的热带暖气团可自由北上，天气闷热多雨。中部平原在冷暖气团争逐交锋、交替控制之下，形成气温、降水季节变化大、大陆性较强的温带大陆性气候

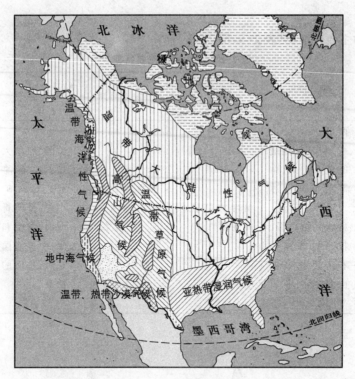

图 2-19　北美洲气候图

（3）巴拿马运河：见表 2-10

表 2-10　巴拿马运河

运河	大洲分界线	所在半球	所属国家	沟通大洋	避免绕行航线	缩短航程	通航能力	长度	凿通地峡	两端港口
巴拿马运河	南北美洲	北半球、西半球	巴拿马	太平洋与大西洋	南美南端的麦哲伦海峡	8 000～10 000 千米	5～10 万吨级	81.3 千米	中美地峡	科隆、巴拿马城

（4）北美洲主要的国家：见表 2-11、图 2-20、图 2-21。

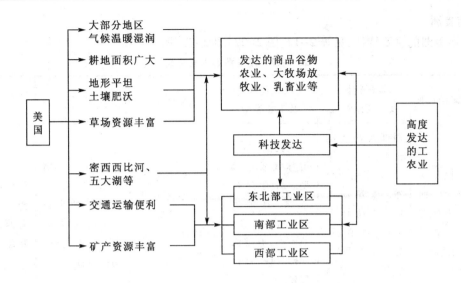

表 2-11 美国三大工业区

地区	东北部地区	南部地区	西部地区
发展条件	开发最早,煤铁资源丰富,运输便利,平原土壤肥沃	墨西哥湾沿岸石油资源丰富	矿产资源丰富
工业部门	钢铁、汽车、化学	石油、宇航、飞机、电子	宇航、飞机、电子
工业中心	纽约是美国最大工商业中心和港口,联合国总部所在地,芝加哥是中部地区最大城市	休斯敦石油化工、宇航中心	圣弗朗西斯科(旧金山)是美国华人最多城市,东南面的硅谷是微电子工业中心,洛杉矶是西部最大城市,附近有好莱坞影城

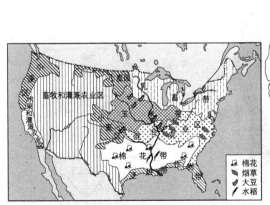

图 2-20 美国农业带的分布

图 2-21 美国工业区和主要城市分布图

6. 南美洲

（1）南美洲的主要特征：见表2-12、图2-22、图2-23、图2-24。

表2-12 南美洲的主要特征

	位置和范围	地形特征及主要地形区	气候特征及主要类型	主要河湖	物产	居民
南美洲	介于太平洋、大西洋、南极洲和巴拿马运河之间	西部为高大的山系，东部为平原、高原相间分布。安第斯山脉、亚马孙平原、巴西高原、拉普拉塔平原、巴塔哥尼亚高原等	气候暖湿，热带雨林气候最典型。另有热带草原、温带大陆、热带沙漠、地中海、温带海洋性气候、高山气候	河流水网稠密，亚马孙河是世界上流量最大、流域面积最广的河流	巴西的铁、咖啡、甘蔗、大豆，阿根廷的小麦和牛肉，智利的铜和硝石，委内瑞拉的石油	以混血种人为主，语言有西班牙语和葡萄牙语

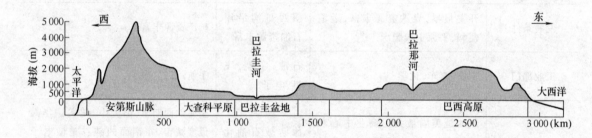

图2-22 南美洲南纬20°地形剖面示意图

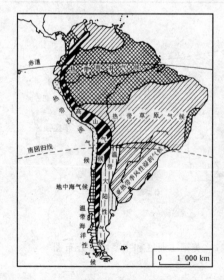

图2-23 南美洲气候图

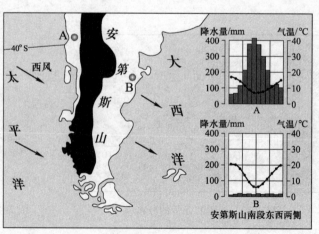

图2-24 安第斯山脉对气候的影响

（2）热带雨林的危机:亚马孙河流是世界上面积最大的雨林,这里有着丰富的生物资源,无论森林储量、植物种类和鸟类、淡水鱼等都非常丰富,是人类珍贵的宝库。从这一论点出发,进一步明确热带雨林的破坏,将会导致全球升温,沿海低地面临受海水侵吞的危险,这是全世界人们所关注的问题。

（3）南美洲主要的国家:

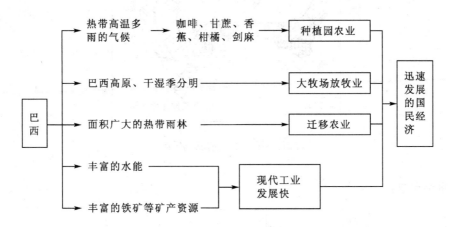

7. 大洋洲

（1）大洋洲的主要特征:见表2-13、图2-25、图2-26。

表2-13　大洋洲的主要特征

	位置和范围	地形特征及主要地形区	气候特征及主要类型	主要河湖	物产	居民
大洋洲	介于亚洲、南极洲之间,西临印度洋,东临太平洋	东部为山地,西部为高原,中部为平原和盆地。大分水岭,大自流盆地	气候呈半环状分布。热带沙漠、热带草原、地中海、温带海洋、亚热带湿润、热带雨林气候	河流少,流程短。墨累河;北艾尔湖	澳大利亚铁矿丰富,养羊业发达,盛产小麦,被誉为"坐在矿车上"和"骑在羊背上"的国家	以白色人种为主,为欧洲移民

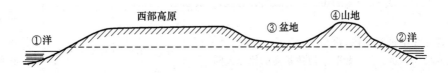

图2-25　澳大利亚沿南回归线剖面图

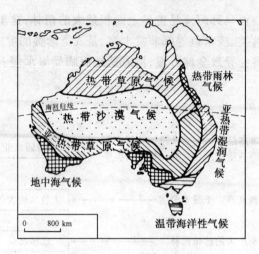

图 2-26 澳大利亚气候图

（2）澳大利亚：

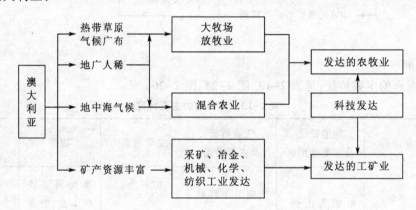

8. 南极洲

南极洲的主要特征:见表 2-14。

表 2-14 南极洲的主要特征

	位置和范围	地形特征及主要地形区	气候特征及主要类型	物产
南极洲	大部分在南极圈以内,跨经度最广的洲,介于太平洋、大西洋、印度洋之间	海拔最高的冰原大陆	烈风、暴雪和酷寒的极地气候	矿产有煤、铁、锰、镍;海洋生物有企鹅、鲸、磷虾、海狮、海豹、海豚等

50

9.世界的交通

(1)世界主要航海线和重要港口:见图2-27、表2-15。

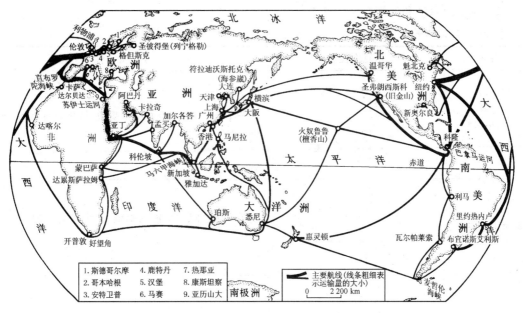

图 2-27 世界主要航海线和重要港口

表 2-15 世界主要航海线和重要港口

主要航线	① 从西欧各港口进北大西洋到北美洲东岸各港口
	② 西欧→直布罗陀海峡→地中海→苏伊士运河→西亚、南亚、东亚各港口
	③ 北美洲东海岸→巴拿马运河→北美西海岸各港口
	④ 亚洲东部、东南部→太平洋→北美西海岸各港口
著名港口	① 亚洲——上海、中国香港、新加坡、孟买、加尔各答、科伦坡、亚丁、横滨、大阪
	② 非洲——亚历山大、达累斯萨拉姆、开普敦
	③ 欧洲——伦敦、利物浦、马赛、鹿特丹、汉堡、圣彼得堡、安特卫普
	④ 大洋洲——悉尼
	⑤ 北美洲——纽约、圣弗朗西斯科、西雅图
	⑥ 南美洲——布宜诺斯艾利斯、里约热内卢

世界大洋两岸的经济发展水平和规模是大洋航线疏密的主要原因。大西洋两岸分别是西欧和北美两大工业地带,是世界最发达的工业地带,所以世界上最繁忙的航线是北大西洋航线。而北太平洋西岸是世界上经济最活跃的东亚地区,而另一边是北美地区,航线也较稠密。美国的东西两岸是其两大经济地带,绕巴拿马运河的航线较多。地中海、苏伊士运河由于石油的运输,航运比较繁忙。

港口的发展取决于两个因素:一是港口的自然条件,二是港口的腹地条件。腹地范围的大小和经济发展水平是港口发展的决定性因素。如上海港有发达的长江流域作为其经济腹地,鹿特丹因为有发达的西欧经济腹地而成为世界上最大的港口。

（2）重要的海峡和运河:

① 世界主要海峡

海峡	示意图位置	重要性
马六甲海峡		太平洋—印度洋航运的咽喉要道,被称为日本的"海上生命线"
霍尔木兹海峡		波斯湾通往阿拉伯海的咽喉,是世界著名的"石油海峡"
白令海峡		亚洲与北美洲的分界线,太平洋与北冰洋的唯一通道
曼德海峡		沟通红海、地中海与印度洋的要道
土耳其海峡		黑海出地中海的门户,亚欧分界线
直布罗陀海峡		地中海出大西洋的门户,亚欧航线必经的要道
英吉利海峡		北海—大西洋航运要道,世界货运最繁忙、通过船只最多的海峡

续表

海峡	示意图位置	重 要 性
麦哲伦海峡	54°S 72°W 69°W	大西洋和太平洋之间的大型轮船的航运要道
德雷克海峡	70°W 66°34′S	南美洲与南极洲的分界线;各国科考队赴南极考察的必经之地
莫桑比克海峡	23°26′S 40°E	沟通南北印度洋,是世界上最长的海峡

② 世界主要运河 苏伊士运河、巴拿马运河(见非洲、北美洲相关内容)。

(3)亚欧大陆桥:

亚欧大陆桥 { 一条是东起俄罗斯的符拉迪沃斯托克,经俄罗斯西伯利亚大铁路,直到欧洲荷兰的鹿特丹;

另一条是东起中国江苏省的连云港,由陇海—兰新线,经新疆阿拉山口,入中亚铁路直达荷兰的鹿特丹。

10. 重要的国际组织

(1)联合国:是世界上最大的国际组织。1945 年成立。总部设在美国纽约。其主要宗旨是维护国际和平及安全,发展国际间友好关系。主要机构有联合国大会、安全理事会、经济及社会理事会、托管理事会、国际法院和秘书处。安全理事会由中国、法国、俄罗斯、英国和美国等 5 个常任理事国和 10 个非常任理事国组成。

(2)世界贸易组织(WTO):其前身是 1947 年创立的"关税和贸易总协定",简称"关贸总协定",在 1986—1994 年关贸总协定最后一轮会议上(乌拉圭回合)决议,关贸总协定这一国际组织正式结束,以世界贸易组织代替它。世界贸易组织于 1995 年 1 月 1 日成立,创始成员国 104 个,总部设在瑞士的日内瓦。其宗旨是监督世界贸易,促进世界贸易的自由化。部长会议、总理事会和总干事负责世界贸易组织管理工作。部长会议每两年召开一次;总理事会执行部长会议的政策决议,并负责日常的行政事务;总干事由部长会议任命。

（二）常见考试题与解题技巧

1. 世界的陆地和海洋

例题1.（2010年成考试题）读图,图中M海峡是

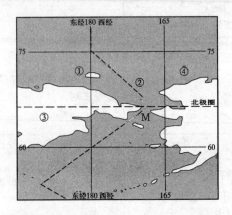

A. 英吉利海峡   B. 马六甲海峡   C. 麦哲伦海峡   D. 白令海峡

解析:本题考查亚洲与北美洲的分界线。首先考生要准确定位,一方面图中给出180°经线和北极圈,另一方面亚洲和北美洲的边界轮廓也是重要信息。如果平时能有意识地掌握空间定位的方法,培养空间定位的能力,判断出亚洲、北美洲分界线是白令海峡并不难。答案选D。

例题2.（2009年成考试题）读图,非洲大陆隔_____运河与亚洲相望,隔_____海峡与欧洲相望。

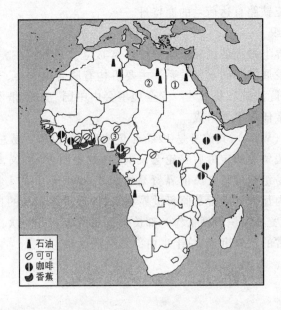

解析:本题考查非洲与亚洲、欧洲的界线。首先要熟悉非洲与亚洲、欧洲之间的海陆轮廓,其次记住地中海与红海之间,有人工开挖的苏伊士运河;地中海与大西洋之间的狭窄水域为直布罗陀海峡。答案:苏伊士　直布罗陀

2. 亚洲

例题3.(2010年成考试题)世界石油资源最丰富的地区是

A. 中亚　　　　　B. 西亚　　　　　C. 欧洲　　　　　D. 非洲

解析:本题考查世界最重要的石油产区。世界石油产区很多,但世界最重要的石油产区和出口区只有西亚,只要知道这一世界之最,完成该题很容易。答案选B。

例题4.(2009年成考试题)以下河流中,有可能发生凌汛现象的是

A. 亚马孙河　　　B. 尼日尔河　　　C. 刚果河　　　D. 勒拿河

解析:本题考查河流发生凌汛的条件。河流发生凌汛需具备两个条件:一是冬季气温在0℃以下,二是从低纬向高纬流动。亚马孙河、尼日尔河、刚果河都位于热带地区,冬季气温在15℃以上,只有勒拿河符合凌汛发生的条件。完成此题,首先要熟悉各河的位置,其次要了解各河的特点。答案选D。

例题5.(2007年成考试题)有中亚石油管线穿越,并与我国接壤的国家是

A. 蒙古　　　　　B. 哈萨克斯坦　　　C. 乌兹别克斯坦　　　D. 巴基斯坦

解析:本题考查与我国相邻的中亚产油国。中亚的石油资源主要分布在里海沿岸,哈萨克斯坦既位于里海沿岸,又与我国接壤,是中亚重要的产油国。答案选B。

例题6.(2008年成考试题)下列湖泊中最深的是

A. 维多利亚湖　　　B. 鄱阳湖　　　C. 苏必利尔湖　　　D. 贝加尔湖

解析:本题考查湖泊的主要特征。维多利亚湖是非洲最大的湖泊;鄱阳湖是中国最大的淡水湖;苏必利尔湖是北美五大湖之一,也是世界最大的淡水湖;贝加尔湖是世界最深的湖。答案选D。

例题7.(2010年成考试题)读图,完成下列要求。

(1) 图中甲示意的是_____河,乙示意的是_____河。乙河流域容易发生旱涝灾害的主要自然因素是_____。

(2) 班加罗尔成为印度高技术产业的中心,其主要区位条件有:

①_____

②_____

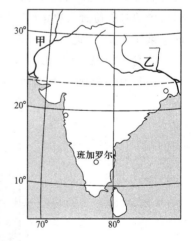

解析:本题考查南亚河流及印度新兴产业。印度河和恒河是南亚主要的河流,其中印度河大部分处于终年炎热干燥的热带沙漠气候区,而恒河处于热带季风气候区,受夏季风强弱的影响,恒河易发生旱涝灾害。所以乙河易发生旱涝灾害的主要自然因素应该是气候,而主要自然原因可以解释为受西南季风的影响,年降水量不稳定。该小题答案与题中设问不太对应。近几十年来,印度信息技术产业发展迅速,电脑软件大量出口,在国际市场占有重要地位。以班加罗尔为中心的南方工业区,是印度独立后发展起来的新兴高科技工业区。

答案:(1) 印度　恒河　受西南季风影响,年降水量不稳定。

（2）科技人才密集（高等院校众多）、交通通信便利、环境质量好（答出其中两点即可）

3. 非洲

例题 8.（2008 年成考试题）世界上水能资源最丰富的河流是

A. 叶尼塞河　　　　B. 刚果河　　　　C. 湄公河　　　　D. 亚马孙河

解析：本题考查河流特征。刚果河是非洲河流，是世界上水能资源最丰富的河流；亚马孙河是南美洲河流，是世界上流域面积最广、流量最大的河流；叶尼塞河是亚洲河流，水量丰富，水能蕴藏量大，但封冻期长。湄公河也是亚洲河流，是东南亚最长的河流。答案选 B。

例题 9.（2010 年成考试题）读图，完成（1）、（2）小题。

（1）由①地到②地，沿线依次经过的气候类型是

A. 地中海气候——热带沙漠气候——热带草原气候——热带雨林气候

B. 地中海气候——热带草原气候——热带沙漠气候——热带雨林气候

C. 地中海气候——热带雨林气候——热带草原气候——热带沙漠气候

D. 地中海气候——热带沙漠气候——热带雨林气候——热带草原气候

（2）③地和④地气候类型不同，其主要影响因素是

A. 纬度　　　　B. 洋流　　　　C. 海拔　　　　D. 海陆位置

解析：本题考查非洲气候类型的分布及海拔对气候的影响。非洲地跨南北两半球，赤道横贯中部，气候类型呈明显的带状分布，且南北大致对称。中部是热带雨林气候，向南、北两方依次过渡为热带草原气候、热带沙漠气候和地中海气候。这种有规律的分布，是由非洲大陆在气压带和风带中的对称位置所决定的。③、④两地大致纬度相当，但气候类型截然不同，主要因为③地处埃塞俄比亚高原，地势高，气温相对降低，降水也随之减少。

答案：（1）A　（2）C

例题 10.（2009 年成考试题）读图，回答下列问题。

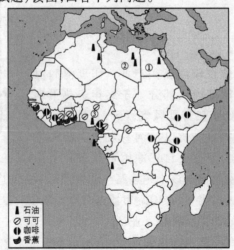

（1）图中①、②、③为非洲的三个石油生产国,它们的名称分别为①_____②_____③_____。

（2）非洲几内亚湾一带属于_____（气候类型）,是_____（天然植被）分布区,盛产咖啡、香蕉、可可。

解析:本题考查非洲的产油国及重要的气候类型。非洲的撒哈拉地下、几内亚湾沿岸埋藏着丰富的石油资源,埃及、利比亚、阿尔及利亚、尼日利亚是非洲重要的产油国。几内亚湾地处赤道附近,终年高温多雨,为典型的热带雨林气候。

答案:(1)埃及　利比亚　尼日利亚　(2)热带雨林气候　热带雨林

4. 欧洲

例题 11.(2009 年成考试题)读图,图中 aa′、cc′、dd′四条经线中示意本初子午线的是

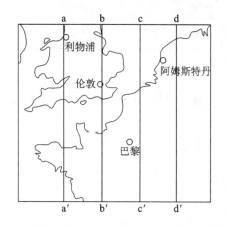

A. aa′经线　　　　B. bb′经线　　　　C. cc′经线　　　　D. dd′经线

解析:本题考查本初子午线与欧洲的位置关系。国际上把通过英国伦敦格林尼治天文台原址的经线定为 0°经线,也叫本初子午线。一方面 0°经线是对欧洲西部进行定位的重要经线,另一方面 0°经线的时间即为世界时,在时间换算上经常会用到,所以平时一定要多加关注。图中 bb′通过欧洲西部的伦敦。所以答案选 B。

例题 12.(2007 年成考试题)赢得 2012 年夏季奥运会主办权的伦敦,夏季气候特点是

A. 湿热多雨　　　B. 炎热干燥　　　C. 温和干燥　　　D. 温和湿润

解析:本题考查欧洲典型气候的特征。欧洲介于大西洋、亚洲和非洲之间,没有热带气候,由于深受大西洋的影响,温带海洋性气候显著,终年温和湿润。答案选 D。

例题 13.(2006 年成考试题)下面四个国家中,核能在本国电力消耗中所占比重最大的是

A. 德国　　　　　B. 英国　　　　　C. 日本　　　　　D. 法国

解析:本题考查世界主要国家的主要能源。德国鲁尔区是世界著名的煤炭产区;英国煤炭、石油资源丰富;日本矿产资源贫乏,能源需大量进口;法国为解决国内煤炭和石油的不足,自 20 世纪 70 年代积极开发铀矿,充分利用核能发电,核能发电量占全国发电总量的 75%,核能发电技术与设备居世界领先地位。答案选 D。

例题 14.(2002 年成考试题)读图回答问题。

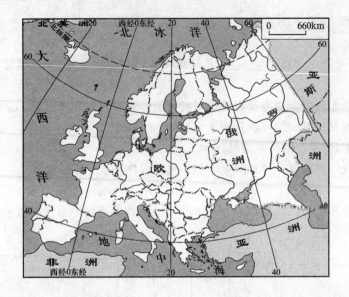

（1）欧盟现有 15 个成员国,请将下列国的代号填入图中相应位置

A. 比利时　　　　B. 希腊　　　　　C. 奥地利

（2）目前欧盟正式使用的货币是_____。

（3）欧盟总部设在比利时的_____。

（4）欧盟中面积最大的国家是_____。

（5）欧盟中最大的经济国是_____。

解析:本题考查欧洲联盟的相关知识。欧盟的发展不仅对欧洲,而且对整个世界都起着不可替代的作用。欧盟每年的国内生产总值接近美国,货物进出口贸易额居世界第一位,在经济实力上形成了与美国、日本三足鼎立之势。所以对欧盟应该有所了解。

答案:(1)略　(2)欧元　(3)布鲁塞尔　(4)法国　(5)德国

5. 北美洲

例题 15.(2010 年成考试题)美国西部太平洋沿岸地区的新兴产业部门是

A. 造船、飞机、石油化学　　　　　　B. 飞机、钢铁、电子

C. 造船、飞机、汽车制造　　　　　　D. 飞机、电子、娱乐业

解析:本题考查美国工业的分布。美国西部太平洋沿岸地区,气候温暖,阳光充足,有丰富的石油和天然气等能源,集中了石油开采与加工、电子、航空航天等新兴工业部门。洛杉矶是美国最大的飞机制造和石油加工等多种工业的中心,也是迪斯尼乐园的故乡。好莱坞是美国电影、电视工业中心。答案选 D。

例题 16.(2009 年成考试题)以下运河中,位于西半球的是

A. 苏伊士运河　　B. 莫斯科运河　　C. 巴拿马运河　　D. 京杭运河

解析:本题考查四运河的位置。苏伊士运河是亚、非洲分界线,莫斯科运河是俄罗斯的,京杭运河是中国的,它们都位于东半球,只有巴拿马运河处于西半球。答案选 C。

6. 南美洲

例题 17. (2008 年成考试题). 世界上甘蔗产量最大的国家是

A. 巴西　　　　　B. 印度　　　　　C. 古巴　　　　　D. 阿根廷

解析: 本题考查各国农产品情况。巴西的咖啡、甘蔗、柑橘等热带经济作物的产量居世界第一; 印度农产品种类多、产量大, 如水稻、小麦、棉花、茶、黄麻等, 但印度农产品出口量很少, 只有茶叶的出口量居世界首位; 古巴蔗田面积广, 蔗糖出口量占世界前列; 阿根廷是世界重要的小麦出口国。答案选 A。

例题 18. (2009 年成考试题). 森林面积年均减少量最多的国家是

A. 巴西　　　　　B. 美国　　　　　C. 墨西哥　　　　　D. 印度尼西亚

解析: 本题考查巴西热带雨林的开发情况。巴西亚马孙河流域地处赤道低气压带, 属典型的热带雨林气候, 是世界最大的热带雨林区, 从 20 世纪 60 年代开始, 伴随着亚马孙地区的开发, 森林遭受破坏, 水土严重流失, 珍贵的野生动物遭劫, 全球生态环境受到严重威胁。答案选 A。

例题 19. (2001 年成考试题) 读图, 分析回答。

(1) A 区分布着世界面积最大的 _____; 人类大量砍伐, 将导致全球气候的 _____效应增强。

(2) 该国人口、城市和工业主要分布在 _____部, 这里工业发展的有利条件是 _____。

(3) 该国是世界 _____作物重要生产国和出口国。

解析: 本题考查南美重要国家巴西的相关知识。巴西地处热带地区, 盛产热带经济作物。巴西亚马孙河流域覆盖着地球上面积最大的热带雨林, 热带雨林具有巨大的环境效益。由于人类大规模地破坏, 热带雨林面积大大减小, 导致全球气候的温室效应增强。热带雨林区过于潮湿, 不适合人类居住, 巴西人口集中分布在东南沿海地区, 广大的亚马孙平原和内陆高原人口稀少。

答案: (1) 热带雨林　温室

(2) 东南　近原料(或燃料)地、消费区, 且交通便利

（3）热带经济（咖啡、甘蔗也对）

7. 大洋洲

例题20.（2006年成考试题）读图,澳大利亚大陆中西部地区气候干旱的原因是

A. 在副热带高气压带控制下

B. 受西风的影响

C. 受信风的影响

D. 在赤道低气压带控制下

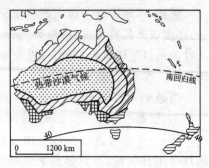

解析:本题考查澳大利亚的气候。澳大利亚的气候呈半环状分布,南回归线穿过中部,大部分地区在副热带高气压带控制之下,因此气候炎热干燥,形成热带沙漠气候。答案选A。

例题21.（2010年成考试题）澳大利亚的人口和城市主要分布于

A. 东南部沿海地区　　　　B. 东北部沿海地区

C. 西北部沿海地区　　　　D. 西南部沿海地区

解析:本题考查澳大利亚人口和城市的集中分布区。澳大利亚东南沿海一带地处温带和亚热带,并受来自海洋的湿润气流的影响,气候温暖湿润;有较好的港口,对外联系便利,因此成为人口、城市稠密区。答案选A。

8. 南极洲

例题22.我国第一个南极内陆科学考察站、同时也是我国第三个南极科考站昆仑站（80°25′01″S,77°06′58″E）,于2009年1月27日在南极内陆冰盖的最高点冰穹（DOME—A）地区（海拔4 093米）胜利建成。读图回答问题。

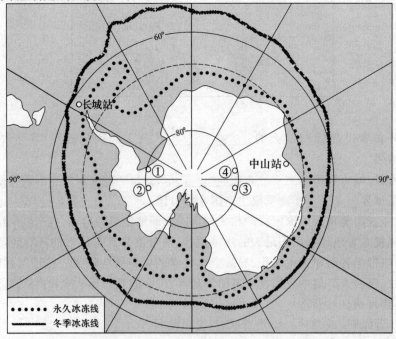

（1）DOME—A的最高点位于图中的

A.①　　　　B.②　　　　C.③　　　　D.④

（2）由于独特的自然地理条件,在冰穹A地区建站面临的主要困难有

① 低温严寒;② 地形起伏大;③ 高原缺氧;④ 冻土深厚;⑤ 生态脆弱;⑥ 可供施工时间短

A.①③⑥　　　　B.②④⑤　　　　C.①②③　　　　D.④⑤⑥

（3）与中山站和长城站相比,昆仑站进行天文观测的条件更好。这是因为其所在地

A. 昼短夜长、视野开阔

B. 地势较高、盛行上升气流

C. 自转的线速度较慢、风速较小

D. 大气透明度较高、连续观测时间较长

解析:本题考查南极科考站昆仑站的相关知识。第(1)题据材料提供的经纬度,在图中给昆仑站定位。首先要求考生能在南极地图上确定方位。南极半岛正对着南美洲南端,属西经度,与其相反的方向即为东经度,之后就容易找到昆仑站的位置了。昆仑站在南极内陆冰盖的最高点,地势高,空气稀薄,气温低。所以高原缺氧、低温严寒、可供施工时间短;大气透明度高、连续观测时间长。答案:(1) D　(2) A　(3) D。

9. 世界的交通

例题23.（2008年成考试题）读图(图中画斜线部分为陆地),通过的油轮石油运输量最大的海峡是

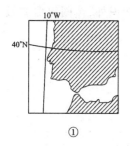 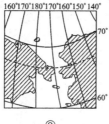 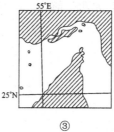 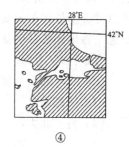

①　　　　　　②　　　　　　③　　　　　　④

A. ①　　　　B. ②　　　　C. ③　　　　D. ④

解析:本题考查世界重要的海峡。①为直布罗陀海峡,②为白令海峡,③为霍尔木兹海峡,④为土耳其海峡。因为波斯湾是世界上最重要的石油产区,所以霍尔木兹海峡就成为最繁忙的海上石油运输通道,地理位置极其重要。答案选C。

例题24.（2009年成考试题）根据图及相关知识,回答下列问题。

（1）我国的特大型港口是_____,拥有特大型港口最多的国家是_____。

（2）连接_____洲西部的各个港口和_____洲东部的_____（港口）是世界上海运最繁忙的航线。

（3）位于美国南部,容易遭受热带风暴袭击的特大型港口是_____。

（4）摩尔曼斯克港口虽然地处_____（低、中、高）纬度地区,但受_____暖流的影响,终年不冻。

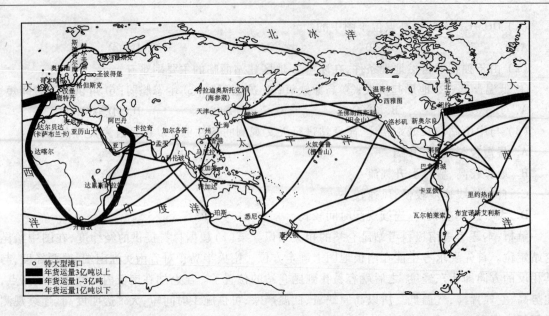

（5）从亚洲东岸通往北美洲东岸,最便捷的航海线是通过_____运河的航线。从北美洲西岸到北美洲东岸,特大型船只必须绕道_____洲南端的_____海峡。

解析:本题考查世界主要航海线和重要港口、海峡、运河。世界上比较繁忙的航线有四条:北大西洋航线;地中海、苏伊士运河航线;北美洲东岸各港口经巴拿马运河至北美洲西岸各港口的航线;北太平洋航线。大西洋两岸分别是西欧和北美两大工业地带,是世界最发达的工业地带,所以世界上最繁忙的航线是北大西洋航线。除平时要记忆与此题相关的知识外,读图提取有效信息是做出此题的关键。

答案:(1)上海　日本

（2）欧　北美　纽约

（3）新奥尔良

（4）高　北大西洋

（5）巴拿马　南美　麦哲伦

第三部分　中国地理

（一）常见考试知识点（本部分共有 9 项）

1. 疆域和行政区划

（1）纬度位置和海陆位置：见图 3-1。

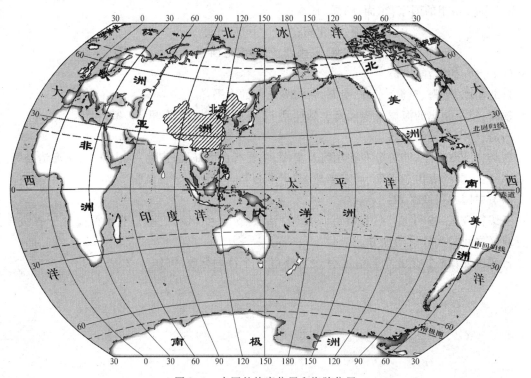

图 3-1　中国的纬度位置和海陆位置

海陆位置:中国位于亚洲的东部、太平洋的西岸

纬度位置:中国位于北半球,大部分地处北温带,少部分在热带。

(2) 领土面积:陆地面积 960 万平方千米。在世界各国中,仅次于俄罗斯、加拿大,是世界第三大国。

(3) 疆域的四至点:我国领土的最东端在黑龙江与乌苏里江主航道中心线汇合处(约东经 135 度),最西端在新疆帕米尔高原(约东经 73 度),东西跨经度约 62 度,相距 5 000 多千米。

最北端在黑龙江省漠河以北的黑龙江主航道中心线(约北纬 53 度),最南端在南海上的曾母暗沙(约北纬 4 度),南北跨纬度约 50 度,相距 5 500 千米。

(4) 陆疆和陆上邻国:

陆疆:从中朝边界的鸭绿江口起,到中越边界的北仑河口止,长 22 000 多千米。与 14 个国家相邻。

邻国:14 个陆上邻国

东面:朝鲜 东北面:俄罗斯 北面:蒙古	西北面:哈萨克斯坦 西面:吉尔吉斯斯坦、塔吉克斯坦、阿富汗、巴基斯坦	西南面:印度、尼泊尔、不丹 南面:缅甸、老挝、越南

(5) 中国大陆海岸线和隔海相望的国家:

海疆:大陆海岸线长 18 000 多千米。与 6 个国家隔海相望。岛屿海岸线约 14 000 多千米。

6 个隔海相望的国家:东面:韩国、日本;

东南面:菲律宾;

南面:文莱、马来西亚、印度尼西亚。

(6) 濒临的海洋:

自北向南:渤海、黄海、东海、南海,台湾岛东面的太平洋。

领海:指从领土的海岸基线向海上延伸到 12 海里的海域(1 海里 = 1.852 千米)。

内海:渤海和琼州海峡。

岛屿:6 500 多个,90% 分布在东海及南海,主要有台湾岛、海南岛、舟山群岛,南海诸岛等。

半岛:主要的有山东半岛、辽东半岛、雷州半岛等。

(7) 中国的行政区划:

三级行政区:省(自治区、直辖市)、县(自治县、市)、乡(镇)三级。自治州是介于省级与县级行政区之间的民族自治地方。

行政区划:23 个省、5 个自治区、4 个直辖市,2 个特别行政区(图 3-2、表 3-1)。

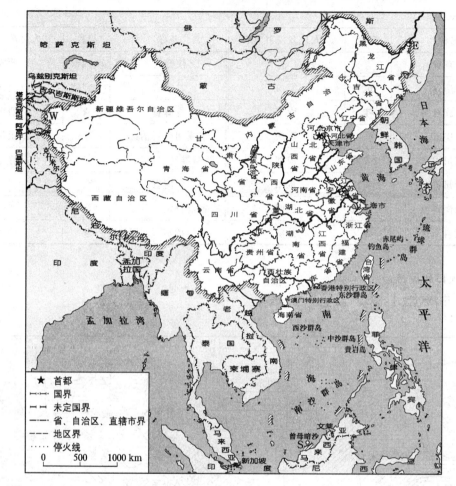

图 3-2　中国政区

表 3-1　我国行政区划表

名称	简称	人民政府驻地	名称	简称	人民政府驻地
北京市	京	北京	江苏省	苏	南京
天津市	津	天津	浙江省	浙	杭州
河北省	冀	石家庄	安徽省	皖	合肥
山西省	晋	太原	福建省	闽	福州
内蒙古自治区	内蒙古	呼和浩特	江西省	赣	南昌
辽宁省	辽	沈阳	山东省	鲁	济南
吉林省	吉	长春	河南省	豫	郑州
黑龙江省	黑	哈尔滨	湖北省	鄂	武汉
上海市	沪	上海	湖南省	湘	长沙

续表

名称	简称	人民政府驻地	名称	简称	人民政府驻地
广东省	粤	广州	陕西省	陕或秦	西安
海南省	琼	海口	甘肃省	甘或陇	兰州
广西壮族自治区	桂	南宁	青海省	青	西宁
重庆市	渝	重庆	宁夏回族自治区	宁	银川
四川省	川或蜀	成都	新疆维吾尔自治区	新	乌鲁木齐
贵州省	贵或黔	贵阳	台湾省	台	
云南省	云或滇	昆明	香港特别行政区	港	
西藏自治区	藏	拉萨	澳门特别行政区	澳	

2. 人口和民族

（1）中国的人口：见图3-3。

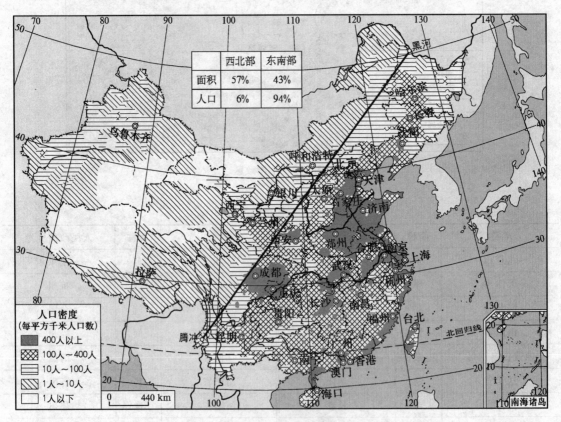

图3-3　我国人口分布

数量大：是世界人口最多的国家。到2007年底人口总数13.2亿,约占世界人口的21%。

分布不均:一个国家或地区平均每平方千米的人口数,叫做人口密度,用以表示人口分布的状况,2008 年我国平均每平方千米居住约 138 人,是世界人口密度最大的国家之一。

我国人口分布不均,如从黑河到腾冲连一条线,这条线的东南部,面积占全国的 43%,而人口数却占全国的 94% 以上;而线的西北部,面积占全国的 57%,人口只占全国的 6%。所以我国人口分布的特征是:东南部人口多,西北部人口少。

我国的人口政策:实行计划生育是我国的基本国策。基本目标是:控制人口数量,提高人口素质,使人口增长与社会经济发展相适应。

(2)中国的民族:统一的多民族国家。由 56 个民族组成。汉族人口最多,约占全国总人口的 92%。55 个少数民族占总人口的 8%。

民族分布具有大杂居、小聚居的特点:汉族分布最广,绝大部分集中在东部。少数民族分布区主要在西南、西北和东北地区,约占全国总面积的 50%~60%(表 3-2)。

民族政策:各民族一律平等;在少数民族聚居的地方实行民族区域自治;国家保障各少数民族的合法权利和利益,维护和发展各民族的平等、团结、互助关系;各民族都有发展、使用本民族语言文字和宗教信仰的自由;各民族都有保持或者改革自己的风俗习惯的自由;国家根据少数民族的特点和需要,帮助各少数民族地区加速经济和文化的发展。

表 3-2　人口在百万以上的少数民族分布状况

民族	主要分布地区	民族	主要分布地区
蒙古族	内蒙古、青海	满族	辽宁、吉林、黑龙江、河北、北京
回族	宁夏、甘肃、青海	侗族	贵州、湖南
藏族	西藏、青海、四川	瑶族	广西、湖南、广东、云南
维吾尔族	新疆	白族	云南
苗族	贵州、湖南、云南	土家族	湖南、湖北
彝族	四川、云南、贵州	哈尼族	云南
壮族	广西壮族自治区	哈萨克族	新疆
布依族	贵州	傣族	云南
朝鲜族	吉林、辽宁、黑龙江	黎族	海南

(3)华侨和侨乡:华侨和华人。侨居在外国的中国人称华侨,或称侨胞。华侨取得居留国的国籍,称外籍华人。华侨与华人分布在世界各地,共约 3 000 万人。

侨胞的原籍以广东、福建两省最多,两省中许多地方以侨乡著称。

3. 地形

(1)地形的主要特征:见图 3-4、图 3-5。

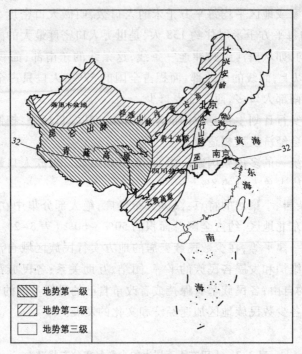

图 3-4 我国地势阶梯分布示意图

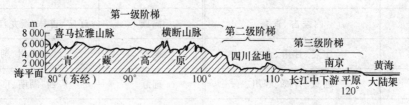

图 3-5 我国地形剖面图(沿北纬 32°)

① 地势西高东低,呈阶梯状分布。我同地势的第一级阶梯是青藏高原,平均海拔在 4 000 米以上。其北部与东部边缘以昆仑山脉、祁连山脉、横断山脉与地势第二级阶梯分界。地势的第二级阶梯平均海拔在 1 000 ~ 2 000 米之间,其间分布着大型的盆地和高原。东面以大兴安岭、太行山脉、巫山、雪峰山与地势第三级阶梯分界。地势的第三级阶梯海拔多在 500 米以下,其间分布着广阔的平原,以及丘陵、低山。第三级阶梯向东,是我国大陆向海洋自然延伸的部分,是属于我国的近海大陆架,包括渤海、黄海的全部,东海的大部分和南海的一部分。大陆架蕴藏着丰富的矿产资源(如石油、天然气)、海洋生物资源和化学资源等。我国地势西高东低向海洋倾斜,对我国自然地理环境和经济有重大影响,这种地势有利于海洋湿润水汽深入大陆内地,形成降水;另一方面使我国许多大河滚滚东流,沟通了东西交通,方便了沿海与内地的联系;同时许多大河在流经阶梯交界处时落差大、水流湍急,水力资源十分丰富,我国是世界上水能蕴藏量最丰富的国家。

② 地形多种多样,山区面积广大(表 3-3)。

表3-3　我国各类地形所占比例

各类地形所占比例（%）					各级海拔高度所占比例（%）				
山地	高原	盆地	平原	丘陵	>3 000 m	>2 000 m	>1 000 m	>500 m	<500 m
33	26	19	12	10	26	7	25	17	25

在我国辽阔的大地上,有雄伟的高原、起伏的山岭、广阔的平原、低缓的丘陵,还有四周群山环抱、中间低平的大小盆地。陆地上的五种基本地形类型,我国均有分布。

通常人们把山地、丘陵和比较崎岖的高原统称为山区。我国山区面积广大,约占全国总面积的2/3。

这一地形特征首先为我国农业多种经营提供了有利条件,不同的地形区适合不同类型农业的发展。广大的山区还蕴藏着丰富的矿产资源、森林资源、草场资源、水能资源和旅游资源;但是山区面积大,对交通发展、对外联系,以及农田耕作等方面也带来了诸多不便。

(2) 地形的分布:

① 山脉是地形分布的骨架,是其他地形分布的分界线　见表3-4、图3-6。

表3-4　中国的主要山脉

山脉走向	主要山脉
东西走向的山脉	① 天山—阴山 ② 昆仑山—秦岭 ③ 南岭
东北—西南走向	① 大兴安岭—太行山—巫山—雪峰山 ② 长白山—武夷山 ③ 台湾山脉
西北—东南走向	阿尔泰山、祁连山
南北走向的山脉	横断山脉
弧形山脉	喜马拉雅山脉

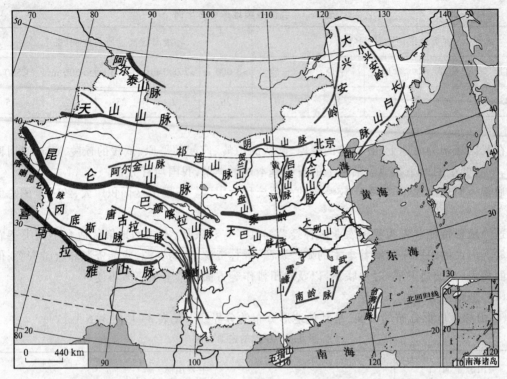

图 3-6 中国主要山脉分布示意图

② 四大高原

名称	位置、范围	特征
青藏高原	位于我国西南部 介于昆仑山—阿尔金山—祁连山—横断山脉和喜马拉雅山脉之间	① 世界屋脊,地势高; ② 面积大,占全国面积的1/4; ③ 多高山,但相对高度小; ④ 大河发源地; ⑤ 雪山、冰川广布; ⑥ 地热资源丰富
内蒙古高原	位于我国北部 介于大兴安岭和祁连山之间	① 地势起伏和缓; ② 我国第二大高原; ③ 东部多草原,西部多戈壁、沙漠
黄土高原	位于我国中部 介于长城—太行山—秦岭—祁连山东端之间	① 世界黄土沉积面积最大、最深厚的地区; ② 地表支离破碎、千沟万壑; ③ 植被覆盖少,水土流失严重; ④ 土质疏松,较肥沃
云贵高原	位于我国西南部 介于横断山脉和雪峰山之间、四川盆地以南	① 石灰岩广布,喀斯特地貌典型; ② 地表崎岖,多山间小盆地——"坝子"

③ 四大盆地

名称	位置、范围	特征
塔里木盆地	位于新疆南部 介于天山与昆仑山之间	① 最大的盆地； ② 有最大的沙漠（多流动沙漠）； ③ 地势西高东低； ④ 边缘有绿洲分布
准噶尔盆地	位于新疆北部 介于天山与阿尔泰山之间	① 我国第二大盆地； ② 多风蚀地形——雅丹地貌；沙漠面积小于塔里木盆地； ③ 盆底地势东高西低，边缘多绿洲
柴达木盆地	位于青海省的西北部 介于阿尔金山、祁连山与昆仑山之间	① 我国海拔最高的盆地；典型的内陆高原盆地 ② 多戈壁、沙漠，东南部多盐湖——有"聚宝盆"之称
四川盆地	位于川、渝境内 介于巫山—大巴山—横断山—大娄山之间	① 盆底多低山、丘陵； ② 西部成都平原较平坦，土壤肥沃； ③ 广布紫色土——"紫色盆地"； ④ 河流多，我国最大的外流盆地

④ 三大平原

名称	位置、范围	特征
东北平原	介于大、小兴安岭—长白山地之间，包括黑、吉、辽三省和内蒙古东部的一部分	① 我国面积最大的平原； ② 广布肥沃的黑土； ③ 地势低平，三江平原多沼泽； ④ 由三部分组成：三江平原、松嫩平原、辽河平原； ⑤ 有黑龙江、乌苏里江、松花江、嫩江、辽河分布
华北平原	燕山以南，淮河以北，太行山以东，濒临渤海、黄海 包括冀、鲁、豫、京、津和苏、皖的一部分	① 我国第二大平原； ② 地势平坦； ③ 海河、黄河、淮河
长江中下游平原	位于我国中部，巫山以东，长江干支流沿岸 包括鄂、湘、赣、皖、苏、浙、沪	① 地势更加低平； ② 河湖密布； ③ 长江干、支流分布

⑤ 主要丘陵　我国丘陵众多,分布广泛。东部地区主要有辽东丘陵、山东丘陵和东南丘陵等。

（3）地形特征对我国地理环境的影响:

① 地形对气候的影响

影响气温:海拔越高,气温越低。如青藏高原的纬度与长江中下游平原大致相当,但地势却高出 4 000 米以上,因此,气温比长江中下游平原低得多。

影响降水:我国东部的许多山地降水比平原多,就因为山地的一侧多迎着夏季风的来向,形成丰富的地形雨;反之,背风坡一侧则降水减少。如台湾山脉的东侧降水明显多于西侧。

影响气流运动:我国许多高大山脉两侧的气候截然不同。如秦岭东西横亘在陕西南部,冬季阻挡了南下的冷气流,夏季阻挡了北上的暖湿气流,使其南面的汉中盆地与北面的渭河平原在气温、降水等方面有很大差异。因此,秦岭是我国气候的重要分界线。

② 地形对河流的影响

制约河流的流向:我国地势西高东低。使许多大河滚滚东流入海,许多山脉成为河流的分水岭,影响到河流的流域范围。

影响到河流的落差:河流在地势阶梯的过渡地带形成巨大落差。峡谷、急流的形成也与地形有密切关系,河流水能资源的蕴藏常与降水、地形有关。

③ 地形对植被的影响　山脉的阳坡与阴坡植被的差异;植被随高度增加而发生有规律的垂直变化。

（4）我国主要的地质灾害:

① 我国地震带与成因

地震带分布	分布规律	成因
① 环太平洋地震带; ② 喜马拉雅地震带; ③ 华北地震带; ④ 东南沿海地震带; ⑤ 南北地震带; ⑥ 西北地震带; ⑦ 青藏高原地震带; ⑧ 滇西地震带	西部多,东部少	我国处于亚欧板块与太平洋板块的交界地带,又处在印度洋板块与亚欧板块交界处,构造断裂活动强烈

② 我国泥石流灾害区域特征

区域	成因类型	特点
青藏高原东南部山地	冰川泥石流	规模巨大,发生频繁而猛烈
川滇山地	降雨泥石流	发生较频繁,与人类经济活动密切相关
黄土高原	暴雨激发的黄土泥流	发生频率、规模和强度均不及山区泥石流
华北和东北山地	暴雨引发泥石流	发生频率较低,但规模较大且来势迅猛

4. 气候

（1）气温和温度带：

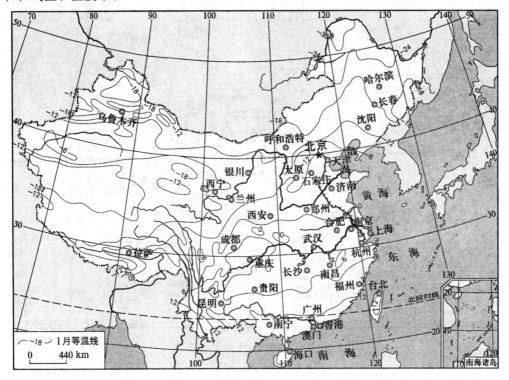

图 3-7　我国 1 月平均气温分布

① 冬季气温分布　见图 3-7。

特点：冬季气温自南向北降低，南北气温相差悬殊。1 月份 0 ℃等温线大致通过秦岭—淮河一线。

南北气温相差很大：黑龙江省最北部 1 月平均气温在 -32 ℃以下，海南省 1 月平均气温在 16 ℃以上，南北温差达 50 ℃左右。

成因：纬度位置影响，冬季太阳直射南半球，我国北方正午太阳高度低，白昼短，因而获得光热少，气温低。

冬季风影响：冬季风源地距北方近，故南下时加剧了北方严寒。

② 夏季气温分布　见图 3-8。

特点：夏季全国普遍高温，青藏高原除外。全国大部分地区 7 月平均气温在 20 ℃以上。南北气温相差很小，黑龙江省最北部 7 月平均气温为 16℃，海南省 7 月平均气温为 28℃。青藏高原是全国 7 月平均气温最低的地区。

成因：纬度位置影响，夏季太阳直射北半球，我国中低纬区普遍增温。北方正午太阳高度虽低于南方，但白昼时间比南方长，因而缩小了所获光热差别。

地形影响：青藏高原因地势高，故夏季气温低。

③ 温度带　见表 3-5、图 3-9。

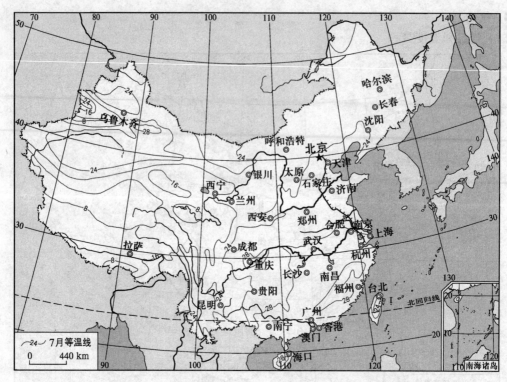

图 3-8　我国 7 月平均气温分布

表 3-5　我国的温度带

温度带	分布范围	耕作制度	主要农作物
寒温带	黑龙江省北部及内蒙古东北部	一年一熟	春小麦、马铃薯等
中温带	东北和内蒙古大部,新疆北部	一年一熟	春小麦、玉米、大豆、亚麻、甜菜
暖温带	黄河中下游大部和新疆南部	两年三熟	冬小麦、玉米、棉花、花生
亚热带	秦岭—淮河以南,青藏高原以东	一年两至三熟	稻麦两熟或双季稻、油菜
热带	滇、粤、台南部和海南省	一年三熟(水稻)	水稻、甘蔗、天然橡胶
青藏高寒区	青藏高原	一年一熟	青稞

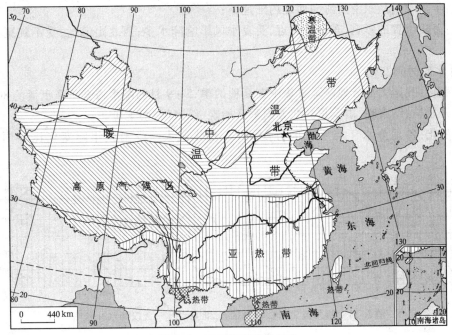

图 3-9 我国温度带的划分

（2）降水和干湿地区：

① 年降水量的空间分布　见图 3-10。

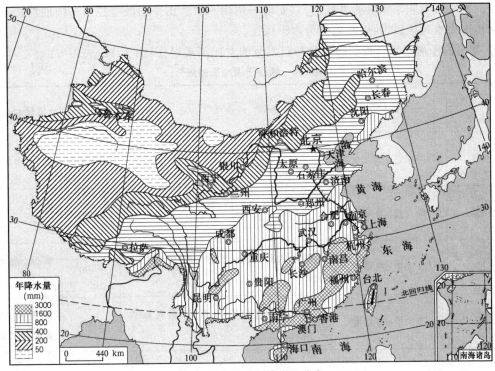

图 3-10 我国年降水量分布

特点:年降水量从东南沿海向西北内陆递减;

原因:海陆位置的影响,东南距海近,受夏季风影响降水多;西北距海远,受不到夏季风影响降水少。

② 降水的时间变化

季节变化:我国大部分地区降水集中在夏秋两季,5—9月的降水占全年降水量的80%以上。南方雨季开始早、结束晚,雨季长。北方雨季开始晚、结束早,雨季短。

年际变化:各地降水年与年之间分配不均,变化较大。少雨区年际变化比多雨区大(图3-11)。

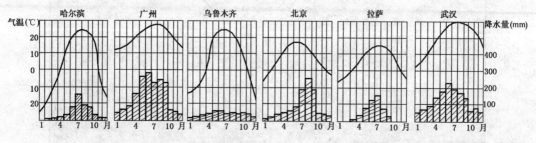

图3-11 哈尔滨、广州、乌鲁木齐、北京、拉萨、武汉降水柱状图

原因:降水的季节变化与夏季风的进退迟早有关;降水的年际变化与夏季风的进退规律反常有关。

季风区和非季风区:受夏季风影响明显的地区称为季风区,夏季风势力难以到达的地区称非季风区。季风区与非季风区的界线:大兴安岭—阴山—贺兰山—巴颜喀拉山—冈底斯山一线以东以南地区为季风区,以西以北地区为非季风区。

③ 我国的干湿地区 根据降水量与蒸发量的对比关系划分(图3-12、表3-6)。

表3-6 我国干湿地区的划分

	干湿状况	分布地区	年降水量 （mm）	植被、农牧业
湿润区	降水量>蒸发量	秦岭—淮河以南,东北三省东部,青藏高原东南边缘	>800	森林、水田
半湿润区	降水量>蒸发量	东北平原、华北平原、黄土高原南部,青藏高原东南部	>400	森林、草原、旱地
半干旱区	降水量<蒸发量	内蒙古高原、黄土高原北部、青藏高原大部	<400	草原、灌溉农业、牧业
干旱区	降水量<蒸发量	新疆、内蒙古高原西部、青藏高原西北部	<200	多荒漠、绿洲农业和牧业

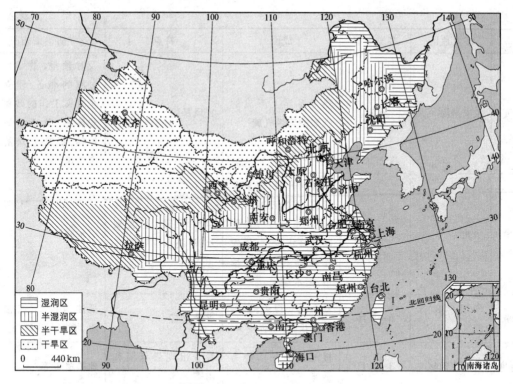

图 3-12 我国干湿地区划分

（3）我国的气候特征：

① 气候复杂多样

标志：多样的温度带和干湿地区，多样的气候类型，如季风气候、温带大陆性气候和高寒气候等。

原因：跨纬度广，距海远近不同，地形复杂多样。

② 季风气候显著

标志：大多数地方冬季寒冷干燥，夏季暖热多雨，雨热同期。比同纬度其他地区冬冷夏热、降水变化大。

原因：位于亚洲东部、太平洋西岸，海陆热力差异显著，季风盛行。

（4）影响我国的气象和气候灾害：

灾害	多发地区	多发季节	成因	特点	防治措施
梅雨	江淮地区	春末夏初	江淮地区冷暖气团势均力敌	阴雨连绵——降水多；出现"空梅"天气——干旱	降水多时——排水；出现"空梅"天气——引水灌溉
伏旱	长江中下游地区	7月	梅雨过后，在单一的副热带高压控制下	天气酷热少雨，抗旱任务艰巨	组织抗旱，若有台风雨形成可能缓解旱情

续表

灾害	多发地区	多发季节	成因	特点	防治措施
台风	东南沿海	夏秋	热带海洋上形成的强烈的热带气旋	狂风暴雨	及时预报,做好台风过境的准备,建立健全减灾工作的政策法规体系,营造沿海防护林,提高公众的灾害意识
春旱	华北	3—5月	气温回升快,蒸发旺盛,夏季风没有到达(或受单一冷气流影响),降水少,又值农作物播种、生长季节,需水量大	空气干燥,土壤缺水,河湖水位下降	引水灌溉
夏涝	华北、南方地区	6—8月	夏季风来得迟,影响时间长,降水强度大	洪涝灾害	低洼地排水,疏浚河流,增加入海口
倒春寒	东部季风区	3—5月	极地大陆气团势力强盛	春季出现强低温和雨雪天气	地膜覆盖等
寒潮	除青藏高原外的广大地区	冬半年,以春秋两季最严重	强冷空气迅速入侵	大风、雨雪、冻害时间长、范围广	加强警报,做好防寒准备
风沙天气	三北地区	春秋两季,以春季最严重	西北季风吹扬,干旱地区的沙尘向东南方向扩散	风大,大气含沙量大,能见度低,影响范围广,一般与寒潮路径相同	营造防护林,退耕还林还草
暴雨洪涝	除西部一些沙漠地区以外的广大地区	夏秋	形成降水的天气系统持续时间长,如锋面、气旋、热带气旋等	降水强度大,时间短,形成洪涝,我国南方(和东部)地区多大暴雨和特大暴雨	修筑堤坝、整治河道、修建水库、修建分洪区,加强洪泛区土地管理,建立洪水预报预警系统,拟定居民应急撤离计划和对策,实现防洪保险等
干旱	华北、西北	冬春	长期无降水或降水异常偏少	空气干燥,土壤缺水,影响经济发展和社会安定	因地制宜,合理调整农业结构,改善农业生态环境,在干旱多发地区选择优良作物品种,开展农业水利设施建设,营造防护林,改进耕作制度

5. 河流和湖泊

(1) 内流区和外流区:

流域区域	概念	分界线	占全国径流量(%)	占全国总面积
外流区域	最终流入海洋的河流为外流河,外流河的流域称为外流区域	大致沿着大兴安岭—阴山—贺兰山—祁连山(东端)—巴颜喀拉山—冈底斯山一线	95	2/3
内流区域	最终未流入海洋的河流为内流河,内流河的流域称为内流区域		5	1/3

(2) 主要外流河:

地区	东北	秦岭—淮河以北	秦岭—淮河以南	西南地区
河流	黑龙江及其支流松花江	海河、黄河	长江、珠江	怒江、澜沧江
水量	丰富	较小	丰富	丰富
水位变化	大	大	小	小
汛期	较短	较短	长	较长
含沙量	小	大	小	小
结冰期	长	较短	无	无

(3) 主要内流河:我国的内流河主要分布在西北内陆。这里远离海洋,降水稀少,沙漠广布。河流水源主要来自高山冰雪融水,河流经常断流,所以内流河多为季节性河流。塔里木河是最长的内流河。

(4) 我国的湖泊:

	淡水湖	咸水湖
主要分布区	长江中下游平原、淮河下游	青藏高原、西北内陆
主要湖泊	鄱阳湖、洞庭湖、太湖、洪泽湖、巢湖	青海湖(我国最大) 纳木错(我国海拔最高)
特征	盐分少	盐分多

(5) 长江与黄河:

河流	长江	黄河
发源	青海省唐古拉山脉主峰各拉丹冬峰	青海省巴颜喀拉山北麓
流经	青、川、藏、滇、渝、鄂、湘、赣、皖、苏、沪等11个省(市、自治区)	青、川、甘、宁、内蒙古、晋、陕、豫、鲁等9个省(自治区)
注入	东海	渤海
长度	6 300多千米(我国第一,世界第三)	5 464多千米(我国第二)
流域范围	昆仑山—秦岭与南岭之间	阴山与昆仑山—秦岭
流域面积	180多万平方千米	75万多平方千米
年径流量	10 000亿立方米	480亿立方米
主要支流	雅砻江、岷江、嘉陵江、汉江(最大)、乌江、湘江、赣江等	湟水、洮河、渭河(最大)、汾河等
主要湖泊	洞庭湖、鄱阳湖	
流经地形区	青藏高原、横断山区、四川盆地、长江中下游平原	青藏高原、内蒙古高原(宁夏平原、河套平原)、黄土高原、华北平原
流经的干湿地区和温度带	湿润区 亚热带	半湿润、半干旱 暖温带、中温带
结冰情况	不结冰	结冰
流域内植被	亚热带常绿阔叶林	温带落叶阔叶林
上游分段及特征	自源头—湖北宜昌 多峡谷(虎跳峡、三峡等),落差大,水流急,水能丰富	自源头—内蒙古河口 ① 上源段:河面窄、水不深、水流缓、河水清; ② 自青海西部至青铜峡段:峡谷多,水量较大,泥沙增多; ③ 自青铜峡至河口镇段:水流平稳,水量减少,有凌汛现象
中游分段及特征	宜昌—江西湖口 江面展宽,河道弯曲,水量丰富,水流平稳,两岸湖泊、支流众多	河口—河南孟津 支流多,泥沙含量大,水土流失严重
下游分段及特征	湖口—入海口 江宽水深,支流不多	孟津—入海口 河床高于两岸,形成"地上悬河";山东境内有凌汛现象

续表

河流	长江	黄河
河流的开发利用	① 水能的开发利用(干、支流); ② 东西交通大动脉,"黄金水道"。通航里程占全国内河通航总里程的 60% 以上; ③ 灌溉面积广,占全流域耕地总面积的 60%	① 上、中游的水能已梯级开发; ② 无航运; ③ 河套平原、宁夏平原为两个主要灌溉农业区
主要危害	洪涝灾害:水患多发生在中下游地区。 一是因为这些地区地势低平,水流缓慢、泥沙淤积,排水不畅;二是盲目开荒,围湖围河造田,排蓄洪水的能力大大减低;三是长江中上游地区植被破坏严重	① 下游"地上河",易决口 ② 凌汛:有结冰期,河流从低纬流向高纬,发生在初冬、初春
河流的治理	上游:营造长江中上游防护林 中游:加固荆江大堤,修建荆江分洪工程,营造上中游防护林,建成一系列大型水利枢纽等; 下游:疏浚航道,加强沿江港口建设; 退耕还湖	① 治黄之本是泥沙问题; ② 治黄的关键是黄土高原的水土保持工作; ③ 治黄的措施:在中游黄土高原植树种草,通过修筑水平梯田,打坝淤地等措施减少入河泥沙,实现土不下坡。在下游加固大堤等

6. 交通运输和旅游业

(1) 主要铁路干线:见图 3-13、表 3-7。

表 3-7 我国的主要铁路干线

主要铁路干线		沿线主要城市	主要铁路枢纽
南北干线	京哈—京广线	哈尔滨、沈阳、北京、郑州、株洲、广州	北京 沈阳 郑州 徐州
	京沪线	北京、天津、徐州、上海	
	焦枝—枝柳线	焦作、枝城、柳州	
	宝成—成昆线	宝鸡、成都、昆明	
	京九线	北京、商丘、阜阳、九江、南昌、九龙	
东西干线	京秦—京包—包兰线	秦皇岛、北京、包头、兰州	株洲 兰州
	陇海—兰新线	连云港、徐州、郑州、西安、兰州、乌鲁木齐	
	沪杭—浙赣—湘黔—贵昆线	上海、杭州、株洲、贵阳、昆明	

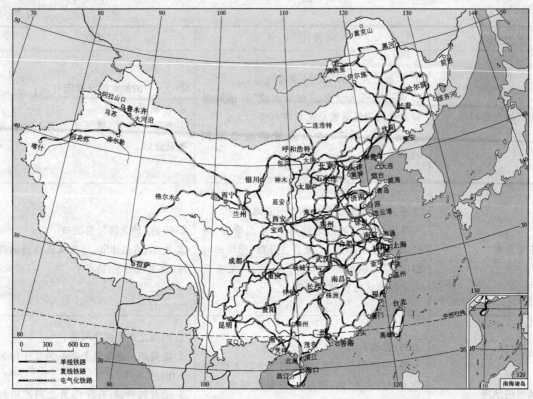

图 3-13　中国主要铁路干线

（2）公路运输：我国的公路按行政等级分为：国道、省道、县道、乡道等。以国道为干线骨架，辅之以其他等级公路为主干线，将全国重要城市、工业中心、交通枢纽、沿海港口等连接起来，构成四通八达的公路网。自北京通往全国各地的国道已达68条。辅以省道及普通公路，构成全国公路网。

（3）内河航运：

航道名称	干支流通航里程（千米）	客货运量占全国比例（%）	重要河港
长江航道	70 000	70	重庆、武汉、九江、南京、镇江、南通、上海
珠江航道	12 000		梧州、广州
京杭运河航道	110	货运量居第二位	济宁、扬州、杭州

（4）主要海港：大连、秦皇岛、天津、青岛、连云港、上海、宁波、厦门、广州、湛江、高雄、香港。

（5）旅游业：

① 发展旅游业的意义　旅游业是第三产业的重要部门，可带来巨大的经济效益。能带动其他行业发展，可提供更多的就业机会。能增进各国和地区之间的相互了解与文化交流。

② 中国的旅游资源　见表3-8。

表3-8　我国主要的旅游资源

分类		代表性的景区（点）
山景		五岳:泰山、恒山、华山、嵩山、衡山;名山:黄山、庐山、武夷山等
洞景		主要分布在贵州、广西、云南等省区的岩溶发育地区
水景	河景	桂林漓江、长江三峡等
	湖景	西湖、鄱阳湖、洞庭湖,太湖,滇池,洱海等
	瀑景	比较著名的有:庐山瀑布群、雁荡山瀑布群、黄果树瀑布群、九寨沟瀑布群等
	泉景	比较著名的有:泉城济南的趵突泉、杭州西湖的虎跑泉、黑龙江五大连池等温泉
	海景	中国海滨旅游胜地有大连、北戴河、烟台、青岛、厦门、深圳、澎湖、三亚等
历史古迹		安阳、北京、西安、洛阳、开封、南京、杭州被称为中国七大古都,遗留古迹丰富
文化胜迹		四大佛教圣地:五台山、普陀山、峨眉山、九华山; 著名的石窟艺术:如敦煌莫高窟、吐鲁番柏孜克里克、大同云冈、洛阳龙门、天水麦积山、大足石刻等
古建筑工程		中国古代创造的众多浩大工程,如长城、京杭运河、都江堰、古栈道、赵州桥、应县木塔、北京故宫、拉萨布达拉宫等
古典园林		皇家园林有圆明园、颐和园、北海公园、承德避暑山庄等。 第宅园林集中在苏州,如沧浪亭、拙政园、留园等 寺庙园林比较著名的有苏州狮子林、灵岩寺,南京灵谷寺、栖霞寺、镇江金山寺和扬州大明寺等
民族风情		56 个民族的历史文化,服饰装饰,民风习俗,喜庆节日和衣食住行等
革命纪念地		井冈山、延安、西柏坡、遵义等

7. 地域差异和地理分区

（1）季风区与非季风区的差异:

	季风区	非季风区
夏季风影响	夏季风可以影响	夏季风难以到达
降水量	降水量多,400 毫米以上	降水量少,400 毫米以下
干湿地区	半湿润区,湿润区	半干旱区,干旱区
地势地形	大部地区在 1 000 米以下,以平原丘陵为主,有部分高原盆地	地势高,北部在 1 000 米以上,青藏地区在 4 000 米以上,高原盆地为主
植被	森林及森林草原	荒漠及草原荒漠
河流	外流河,雨水补给为主	大部为内流河,冰雪补给为主
生产方式	耕作业为主,栽培作物分布广	畜牧业为主,仅绿洲、河谷有农业
面积及人口	面积占全国陆地 45% ,人口占 95%	面积占全国陆地 55% ,人口占 5%

（2）秦岭—淮河一线的南北差异：

	秦岭—淮河一线以南	秦岭—淮河一线以北
气温	1月0℃以上,7月28℃以上	1月0℃以下,7月28℃以下
年降水量	800毫米以上	800毫米以下
温度带	亚热带、热带	暖温带、中温带
干湿地区	湿润地区	半湿润区、湿润地区
水文特征	流量大、变化小、含沙量小、无冰期	流量小、变化大、含沙量大、有冰期
自然植被	常绿阔叶林、热带季雨林	落叶阔叶林、针阔混交林
耕作制度	一年二熟至三熟	两年三熟,一年两熟或一年一熟
耕地类型	水田为主	旱地为主
主要作物	水稻、油菜、茶、蚕丝,热带经济作物	小麦、杂粮、棉花、花生,温带水果

（3）北方地区、南方地区、西北地区和青藏地区的划分：根据全国自然条件的差异,全国可分为东部季风区、西北干旱半干旱区、青藏高寒区。其中东部季风区由于南北纬度差别较大,以秦岭—淮河为界,又分为北方地区和南方地区。因此全国可分为北方地区、南方地区、西北地区、青藏地区四大部分(图3-14)。

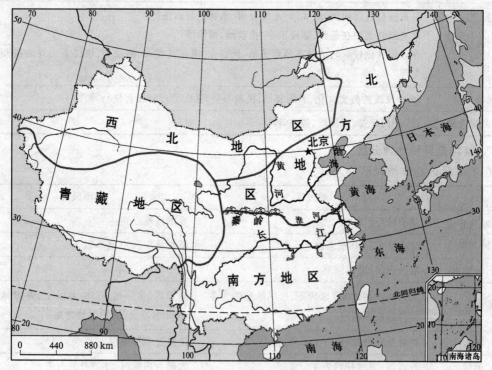

图3-14　中国地理区域示意图

8. 区域发展的主要问题

（1）西北地区荒漠化问题：

① 荒漠化的成因

自然原因：荒漠化的自然原因包括干旱（基本条件）、地表物质松散（物质条件）和大风吹扬（动力因素）。西北地区荒漠化发生的自然条件如图 3-15 所示：

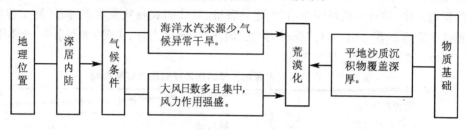

图 3-15　荒漠化的自然成因

人为原因：如表 3-9 所示。

表 3-9　荒漠化的人为原因

人为因素	典型地区	危害
过度樵采	缺乏能源的地区	破坏防止风沙前移及抑制地表起沙的机制
过度放牧	半干旱的草原牧区和干旱的绿洲边缘	加速了草原退化和沙化进程
过度开垦	干旱、半干旱沙质土壤地区	使沙化土地连片发展

② 荒漠化的防治　我国西北地区的人民很早就开始了同土地退化和不利自然条件的斗争，积累了丰富的经验，在植被恢复、草场建设、水土保持等方面取得了长足进步，创造出了许多成功的治理经验和措施。如生物固沙、沙地飞播造林技术、设置沙障固沙造林技术、小流域综合治理等措施。

（2）水土流失问题：

① 原因

自然原因：有地形、土壤和气候等因素的影响。我国是个多山国家，山地面积占国土面积的 2/3；我国又是世界上黄土分布最广的国家。山地丘陵和黄土地区地形起伏。黄土或松散的风化壳在缺乏植被保护情况下极易发生侵蚀。我国大部分地区属于季风气候，降水量集中，雨季降水量常达年降水量的 60% ~80%，且多暴雨。易于发生水土流失的地质地貌条件和气候条件是造成我国发生水土流失的主要原因。

人为原因：大量开垦陡坡，以至生态系统恶性循环；滥砍滥伐森林，树木锐减，使地表裸露，这些都加重了水土流失；某些基本建设，例如不合理修筑公路、建厂、挖煤、采石等，破坏了植被，使坡地稳定性降低，引起滑坡、塌方、泥石流等更严重的地质灾害。

水土流失对山区农业及下游河道带来严重危害。它不仅使表土流失，肥力下降，土地贫瘠，农业减产；而且还会使土地崩塌，耕地减少，危及人类生存空间，导致水源枯竭、交通阻隔、制约着经济发展。由于泥沙淤积，使河流下游河床抬高，增加抗洪难度；水库淤积，库容缩小，会降低蓄洪标准及供水效益。这些都会对社会经济生活带来危害。

② 综合治理水土流失的方法和途径　要防止山区水土流失,必须运用农、林、牧、水利等综合措施。如压缩农业用地,退耕还林还草,抓好塬地、川地和缓坡梯田的建设;扩大林草种植面积,以水土保持林为主,因地制宜营造防风固沙林、经济林、薪炭林、用材林等;改善天然草场,超载放牧的地方要压缩牲畜数量,提高牲畜质量,改善管理,保护草场;矿区要有计划地存放表土,开展土地覆盖工作,进行小流域综合治理,建立有机、高效的农林牧业生产体系,使工程措施、生物措施和技术措施三者并用,实行"保塬、护坡、固沟"的治理方针,实现"水不出沟、土不下坡"。

（3）资源的跨地区调配:见表3-10。

表 3-10　中国典型资源跨区域调配工程对地理环境影响

资源跨区域调配工程路线		意义	
		输出地	输入地
南水北调	东线:京杭运河,扬州—天津(华北) 中线:三峡,丹江口水库—北京(华北) 西线:通天河、雅砻江、大渡河—黄河上游(西北)	① 减轻洪涝灾害 ② 长江口盐度升高,水质变差	① 合理进行水资源的优化配置,缓解北方地区(北京)水资源供需矛盾 ② 促进北方(北京)地区经济和社会的良性发展
西气东输	塔里木盆地—上海	① 将资源优势转化为经济优势; ② 推动天然气勘探开发和管道等基础设施建设; ③ 增加就业机会,强力拉动相关产业; ④ 增加财政收入; ⑤ 改善能源消费结构,缓解植被破坏带来的压力 不利:生态环境脆弱,对施工区的水土保持工作尤为重要	① 缓解能源紧张的状况,促进经济发展; ② 充分发挥东部地区的经济和技术优势,推动天然气化工、发电等产业的发展; ③ 促进用户管网等技术设施的建设; ④ 改变以煤为主的能源消费结构,减少酸性气体排放,改善大气质量
西电东送	北线: 黄河上游水电,山西、内蒙火电—华北(京津唐) 中线: 长江三峡水电—华东(沪宁杭) 南线: 珠江上中游水电、贵州火电—华南(珠三角)	① 西部的能源资源转化成电能; ② 为西部的电力提供广阔的市场,推动西部电力工业的发展,提高能源资源的利用率; ③ 带动相关产业的发展,特别是冶金、化工等高耗能产业,延长产业链; ④ 能有效地改善西部地区能源消费结构,促进西部地区生态环境建设,有利于退耕还林和水土保持工作	① 西电东送可以改变东部地区电力供应不足、缓解东部能源紧张状况; ② 调整东部地区能源消费结构,减少温室气体和酸性气体的排放,有利于大气环境改善; ③ 推动经济发展,带动相关产业的发展; ④ 减轻交通上的能源运输压力

（4）海洋资源利用与海洋环境保护：

① 海洋资源的开发和利用

海洋化学资源：海洋中含化学元素 80 余种，如食盐（氯化钠），海水淡化，海水中可提取和制造纯碱（碳酸钠）、烧碱（氢氧化钠）、盐酸、硫酸、氯、溴、镁等多种化工原料、农业肥料、耐火材料、建筑材料及稀有贵重物质。中国海盐生产历史悠久，沿海省、市、区均有海盐生产，全国最大的盐区在渤海海湾的长芦盐区。

海洋矿产资源：以煤、石油、天然气、锰结核最为重要。中国近海石油储量丰富，目前已在渤海进行开发，黄海、东海及南海也发现储油构造，潜力巨大。

海洋动力资源：潮汐发电具有较大规模的实用意义，我国已在辽、鲁、沪、浙、闽、粤沿海建立了一批小型潮汐电站。此外，利用波浪能、温差发电、海流发电都正在研究中。

海洋生物资源：中国海洋鱼类多属热带和亚热带，鱼的种类约 2 000 种左右，以大黄鱼、小黄鱼、带鱼及对虾、海蟹、扇贝、海参、墨鱼、海蜇等产量最多。近海渔场广阔，浅海渔场约 150 万平方千米，居世界首位。舟山渔场为全国最大渔场。海洋植物多为藻类植物，如海带、紫菜、石花菜等，在辽、鲁、浙等省沿海区进行人工繁殖，这些藻类在医学、化学、造纸、纺织、印刷、食品工业等方面具有广泛用途。

此外海岸带及滩涂资源、港口资源、旅游资源以及海洋空间资源等也不容忽视，应有计划地进行开发利用。

② 海洋环境保护　海洋环境问题包括两个方面：一是海洋环境污染，即污染物质进入海洋，超过其自净能力；二是海洋生态破坏，即在各种人为因素及自然因素影响下，海洋生态环境遭到破坏。

海洋污染源主要有：陆源物（排放入海的工业污水及生活污水）污染，船舶排放物污染等。海洋生态破坏原因：不合理的海洋工程兴建和海洋开发，使深水港或航道淤积，局部海域平衡被破坏；渔业结构不合理，重捕轻养、捕捞过度、酷渔滥捕，造成渔业资源衰退，也是海洋生态破坏的原因。

（5）西部的开发：西部地区主要包括西南地区的川、渝、黔、滇、藏，西北地区的陕、甘、宁、青、新 10 个省、市、自治区。

① 意义　西部开发有助于缩小东西部的差别，促进地区协调发展，使西部的资源优势向经济优势转化。由于注意加强基础设施和生态环境建设，特别是发挥生态的自我修复能力，在改善生态环境、形成绿色屏障等方面也具有重要的战略意义。

② 优势条件　西部地区资源丰富。如能源资源有石油、天然气、煤炭、水能，以及太阳能、风能、地热等。矿产资源有镍、铜、铅、锌、锡、铁、钾盐、磷等。土地资源广阔，草原及部分可耕地在农业种植结构改变后，可发展特色农业、生态农业，建立名优特农产品基地。西部地区山川壮美，风光独特，历史悠久，建筑雄奇，自然旅游资源和人文旅游资源十分丰富，这都是经济发展的优势条件。

③ 西部开发中存在的问题和主要措施　目前西部地区面临着以下生态问题：水土流失，土地沙化，局部土壤盐渍化，石漠化，对林地和草地的破坏，森林质量下降，草地减少。鼠害严重；水资源开发不当引起的河流断流，绿洲及湖泊萎缩；因矿产资源开发造成的土地破坏面积增长等。

以上问题虽有自然原因，但人为不合理的经济活动是生态环境破坏的重要原因。因此西部开发的主要措施应该是:首先要加强基本建设,改善生态环境,这就需要集中力量建设西气东输、西电东送、青藏铁路等重大项目。要把水资源的保护、节约和开发放在突出位置。要有步骤地推进天然林保护、退耕还林还草以及防沙治沙、草原保护等重要工程建设。同时要积极发展教育,加快培养急需的各类人才。要增加科技投入,提高科技开发能力。还要调整和优化产业结构,发展节水农业、生态农业、绿色农业,培育各具特色的地区经济。要注意发挥资源优势,使其变为发展优势经济优势,如依托亚欧大陆桥、长江水道、西南出海通道等交通干线,培育陇海、兰新线经济带、长江上游经济带和南(宁)贵(阳)昆(明)经济区,以带动周围地区发展。

9. 香港、澳门特别行政区和台湾省

(1) 香港特别行政区:香港特别行政区位于中国大陆东南端珠江口东侧,与广东相邻。香港由香港岛、九龙半岛和新界三部分及其周围 200 多个岛屿组成。

20 世纪 60 年代,香港凭借地理位置优越、交通便利和劳动力众多的优势,服装、玩具、钟表、纺织和电子等行业迅速发展。80 年代,金融业、房地产业、旅游业和制造业已发展成为香港的四大支柱产业,同时香港也成为世界著名的金融中心、国际自由贸易港和重要交通中心,高科技产业也不断发展。

香港与内地的联系密切。祖国内地自然资源、劳动力资源丰富,而香港拥有丰富的资金、技术、人才和管理经验。目前,香港 80% 以上的生产、生活资料来自祖国内地,80% 以上的工业也已转移到大陆。祖国内地通过香港这个自由贸易港,与世界各地进行贸易往来,同时也促进了香港贸易事业的发展。

(2) 澳门特别行政区:澳门特别行政区位于珠江口西侧,由澳门半岛、凼仔岛和路环岛组成。澳门经济以博彩旅游业为主。澳门通过填海造陆,总面积有了较大增加。

(3) 台湾省:

① 自然地理特征　台湾省包括台湾岛及其周围几十个岛屿。台湾岛面积 35 700 多平方千米,是我国最大的岛屿。

台湾岛的地形以山地为主(约占全岛面积三分之二),中部和东部分布着台湾山脉,最高峰玉山(3 952 米)是我国东部最高峰,西部分布着台西平原。台湾岛位于亚欧板块和太平洋板块交界处,多火山、地震。最大河流浊水溪,著名湖泊日月潭。

北回归线穿过台湾岛南部,北部属亚热带季风气候,南部属热带季风气候。台湾山脉东北部的火烧寮是我国年降水量最多的地方。夏秋季节台风侵袭频繁。

台湾岛的自然环境适宜林木的生长,这里林木种类繁多,森林资源丰富。其中樟树分布广,所产樟油、樟脑居世界首位。

② 经济发展特征　台湾岛气候条件优越,西部平原土壤肥沃,生产稻米、甘蔗、茶叶和热带、亚热带水果。20 世纪 60 年代以来,台湾利用自身的一些优越条件,重点发展出口加工工业,形成"进口—加工—出口"型经济,工业产品在出口贸易中的比重稳步上升。工业主要集中在台北、台中、高雄等几个大城市。新竹是著名的电子业中心。台湾岛风光绮丽,旅游业十分发达。

（二）常见考试题与解题技巧

1. 疆域和行政区划

例题 1.（2006 年成考试题）以珠穆朗玛峰为界同中国接壤的国家是

A. 缅甸　　　　B. 尼泊尔　　　C. 印度　　　　D. 巴基斯坦

解析：该题既考核了我国的陆上邻国，又考核了我国主要山脉的分布情况。珠穆朗玛峰在喜马拉雅山上，地处我国西南边陲。位于我国西南方向上，而且邻近珠穆朗玛峰的邻国是尼泊尔。所以这道题的答案是 B。

例题 2.（2009 年成考试题）在下列国家中，既与我国陆上相邻，又是内陆国家的是

A. 缅甸　　　　B. 越南　　　　C. 阿富汗　　　D. 土库曼斯坦

解析：我国的陆上邻国共有 14 个，有：朝鲜、俄罗斯、蒙古、哈萨克斯坦、吉尔吉斯斯坦、塔吉克斯坦、阿富汗、巴基斯坦、印度、尼泊尔、不丹、缅甸、老挝和越南。其中是内陆国的有：蒙古、哈萨克斯坦、吉尔吉斯斯坦、塔吉克斯坦、阿富汗、不丹、尼泊尔、老挝。所以这道题的答案是 C。

例题 3.（2009 年成考试题）我国海岸线最长的岛屿是

A. 台湾岛　　　B. 崇明岛　　　C. 海南岛　　　D. 舟山岛

解析：我国的岛屿中，台湾是最大的。台湾本岛海岸线长大约 1 567 千米。海南岛是我国第二大岛，海岸线长 1 528 千米。崇明岛是全世界最大的河口冲积岛，海岸线不断变化，但面积比台湾岛和海南岛小很多，是我国第三大岛。舟山岛是我国第四大岛。所以这道题的答案是 A。

2. 人口和民族

例题 4. 我国人口已进入快速老龄化阶段，到 2020 年老年人口将达到 2.48 亿，老龄化水平将达到 17.17%，完成甲、乙小题。

甲.（2010 年成考试题）我国人口老龄化速度加快的主要原因是：

A. 人口自然增长率高　　　　B. 人口死亡率下降

C. 养老保险制度比较完善　　D. 人口受教育年限增加

解析：我国已经进入快速人口老龄化的阶段，最主要的两个原因：一是长期以来实行计划生育政策出现的较低生育率。二是经济的快速增长、科学技术的进步，人民医疗条件的改善和生活水平的提高，使人口寿命大大延长。所以这道题的答案是 B。

乙.（2010 年成考试题）人口老龄化速度加快，将导致：

A. 就业压力加大　　　　　　B. 人口素质提高

C. 劳动力资源不足　　　　　D. 城市化水平降低

解析：人口老龄化速度加快，使老年人口在总人口中所占比例不断上升，因此带来一系列社会问题，比如，劳动力不足，国防兵力不足，青壮年负担过重等。相反，在一些人口出生率高的国家或地区，人口增长快，青少年及儿童比重过大，带来就业紧张、交通拥堵、住房困难、环境质量下降等社会问题。而人口老龄化不会使人口素质提高，也不会影响到城市化水平。所以这道题的

答案是 C。

例题 5.（2009 年成考试题）在我国四大地理区域中,集中分布在北方地区的少数民族是:

A. 蒙古族和维吾尔族　　　　B. 满族和朝鲜族

C. 壮族和瑶族　　　　　　　D. 傣族和黎族

解析:该题在考核我国四大地理区域划分的同时,还考核了我国少数民族的分布。其中,蒙古族和维吾尔族主要分布在我国的西北地区,满族和朝鲜族主要分布在北方地区,壮族、瑶族、傣族和黎族更多是分布在我国的南方地区。所以,这道题的答案是 B。

3. 地形

例题 6.（2006 年成考试题）在我国,既是东北—西南走向,又是位于渝、鄂两地之间的山脉是

A. 太行山　　　B. 大别山　　　C. 巫山　　　D. 雪峰山

解析:我国山脉以东北—西南走向为主,主要包括三列:① 大兴安岭—太行山—巫山—雪峰山　② 长白山—武夷山　③ 台湾山脉。再根据重庆和湖北两省之间的位置定位,该山脉是巫山。所以,这道题的答案是 C。

例题 7.（2007 年成考试题）图中,①、②、③、④代表的山脉依次为:

A. 昆仑山脉、长白山脉、横断山脉、太行山脉

B. 唐古拉山脉、长白山脉、横断山脉、太行山脉

C. 昆仑山脉、大兴安岭、横断山脉、太行山脉

D. 秦岭、长白山林、横断山脉、太行山脉

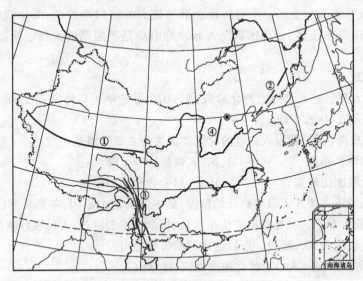

解析:该题考察我国主要山脉的定位。根据我国主要山脉的分布图定位,图中序号对应山脉依次为①昆仑山脉②长白山脉③横断山脉④太行山脉,所以,这道题的答案是 A。

例题 8.（2008 年成考试题）在我国山地地形中,绿洲发育较好的是

A. 武夷山麓　　B. 长白山麓　　C. 祁连山麓　　D. 横断山麓

解析:绿洲指沙漠中具有水草的绿地。因此,绿洲往往在干旱地区,呈带状分布在河流或井、泉附近,以及有冰雪融水灌溉的山麓地带。所以,该题是在考核我国主要山脉的分布。四个选项

中,分布在干旱、半干旱地区的是祁连山。所以,这道题的答案是 C。

例题9.(2008 年成考试题)下列盆地中,纬度最低的是

A. 柴达木盆地　　B. 塔里木盆地　　　C. 四川盆地　　　D. 准噶尔盆地

解析:该题考核我国四大盆地的分布。柴达木盆地位于青海省,塔里木盆地和准噶尔盆地位于新疆,四川盆地位于四川、重庆境内。所以,纬度最低的盆地是四川盆地。所以,这道题的答案是 C。

4. 气候

例题10.(2005 年成考试题)兼有亚热带和热带景观的省级行政区是

A. 云南、重庆　　B. 云南、贵州　　　C. 广东、海南　　　D. 云南、台湾

解析:我国的热带主要分布在云南、广东、台湾南部和海南岛。所以,兼有亚热带和热带景观的省级行政区是云南和台湾。所以,这道题的答案是 D。

例题11.(2009 年成考试题)图中反映我国南北冬季气温分布特点的图是

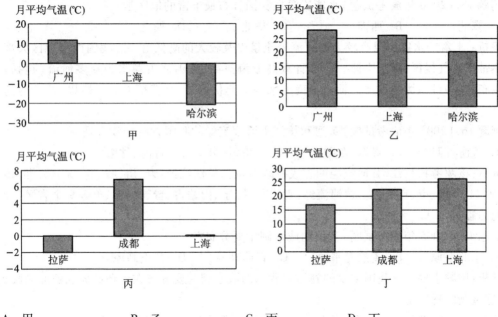

A. 甲　　　　　　B. 乙　　　　　　C. 丙　　　　　　D. 丁

解析:我国冬季气温分布的特点是:冬季由南向北温度递减,气温相差悬殊。1 月份 0℃ 等温线大致通过秦岭—淮河一线。根据图中信息判断,图乙、丙、丁表示的并不是冬季气温。所以,这道题的答案是 A。

例题12.(2005 年成考试题)近年来,导致我国死亡人数最多的自然灾害是

A. 火山爆发、滑坡　　B. 泥石流、蝗灾　　C. 地震、寒潮　　D. 台风、水灾

解析:本题考核我国主要自然灾害的危害。从受灾的程度和受灾人数看,台风、水灾的影响最严重。所以,这道题的答案是 D。

5. 河流和湖泊

例题13.(2004 年成考试题)2003 年 7 月,"三江并流"区域被列入世界自然遗产名录,图中三条河流自西向东依次是

A. 怒江、金沙江、澜沧江

B. 金沙江、怒江、澜沧江

C. 怒江、澜沧江、金沙江

D. 澜沧江、金沙江、怒江

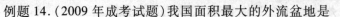

解析:三江并流指发源于青藏高原的怒江、金沙江(长江上游)和澜沧江(湄公河上游)这三条大江在中国云南省西北部穿过高大的横断山脉,并行奔流数百千米而不交汇的自然奇观。是中国境内面积最大的世界遗产地。根据图中定位。所以,这道题的答案是C。

例题14.(2009年成考试题)我国面积最大的外流盆地是

A. 柴达木盆地   B. 塔里木盆地   C. 准噶尔盆地   D. 四川盆地

解析:该题的考点为我国的外流区和内流区,我国的主要地形区。四川盆地是我国面积最大的外流盆地。所以,这道题的答案是D。

例题15.(2006年成考试题)水能资源在我国分布最丰富的地区是

A. 东北   B. 西南   C. 华北   D. 西北

解析:丰富的水能需要有较大的河流径流量以及较大的高低落差。我国西南地区大部分位于亚热带季风气候区,降水丰沛。西部青藏高原海拔高,高山冰雪融水为众多河流(包括长江、雅鲁藏布江等)注入大量水源。而且西南地区地势起伏剧烈,河流落差大。所以,这道题的答案是B。

例题16.(2007年成考试题)黄河和长江干流都流经的我国省级行政区是

A. 青海、四川   B. 青海、西藏   C. 四川、甘肃   D. 青海、甘肃

解析:该题考核长江、黄河流经的省级行政单位。长江流经:青、川、藏、滇、渝、鄂、湘、赣、皖、苏、沪等11个省、市、自治区。黄河流经:青、川、甘、宁、内蒙古、晋、陕、豫、鲁等9个省区。所以,这道题的答案是A。

例题17.(2005年成考试题)我国的咸水湖主要分布在

A. 东北平原   B. 黄淮海平原   C. 青藏高原   D. 黄土高原

解析:该题主要考核我国主要的湖泊。我国的咸水湖主要分布在青藏高原和西北内陆地区。所以,这道题的答案是C。

例题18.(2005年成考试题)长江上、中、下游河段的分界点分别位于

A. 重庆、宜昌   B. 宜昌、湖口   C. 宜宾、宜昌   D. 重庆、武汉

解析:该题考核长江的上、中、下游的划分。长江在源头至湖北省宜昌市之间为上游;宜昌至江西省湖口间为中游,湖口以下至入海口为下游。所以,这道题的答案是B。

6. 交通运输和旅游业

例题19.(2003年成考试题)下列旅行路线中,既具有观光、文化旅游,又具有沙漠探险旅游内容的是

A. 陇海线—兰新线—南疆线   B. 沪杭线—京沪线—京哈线

C. 浙赣线—湘黔线—贵昆线   D. 陇海线—宝成线—成昆线

解析:该题考核我国主要铁路线干线的分布。题干要求铁路线穿过地区要进行沙漠探险,因此在铁路线选择时要选择经过新疆沙漠地区的。所以,这道题的答案是A。

例题20.(2008年成考试题)陇海铁路沿线的"世界遗产"有

A.龙门石窟、秦始皇陵及兵马俑   B.平遥古城、莫高窟

C.苏州园林、云冈石窟   D.避暑山庄、九寨沟

解析:陇海铁路是中国一条从江苏连云港通往甘肃兰州的铁路干线,它横贯江苏、安徽、河南、陕西、甘肃五省。所以,沿线的"世界遗产"有河南的龙门石窟、陕西的秦始皇陵及兵马俑。所以,这道题的答案是A。

例题21.(2006年成考试题)既可欣赏自然风光,又可体验藏族风情的旅游路线是

A.黄陵—西安—华山   B.青海湖—羊八井—拉萨

C.杭州—雁荡山—武夷山   D.南京—九华山—黄山

解析:该题主要考核我国主要的旅游资源。回答这类型题目应该熟悉我国重要旅游资源的分布和特点。题目要求要体验藏族风情,因此选择的旅游线路应该是穿过青藏地区的。所以,这道题的答案是B。

7. 地域差异和地理分区

例题22.(2005年成考试题)在我国,大致以秦岭—淮河一线为界的地理区域是

A.内流区和外流区   B.半干旱区和半湿润区

C.季风区和非季风区   D.暖温带和亚热带

解析:秦岭—淮河是我国一条重要的地理界限。它是湿润地区与半湿润地区的分界线,也是暖温带和亚热带的分界线。而内流区与外流区的分界线与季风区和非季风区的分界线大体接近,从大兴安岭—阴山山脉—贺兰山—巴颜喀拉山—唐古拉山—冈底斯山连线。所以,这道题的答案是D。

例题23.(2007年成考试题)读图,回答下列问题,请将答案填在横线上。

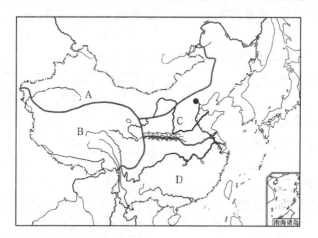

(1)图中A、B、C、D代表的地理区分别是:A _____地区、B _____地区、C _____地区、D _____地区。其中_____地区和_____地区位于季风区。

(2)从地形、气候方面看,A区与B区的主要差异是:_____

(3)从气候、土地利用方面看,C区与D区的主要差异是:_____

解析:该题是一道考核我国分区的综合题。解答这一类题目要熟练掌握我国的地理分区,知

道我国北方地区、南方地区、西北地区和青藏地区的划分。所以,本题的答案是:(1)西北 青藏 北方 南方。北方(或 C) 南方(或 D)(2)青藏地区为高原地形,气候寒冷;西北地区地形主要是盆地、山地、高原,气候干旱。(3)北方地区降水较少,旱地多;南方地区降水较多,水田多。

8. 区域发展的主要问题

例题24.(2009年成考试题)我国水土流失最严重的地区是

A. 澜沧江和怒江沿岸　　　　　　B. 长江中下游丘陵地区

C. 晋陕峡谷地区　　　　　　　　D. 四川盆地边缘

解析:该题考核自然变化引起的环境问题和人类活动带来的环境问题。回答这类题要熟练掌握我国不同区域的主要问题。水土流失形成的自然原因要从水文、土壤、地形、气候特点等方面进行分析,晋陕峡谷地区以黄土高原为主,土质疏松,降水集中多暴雨,水土流失现象最严重。本题答案为C。

例题25.(2010年成考试题)防止我国西北地区荒漠化加剧的首要对策是

A. 控制人口增长　　　　　　　　B. 工矿开发过程中重视环境保护

C. 保护植被,加强草场建设　　　D. 大力发展种植业,控制畜牧业

解析:本题考核我国西北地区荒漠化防治的主要措施。土地荒漠化的直接原因是过度放牧、植被的破坏,因此防止西北荒漠化加剧的首要对策是保护植被,加强草场建设。本题答案为C。

例题26.(2006年成考试题)下列选项中,属于我国开发西部的优势条件是

① 资金充足,交通便利　　　　　② 科技和教育水平先进,各类人才丰富

③ 矿产资源蕴藏量丰富,品种齐全　④ 旅游资源丰富,数量多

A. ①和③　　　B. ①和④　　　C. ②和③　　　D. ③和④

解析:该题考核我国西部大开发的优势条件:西部地区自然资源丰富。而且山川壮美,风光独特,历史悠久,建筑雄奇,自然旅游资源和人文旅游资源十分丰富,这都是经济发展的优势条件。本题答案为D。

例题27.(2010年成考试题)读图,完成下列要求。

(1) 图中的沙漠名称是 ＿＿＿＿＿＿＿＿＿

＿＿＿。

(2) 图示区域中城镇分布的主要特点是 ＿＿＿＿＿＿＿＿,形成这种分布的主要影响因素是 ＿＿＿＿＿＿＿＿＿。

(3) 图中河流主要靠 ＿＿＿＿＿＿＿＿ 补给,最大补给量出现在 ＿＿＿＿＿＿＿＿ (季节)。

(4) 图中的管道是著名的 ＿＿＿＿＿＿＿＿ ＿＿＿＿＿＿＿＿工程。

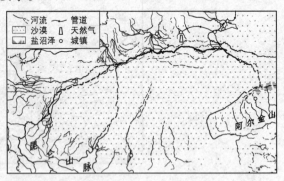

解析:根据图中地理事物(如:昆仑山和阿尔泰山等)确定,图示区域为我国塔里木盆地。该沙漠为我国面积最大的塔克拉玛干沙漠。结合图例可以看出,城镇沿着山前河流分布或沙漠边缘(绿洲),西北内陆地区制约经济发展和城市分布的因素为降水,因此形成这种分布的主要影响因素是临近河流接近水源,从图中城镇与河流的分布关系也可以看出。河流地处西北内陆,降

水少,临近昆仑山、阿尔金山等,因此河流补给主要是高山冰川积雪融水,冰雪的融化量与气温关系密切,因此汛期在夏季。图中管道附近有众多天然气符号,因此判断该工程为西气东输工程。

本题答案:

(1)塔克拉玛干沙漠 (2)沿着山前河流分布或沙漠边缘(绿洲) 接近水源 (3)高山冰川积雪融水 夏季 (4)西气东输

9.香港、澳门特别行政区和台湾省

例题28.(2004年成考试题)(1)将图中代号所表示的地理事物名称填写在横线上。

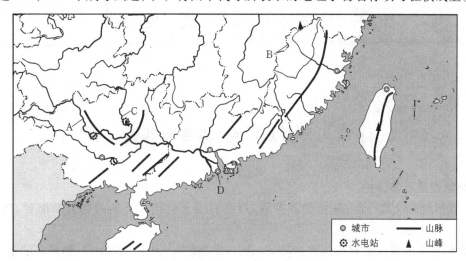

A. _____河   B. _____山

C. _____市   D. _____市(特区)

(2)将玉山(E)和琼州海峡(F)的代号填写在图中相应位置。

解析:该题考核我国东南沿海地区的重要地理事物以及台湾的主要山脉及海峡。回答这类问题要熟悉台湾省的地理位置和重要地理事物的分布。

答案为:(1)A.红水 B.武夷 C.柳州 D.珠海

(2)如图所示:

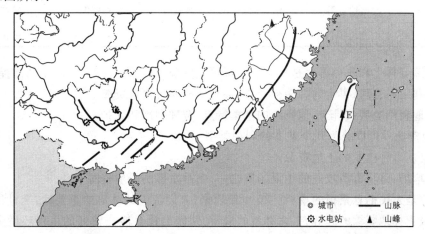

第四部分 人文地理

（一）常见考试知识点（本部分共有6项）

1. 自然资源及其保护

（1）自然资源及其分类：从自然界获取，可以利用于生产和生活的物质和能量，叫做自然资源。

① 自然资源的概念的理解　重点词——从自然界获得、用于生活生产、物质和能量。例如，汽油是用于生产和生活中的能量，但不是直接从自然界获得的，不属于自然资源。闪电是自然现象，但目前技术条件还不能广泛应用于生产生活中，不属于资源的范畴。

人类获取自然资源受到人类认识能力和技术手段的限制。因此，自然资源的概念是不断发展和变化的。

② 自然资源的分类

分类标准	自 然 资 源				
按形态分	土地资源	水资源	气候资源	生物资源	矿产资源
按性质分	可再生资源				非可再生资源

自然资源可再生和非可再生是相对的。可再生资源，只有在合理开发利用的前提下，才可以再生。开发利用不合理，再生的周期会变长，甚至变成非可再生资源。

（2）土地利用类型：我国土地资源的基本特点、合理利用和保护。

① 土地资源　可以分为几个基本的利用类型。

耕地：是从事种植业的土地资源。

草原或草场：是从事畜牧业的主要场所之一，也是重要的环境资源。

林地：曾是先民栖息繁衍的场所。20世纪以来，人们认识到林地的重要性，全世界正在协调努力，力图遏止林地萎缩的趋势，扩大林地的规模，使人类社会能在较好的生存环境中实现可持续发展。

建筑、工矿和交通用地:在20世纪50年代以后发展迅速。应该注意的是,建筑、工矿和交通用地的扩大,吞噬着耕地和林地,对可持续发展构成威胁。

滩涂、沼泽和荒漠等:滩涂、沼泽和荒漠等利用难度大,实际利用水准较低。滩涂和沼泽是宝贵的湿地资源,被称为"地球的肾"。

② 我国土地资源的特点　其特点是绝对数量大,人均占有少。我国国土面积约960万平方千米,居世界第三位。人均占有土地资源,只相当于澳大利亚的1/58,加拿大的1/48,俄罗斯的1/15,巴西的1/7,美国的1/5;类型复杂多样,耕地比重小;利用情况复杂,生产力地区差异明显;分布不均,保护和开发问题突出;

③ 合理利用和保护我国土地资源　主要应该注意以下三个方面:

珍惜和爱护极为有限的农业土地资源,特别是耕地、林地、草场、湿地等资源;因地制宜,扬长避短,充分发挥土地资源的效益;积极治理遭受到破坏的土地资源。

(3) 水资源及其组成:世界及我国水资源的分布、我国水资源的合理利用和保护。

① 水资源及其组成　广义的水资源指地球上所有的水。它主要由以下几个部分组成:97%以上是主要分布于海洋以及咸水湖和地下水中的咸水,淡水总量仅占约2.53%。在淡水中,有约61%存在于南极大陆的冰盖中,7%是北冰洋周围的永久性冰雪,有约30%是目前人类还无法开采利用的深层地下淡水;还有1%多是大气悬浮水、土壤水等。

通常说的水资源,即狭义的水资源,是指人类可以开采利用的淡水,它仅占淡水总量的不足1%,占全球总水量的0.0076%。

一个地区的水资源,经常用该地区的年径流总量(包括河湖、沼泽淡水、浅层地下淡水等)来表示。

② 世界水资源的分布　水资源分布很不均衡。除南极洲外各大洲年径流总量,如图4-1所示。

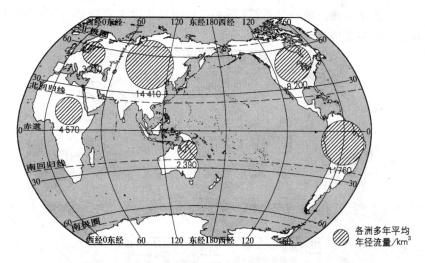

图4-1　各大洲径流量的比较

年径流总量居前六位的国家依次为:巴西、俄罗斯、加拿大、美国、印度尼西亚和中国。

2004年,世界人口已达64亿,人均年占有河川径流总量由20世纪60年代的11 000立方米,下降到目前的不足6 000立方米。30多年来,人均水资源占有量约下降了1/2。

大洋洲人均径流量约10万立方米,居世界首位。欧洲人均约4 500立方米,是人均水资源最少的洲。南美洲人均约55 000立方米,居第二位。

人均年占有河川径流量不足1 000立方米的缺水国有15个,多分布于西亚和非洲的地中海沿岸。马耳他(人均82立方米),是最缺水的国家。卡塔尔、科威特、利比亚等,人均不足120立方米。

③ 中国水资源的分布　中国年径流总量为26 600亿立方米,总体分布是东南多,西北少。2001年年人均约2 000立方米,约是世界的30%。珠江流域人均水资源最多,约4 000立方米;长江流域稍高于全国平均水平,约2 300立方米;海河、滦河流域水资源最紧张,人均不足250立方米。

④ 水资源的利用和保护　1997年召开的首届《世界水资源论坛》指出:人类面临空前的水资源危机。在非洲,有12个国家,约4亿人口常年饮用水不足。当前,"20%的世界人口难以得到清洁的饮用水,50%的世界人口无法得到卫生用水。"

因此,必须合理利用和保护水资源。即:①对河川径流进行调节。②通过立法,推广节约用水的措施。③通过立法、宣传等途径,控制、治理水污染。

(4) 森林与环境:世界的森林资源,我国森林资源的特点、合理利用和保护,三大林区,我国主要的防护林体系。自然保护区。

① 森林与环境　森林对人类环境的意义主要有8个方面:调节气候;涵养水源;防风固沙;保持水土;净化空气;减弱噪声;美化环境;保护野生动物,促进生态平衡。

② 世界森林资源　在距今约5 000年前(除南极洲)约2/3的陆地覆盖着茂密的森林,总面积约90亿公顷。20世纪80年代,森林面积不足28亿公顷,森林覆盖率(除南极洲)约20%。

世界森林分布极不均衡。结合分布图(图4-2),记住亚寒带针叶林、热带雨林和季雨林,以及温带阔叶林分布的主要地区或者国家。

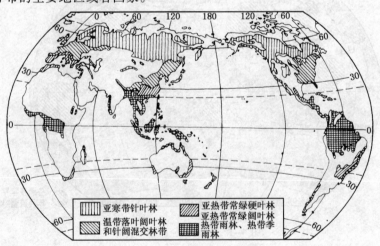

图4-2　世界森林分布示意图

南美洲的圭亚那森林覆盖率超过 80%,居世界首位。

森林面积超过 1 亿公顷的 8 个国家是:俄罗斯、巴西、加拿大、美国、澳大利亚、刚果(金)、中国和印度尼西亚。它们占有世界森林总面积的 80%。

③ 中国森林资源的特点

第一,宜林地广,林种丰富。全国宜林地约 2.5 亿公顷,占国土面积的 26% 以上。乔木树种有 2 800 种左右:其中,银杏、水杉、珙桐、银杉、桫椤等为独有的珍稀树种。樟树、漆树、油桐树等是世界著名的亚热带经济林木。

第二,森林覆盖率低,木材蓄积量有限,人均森林资源少。2000 年,我国森林覆盖率约 15%,远低于世界平均森林覆盖率(约 20%),更低于理想环境所要求的 30% 左右的森林覆盖率。

林木蓄积量近 80 亿立方米,次于俄罗斯、巴西、美国、加拿大、印度尼西亚,居世界第六;人均占有约 6.1 立方米(世界人均 60 ~ 65 立方米)。

第三,分布不均。台湾省覆盖率最高,达 50% 以上。覆盖率超过 30% 的还有黑龙江、浙江、江西、广东、海南五省。其余省区森林覆盖率均较低。东北林区和西南林区是全国森林集中分布的区域,合占林木蓄积总量的约 60%。

第四,破坏严重。

④ 中国的三大林区

林区名称	主要范围	性质	木材蓄积量(%)	主要树种
东北林区	大、小兴安岭,长白山地	天然林为主	>33	兴安落叶松、红松、桦、椴等
西南林区	横断山地和雅鲁藏布江大拐弯附近地区	天然林为主,过熟林比重大	>25	云杉、冷杉等
南方林区	台湾省、浙闽丘陵、两广丘陵,以及长江中下游流域的低山丘陵区	人工速生林,各种经济林,以及多种果林		杉、竹、马尾松、樟树、漆树、油桐、橡胶等

⑤ 中国主要防护林体系　防护林有四种基本类型:防风固沙林、水土保持林、河防护堤林、滨海防护林。要记住下述 5 个防护林体系(图 4-3)

"三北"防护林:防风固沙、保护农田不受风沙侵害。范围涉及东北、华北和西北的 11 省(区)和北京市。

黄土高原水土保持林:以防止水土流失为主要目的。

长江中上游水土保持林:包括长江上中游流域的青海、西藏、四川、重庆、云南、贵州、湖北、湖南、江西、河南等 10 个省(市、区)的全部或部分地区。目的是为了防治长江流域的水土流失。

滨海防护林:至 1993 年底,已经建成约 13 000 千米的滨海防护林带。

黄河下游护堤林:集中在河南省东部黄河两侧。

⑥ 自然保护区　建立自然保护区的意义在于保护珍稀的生物资源,维持物种的多样性,保持有利于人类生存的生态平衡,实现人类社会可持续发展的目标。

生物圈保护区网:根据"人与生物圈"计划,联合国选取未受或很少受人类影响,具典型意义的自然保护区,组成生物圈保护区网,展示自然界的"本来面目",以它们作为恢复大自然生态平

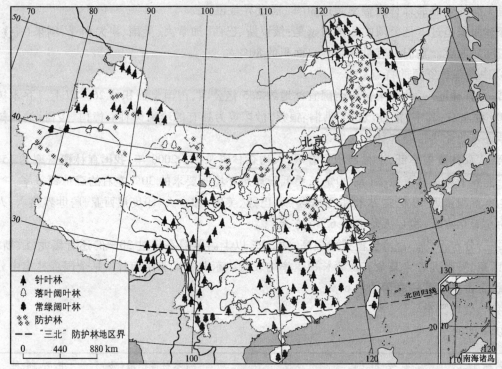

图4-3 中国森林分布示意图

衡的"标尺"。

中国的自然保护区:到2002年,有国家公园、自然保护区1 750多处,占国土面积的13.2%左右。1997年,纳入联合国生物圈保护区网的自然保护区有14处(图4-4):长白山、卧龙、鼎湖山、梵净山、武夷山、锡林郭勒、神农架、博格达峰、盐城、西双版纳、茂兰、天目山、丰林、九寨沟。截止到2004年10月底,全国纳入联合国生物圈保护区网的自然保护区已达26处。

(5) 矿产资源:世界矿产资源的开发利用。

① 矿产资源的概念 矿产是富集于地表的有用矿物。目前,确认的矿产多达约150种,其中广为开发利用的80多种。

② 世界矿产资源的开发利用 世界矿产资源开发利用的地区差异明显。

一些发达国家是主要消耗者。美国和西欧国家,每年进口大量石油、黄金、钻石(金刚石)、铜、铀等;日本工业用矿物原料90%以上依赖进口。一些发展中国家形成了单一经济。如智利和赞比亚成了世界上主要铜的出口国。

对矿产资源的掠夺性开发和滥用的现象广泛存在。许多地方浪费宝贵的资源,不合理利用资源造成社会公害的情况相当严重。

③ 世界非能源矿产的分布

黄金:南非、俄罗斯是世界最大的两个黄金生产国。

银:墨西哥。

铜:赞比亚和智利是最大出口国。美国、俄罗斯、刚果(金)等铜矿也很丰富。

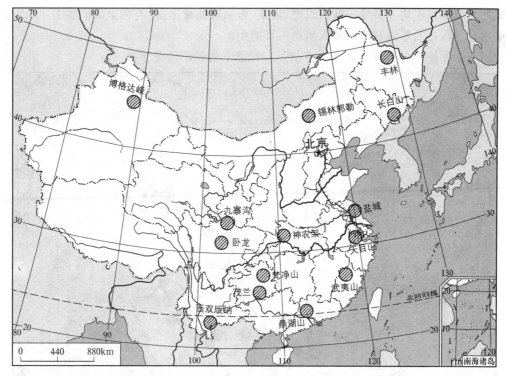

图 4-4　我国纳入联合国生物圈保护区网的自然保护区图

锡:马来西亚、中国和印度尼西亚是重要的生产和出口国。

铝土矿:非洲的几内亚、南美洲的圭亚那是蕴藏量丰富和出口量大的国家。几内亚探明铝土矿储量约占世界的 25%。澳大利亚的铝土矿资源也很丰富。

铀:澳大利亚储量居世界首位,南非的开采和出口量占有重要地位。

钨:中国是最大的蕴藏和开采国,朝鲜仅次于中国。非洲大陆钨矿也很丰富。

金刚石:刚果(金)、南非是两大金刚石输出国。印度、以色列是著名的加工国。

磷灰石:摩洛哥约占世界探明储量的 75%,有"磷矿王国"之称。

铁:一些古老高原和山地是铁矿主要产地。澳大利亚、巴西、加拿大东部高原是优质铁矿输出的主要地区。英国中部山地、法国东北部的洛林高原、俄罗斯的库尔斯克、美国五大湖区的西部、印度的德干高原都是世界著名的铁矿产地。

(6)我国矿产资源的特点及主要矿产资源的分布:

① 我国矿产资源的特点　资源丰富,种类繁多,探明矿种约 140 种。其中,钨、稀土、钼、钒和钛等的储量居世界首位。煤、铁、铅锌、铜、银、汞、锡、镍、磷灰石、石棉等的储量均居世界前列。目前,金刚石、铬等的探明储量不能满足需要。

铁矿资源储量大,贫矿多、富矿少。我国铁矿,多是含铁 30% 左右的贫矿,富矿储量少。发展经济的过程中,必须进口优质铁矿石。

伴生矿多,分选冶炼技术要求高,如白云鄂博的稀土矿与铁矿相伴生;攀枝花的钒钛磁铁矿除了含有铁、钒、钛等矿产外,还含有多种珍稀矿物;铅锌、镍等矿产中也多混有多种有用的矿物。

矿产资源分布不均。秦岭—淮河以北,煤炭、石油等储量丰富,有色金属矿贫乏。以南,有色金属矿丰富,煤、石油等则紧缺。北煤南运不可避免。

我国非能源矿产分布情况如图4-5所示。记熟下列矿产的分布地。

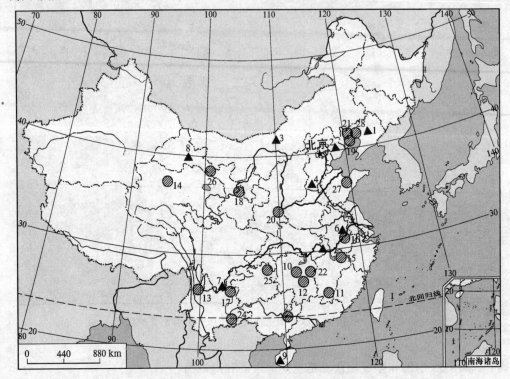

图4-5 我国非能源矿产的分布图

② 主要的铁矿分布地 鞍山,储量丰富,以贫矿为主。迁安,又称冀东铁矿。白云鄂博铁矿,也是世界上最大的稀土矿。邯郸铁矿。大冶铁矿。马鞍山铁矿。攀枝花铁矿,为钒钛磁铁矿,是世界著名的钒钛产地。镜铁山铁矿,高品位的铁矿。海南铁矿,品位高,矿石供上海、天津等地需要。

③ 其他重要矿产地 主要有:冷水江市的锑矿,矿区在锡矿山,素有"锑都"之称。大余的钨矿:是南岭钨矿带上开采最早的钨矿。

三大铅锌矿区依次为:常宁水口山、兰坪、锡铁山。

5个铜矿产地:德兴,是最大的有色金属冶炼中心。铜陵,矿区叫铜官山,是中国的"古铜都"。东川,是开发较早的铜矿。大冶,是铁、铜产地。

两个钼矿产地:锦西的杨家杖子,秦岭山地中的金堆城。

3个锰矿产地:朝阳,主要供应鞍钢;湘潭,供应武钢和湘中工业区。桂平。

个旧,久享"锡都"之誉。铜仁,是重要的汞矿。金昌,是中国的"镍都"。

招远,有"金盆"之称,是大型金矿。1997年,黄金产量最大的是阜新。新疆、黑龙江、台湾的黄金储量和产量都占有重要地位。

此外,云南是重要的磷矿产地。贵州、山西、河南等省有丰富的铝土矿。湘、赣、陕、川是中国铀矿的主要分布区。

2. 能源和能源的利用

（1）能源的概念及其分类：

① 能源 能提供能量的物质及物质运动形态的都是能源。

能源有两个重要属性：一是物质性；二是可转化性。

② 能源的分类 首先，能源分为可再生能源和非可再生能源。矿物能源属于非可再生能源。水能、风能、生物能等是可再生能源。

按能源的来源，又可以分为 3 类。

太阳能：指直接和间接来自太阳的能。太阳辐射是直接来自太阳的能源。煤、石油、薪炭，以及风能、水能等，属间接太阳能的范畴。

地球本身的能源：主要指地热和核能。

天体相互作用产生的能源：主要指潮汐能。

按人类使用能源的历史，又分为常规能源和非常规能源。

常规能源：通常指煤、石油和天然气、水能、薪炭和牲畜能等。

新能源：指核能、地热、潮汐能、沼气，以及太阳能发电、风力发电等。

按照是否经过加工和转换，又分为一次能源和二次能源。自然界可以直接利用的叫一次能源。经过加工或转换的，叫二次能源，如汽油、煤油、柴油、电等。

（2）煤作为能源的特点、煤的分布；石油、天然气作为能源的特点；石油资源的分布；水能的特点、分布；核能及其特点。

① 煤的特点及分布 储量巨大，足以供开采数百年。平均发热量、利用率低于石油。多数含杂质，燃烧时污染环境。易采、便宜、又是工业原料，是普遍使用的能源。

世界煤矿多分布于温带和亚寒带。北半球多于南半球。

北半球两大煤矿带分别位于亚欧大陆和北美大陆。亚欧大陆的煤田，从西边英国的古老山地起，向东有法国的里尔煤田、德国的鲁尔区、乌克兰的煤田、俄罗斯西西伯利亚的库兹巴斯煤田、中国新疆的煤田、内蒙古和黄土高原的煤田。北美大陆的煤田主要有加拿大南部和美国阿巴拉契亚山地北段的煤田。澳大利亚和南非是南半球主要的产煤国。

② 石油、天然气的特点及分布 储量较少，易于开采，利用管道运输，比运煤方便；发热量和利用率均高于煤。同时是重要的化工原料。在利用时也会污染环境。天然气是最洁净的化石（矿物）能源。

据 2004 年上半年估计，世界石油探明可采储量（不包括中国）近 11 500 亿桶（由于石油存在密度的差异，1 吨约等于 7 桶），还可满足世界约 40 年的需求，但是分布极不平衡，可以分为 7 大石油资源蕴藏区：

西亚：占世界总储油的 63.3%。主要分布在波斯湾沿岸到土耳其东南一带，以储量大、埋藏浅、易开采、油质好为突出特点。其中，沙特阿拉伯占 22.9%，伊朗占 11.4%，伊拉克占 10%。所产原油的绝大部分主要输往美国、日本、中国、韩国和欧洲西部国家。

欧洲和中亚：占世界总储油的 9.2%。其中，俄罗斯约占 6%，主要油田有第二巴库和秋明油田等。英国凭借对北海油田的开发，成为西欧主要的石油输出国。

非洲：占世界总储油的 8.9%。其中，尼日利亚、阿尔及利亚、利比亚、埃及和安哥拉的产量占非洲的约85%,成为世界日益重要的石油输出地区。

拉丁美洲:占世界总储油的8.9%。委内瑞拉和墨西哥是最重要的产油国。所产原油主要输往美国及其他美洲国家。

北美地区:占世界总储油的5.5%。该地区石油的蕴藏和生产都在世界占有显著位置,但是同时也是世界最大的石油消费地区,占世界总消费量的30%以上(美国占世界的27%),所以仍然是世界上主要的原油输入地区。

东南亚和大洋洲地区:占世界总储油的4.2%。印度尼西亚是重要的产油国,石油开采和输出是文莱的经济支柱。

中国陆地上和近海大陆架探明的石油蕴藏量也很丰富,产量也跃居世界石油生产大国的行列,但是石油需求的增长超过石油生产增长的速度。2003年,石油消费量占世界的约5%,仅次于美国,成为世界第二大石油消费国,对石油进口的依赖程度超过了30%。

③ 水能的特点及分布　无污染、可再生是水能的突出特点。建水电站投资大,工期长。但是,投产后,发电成本低。

世界几个主要国家可开发水能资源的情况,如表4-1所示。

表4-1　世界几个主要国家水能资源的开发

国　家	中国	俄罗斯	美国	加拿大	印度	巴西	日本	挪威	西班牙
水能(亿千瓦)	约4.0	2.3	1.9	0.9	0.7	0.5	0.49	0.29	0.29

水能开发率:瑞士、法国超过95%;意大利、德国为80%左右;奥地利、埃及、美国、西班牙、加拿大等为40%~60%;俄罗斯不足20%;中国约20%(2003年)。

④ 核能的特点及分布　能量密度大,清洁、污染小,地区适应性强。建设技术要求高,运行后,发电成本低于火电。废弃物的处理尚未妥善解决。1996年,世界有核电站443座[①],其分布如表4-2所示。

表4-2　世界核电站的分布

国　家	美国	法国	日本	英国	俄罗斯	加拿大	德国
核电站数	110	58	53	35	29	21	20

美国核发电能力居世界首位,核发电量占本国能耗约16%。立陶宛核电比重最高,达85%以上。核电比重超过50%的还有:法国(77%)、比利时(57%)、瑞典(52%)等。

(3)能源的消费构成:能源生产和消费在地区上的不平衡。世界能源问题。我国能源开发的现状和前景。

① 能源的消费构成　从图4-6中可以看出,第二次世界大战后,煤作为主要能源的地位遇到了挑战。1965年,煤和石油几乎各占40%。其后,石油成了第一大能源。1977年,煤的消费比率由不足30%,开始回升。据估测,公元2000年消费的煤将是1977年的2.7倍。

② 能源生产和消费在地区上的不平衡　世界能源生产存在着不平衡,表现为:能源主要分

---

① 1996年,主要国家运行的核电站数目(国际原子能机构,1997年)

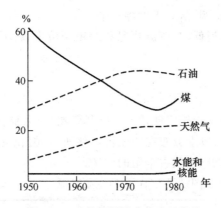

图 4-6　世界能源消费构成的变化

布在发展中国家,发达国家的分布较少。如石油:主要分布在中东地区、墨西哥湾沿岸、北海地区、南美的委内瑞拉、非洲的埃及、尼日利亚等。

世界能源消费存在着不平衡,表现为:能源的消费大国主要是发达国家,发展中国家由于生产水平、生产能力较低,需求量较小。如中、美、日、韩、印都是国际能源消耗大国,但是按个人消耗量计算,最大的当属美国。

③ 世界能源问题　能源消费不平衡:人均消费能源,美国约为世界平均值的 6 倍,许多发展中国家仅为该值的三分之一到二分之一。

化石(矿物)能源消耗量急剧增长,造成了严重环境问题。近年,研究证实,环境污染中,矿物能源的消耗所占比重相当大。

④ 我国能源开发的现状与前景

a. 产量与结构:50 年来,我国常规能源产量增长迅速,产量跃居世界前列。但是,人均占有量,在 20 世纪 80 年代只及世界的三分之一,相当于美国的十七分之一。

我国能源消费构成情况和世界平均状况也不同。从图 4-7 中可看出,煤炭所占比重始终在 70% 以上。

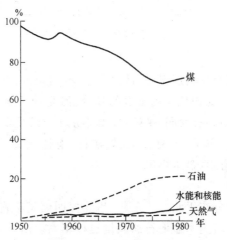

图 4-7　我国能源消费构成的变化

我国石油、天然气消费的比例,落后于世界水平。

我国水能和核能所占比重很低,与资源状况和国民经济发展的需要不适应。这两项能源工业有非常大的发展潜力。

b. 能源工业分布:

煤炭

煤炭资源分布北多南少。煤炭探明储量 8 000 多亿吨,可采储量约 800 ~ 1 000 亿吨。约三分之一分布于山西省,四分之一以上分布在内蒙古。陕西、新疆和贵州占有重要地位。云贵高原以东、长江以南,煤炭资源分布极少,仅占全国的约 2%。

图 4-8 是主要采煤工业分布图。要记住下列主要煤矿。

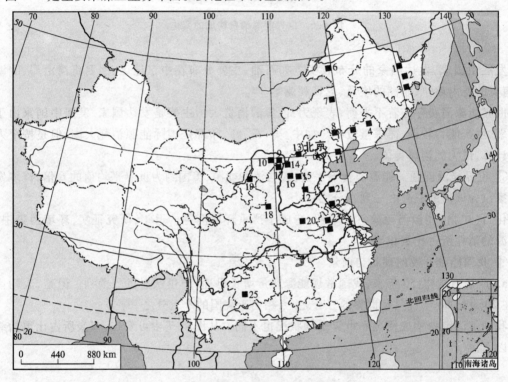

图 4-8 我国煤炭资源分布图

黑龙江省:鹤岗、双鸭山和鸡西;辽宁省:铁法和阜新;内蒙古:伊敏河、霍林河、元宝山和准格尔等。东胜煤田,是神府-东胜煤田位于内蒙古的部分;河北省开滦、峰峰煤矿;山西省是最重要的煤炭工业基地。代表性的中心有大同、平朔(平鲁、朔州),以及阳泉、西山(太原);陕西省:神府,神府-东胜超大型煤田的一部分;宁夏:宁武煤矿;河南省:平顶山;山东省:兖州;江苏省:徐州;安徽省:淮北、淮南;贵州省:六盘水煤田。

油田与水电站

主要油田:陆地石油主要分布于北方。东北、华北探明储量丰富。勘探证实,准噶尔盆地是我国石油储量最丰富的地区,塔里木盆地石油储量也极丰富。塔中油田正在建设中。沿海大陆架地区,蕴藏有丰富的石油,主要分布在东海、南海、渤海等海区。

我国石油生产以陆地油田为主,分布如图4-9。

大庆油田:原油产量约占全国的40%;辽河油田、华北油田、胜利油田、克拉玛依油田,是全国的五大油田。

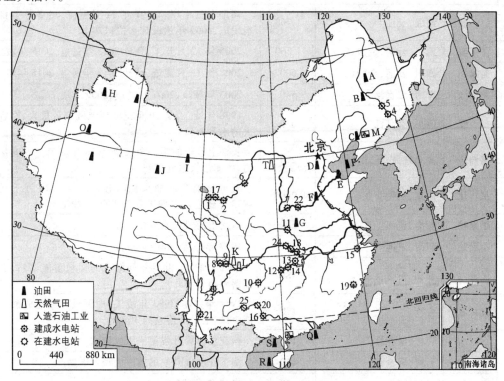

图4-9　我国主要油田、水电站分布示意图

中原油田:南阳油田,是重点建设的大型油田之一。玉门油田,是全国开发较早的油田。冷湖油田,是号称"聚宝盆"的柴达木盆地具有代表性的油田。塔中油田,是20世纪80到90年代开发建设的大型油田。

渤海湾、珠江口、莺歌海、北部湾油田:是已经开发的大陆架油田。

我国天然气资源集中分布在四川盆地、塔里木盆地、准噶尔盆地和陕西北部。自贡和泸州,是历史悠久的开采中心。陕北天然气田,是京津唐地区的能源基地。塔里木的天然气田,是西气东输工程最西端的气源地。

主要水电站:我国水能理论蕴藏量约68 000万千瓦,经过近九年普查,技术可开发量由1980年的约35 000～40 000万千瓦上升到2004年的约52 000万千瓦,居世界首位。开发率已超过20%,进一步开发潜力巨大。

我国水能资源分布不均,长江流域集中了约二分之一,主要分布于上游流域。

按地区,云、贵、川、渝和西藏的东南部,占全国水能资源的60%以上。

其他水能资源集中的地区有:黄河上游峡谷段、黄河中游、西江红水河段、松花江上游河段,以及长白山和浙闽丘陵的河流等。

已建和在建(＊)大型水利枢纽如表4-3所示。结合地图,应该记住其分布。

表 4-3 我国已建和在建大型水利枢纽

序号	名称	位置	装机容量（万千瓦）	简要说明
1	三峡	湖北,长江	1 768	坝址在三斗坪。1997 年 11 月截流,2003 年首批机组发电,2009 年达设计水位(175 米)
*2	溪洛渡	四川、云南,金沙江	1 260	2005 年 12 月开工,预计 2013 年送电,2015 年竣工
*3	向家坝	四川、云南,金沙江	600	2008 年 12 月截流,预计 2012 年送电,2015 年竣工
4	龙滩	广西,红水河	540	2003 年截流,2007 年送电,2009 年竣工
5	二滩	四川,雅砻江	330	1998 年竣工,是 20 世纪亚洲装机容量最大、库容最大的水利枢纽
6	葛洲坝	湖北宜昌,长江	270	长江上修建的第一个大坝,1988 年竣工。1998 年以前,中国最大水利枢纽
7	从化	广东,从化	240	核电站配套的抽水蓄能电站,一期 120 万千瓦于 1993 年送电。二期工程于 2000 年竣工
8	李家峡	青海,黄河	200	黄河上游最大水电站
9	小浪底	河南,黄河	180	1997 年截流,2001 年竣工
10	天荒坪	浙江,安吉县	180	1998 年竣工,世界并列第三的抽水蓄能电站,上下池落差超过 600 米
11	日月潭	台湾	170	1981 年兴建,1993 年竣工,中国最早兴建的抽水蓄能电站,上下池落差约 309 米
12	白山	吉林,松花江	150	松花江梯级开发第一级大电站
13	漫湾	云南,澜沧江	150	澜沧江梯级开发的首座大型水电站
14	水口	福建,闽江	150	1995 年并网发电
15	龙羊峡	青海,黄河	128	黄河峡谷段梯级开发的"龙头"
16	岩滩	广西,红水河	121	1992 年竣工,红水河梯级开发大型水电站
17	刘家峡	甘肃,黄河	120	甘肃省最大水利枢纽
18	隔河岩	湖北,清江	120	1995 年竣工
19	桐柏	浙江,天台	120	抽水蓄能电站
20	丹江口	湖北,汉江	90	南水北调的中线最重要的水利枢纽工程
21	龚嘴	四川,大渡河	75	大渡河梯级开发第一大电站
22	新安江	浙江,钱塘江	66	水库风光秀丽,又称千岛湖
23	铜街子	四川,大渡河	60	大渡河梯级开发第二大电站
24	丰满	吉林,松花江	55	松花江梯级开发最后一级的电站
25	浑江	辽宁,浑江	45	浑江上的大型水电站
26	柘溪	湖南,资水	45	为"锑都"冷水江市等提供电能的大型电站
27	乌江渡	贵州,乌江	40	位于遵义,是我国在岩溶地区兴建的第一座大型水电站
28	凤滩	湖南,沅江	40	即将大规模扩建
29	大化	广西,红水河	40	红水河梯级开发的大型水利枢纽

续表

序 号	名 称	位 置	装机容量 （万千瓦）	简 要 说 明
30	盐锅峡	甘肃,黄河	35	甘肃省与刘家峡相邻的梯级开发水利枢纽
31	青铜峡	宁夏,黄河	27	黄河上游峡谷段的最后一个峡谷
32	三门峡	河南,黄河	25	黄河中游修建最早的水利枢纽

c. 前景展望:目前,我国已经实现了电力供需的平衡。我国石油的储量虽然丰富,但因地质情况复杂,开采的难度大,加之资金不足,石油工业近期不能满足经济发展的需要。从 20 世纪 90 年代的后期开始,我国已经成为进口石油的国家之一。

我国煤炭工业,面临地区分布不平衡和运力不足两个巨大的障碍。水电站建设受到地区和投资两方面的局限。因此,适当发展核电,是解决经济发展对能源需求的必要途径。

1994 年,广东深圳东面的大亚湾核电站和浙江的秦山核电站投入运行。两座核电站的二期工程,以及山东、辽宁、江苏等省的核电站,正在积极筹建。

3. 农业生产和粮食问题

(1) 农业生产的特点:自然条件、社会经济条件、农业技术对农业生产的影响:

① 农业生产的特点　农业是古老的生产部门,和采掘业同属第一产业。农业有两个基本特点:

地域性:农业与自然条件关系密切。自然条件的地域性,是形成农业生产地域性的主导因素。

季节性或周期性:农业生产具有整齐划一的周期性。这种周期性和自然季节有密切的关系。

② 影响因素:

条件因素		对农业生产的影响
自然条件	气候	热量、光照、降水等气候要素影响农业类型、作物品种等
	地形	影响农业类型、农作物分布、机械化程度等
	土壤	是农作物生长的物质基础,影响作物品种和产量
	水源	在干旱、半干旱地区成为发展种植业的限制性条件
社会经济条件	市场	市场需求量最终决定农业生产的类型和规模
	交通运输	园艺业、乳畜业产品容易变质,要求有方便的交通运输条件
	政策	国家政策和政府干预手段影响或直接干预农业生产
	其他	农业生产技术改进等

③ 农业技术的影响　自然因素决定农业类型及农作物种类。自然因素相对稳定,但有些因素也可以通过人为改造从而影响农业区位选择。随着社会的发展和科技的进步,社会经济因素对农业的影响越来越大。市场区位及市场需求对农业区位的影响最为突出。交通运输条件的改善和农产品保鲜、冷藏技术的发展,使市场对农业区位的影响在地域上大为扩展,使世界农业出现专业化和地域化。

利用科技改造自然因素的例子,如培育良种促进农业发展,改善局部自然条件发展农业等。19世纪,电力、机械、化肥、农药的使用,导致了农业革命。第二次世界大战之后,农业革命波及全世界,并且有了更深的内涵——农业生物工程的实施。

技术手段的飞跃,加速了农业区域分工和农业专业化的进程,同时也加剧了农业生产的不平衡。

（2）主要的农业地域类型:农业地域类型是指不同地区利用各自的特有条件发展各具特色的农业生产,并在地区间进行商品交换,是农业生产社会分工在地域上的体现。农业地域的形成,是因地制宜发展农业、合理利用农业土地的结果。由于动植物的不同地域分布,以及自然条件、社会经济条件的地域差异,世界上形成了多种农业地域类型。如原始迁移农业、传统旱作谷物农业、现代混合农业等(见表4-4)。

表4-4　世界上的各种农业地域类型

农业地域类型	分布地区	区位因素	生产特点	问题及解决措施
水稻种植业	东亚、东南亚、南亚	水热条件好,人多地少,种植历史悠久	小农经营,单产高,商品率低,机械化水平低,科技水平低,水利工程量大	加大科技投入,适度扩大种植规模
大牧场放牧业	美国、澳大利亚、新西兰、阿根廷、南非	优良的天然草场,地广人稀,交通运输便利	商品率高,生产规模大,经济效益好	改善交通运输条件,培育良种,开辟水源,种植饲料
商品谷物农业	美国、加拿大、阿根廷、澳大利亚、俄罗斯、乌克兰	优越的自然条件,便利的交通运输,地广人稀,发达的工业,先进的科技	商品率高,规模大,机械化水平高,农业一体化	农业成本高,能耗大
混合农业	欧洲、北美、南非、澳大利亚、新西兰	优越的自然条件	良性的农业生态系统,有效安排生产,市场适应性强,规模大,机械化水平高	合理安排劳动力,修建水利工程

（3）世界粮食生产和分布、世界粮食问题及其解决途径:总体看,世界粮食产量能够满足人口的总需求。专业化生产和竞争,使农业发展不平衡日益加剧。如欧洲联盟的主要产粮国,小麦产量每公顷达4 500～5 000千克,而非洲仅为700～1 200千克左右。人均粮食产量,加拿大、美国、澳大利亚等国,达到1 500千克以上,而非洲许多国家仅有几十千克。

世界主要粮食作物的分布:全世界三分之二以上的耕地种植粮食作物。小麦、水稻、玉米的种植面积约占粮食作物的三分之二。

① 小麦　小麦是种植最广的粮食作物,北温带是小麦的传统产区。中国和美国是最大的两个小麦生产国。印度的小麦产量也占有重要地位。

重要的小麦出口国:美国世界第一;法国欧洲第一;加拿大、澳大利亚、阿根廷等也较重要。

② 水稻　水稻种植面积仅次于小麦,主要分布在亚洲东部、东南部和南部,北美洲的东

南部。

中国是最大的水稻生产国,产量约占世界总产量的三分之一。印度居第二位,约占五分之一。东南亚各国稻米产量之和约占五分之一多。美国和巴西是亚洲之外的最重要的稻米生产国。

世界稻米市场的变动很大。20世纪90年代以来,泰国稻米的出口量超过了美国,越南成了仅次于泰国和美国的稻米出口国。缅甸和印度尼西亚也出口一定量的稻米。

③ 玉米　美国是最大的玉米生产和出口国,产量约占世界的一半。中国是世界第二大玉米生产国。吉林,是中国玉米种植面积和产量最大的省区。

目前,美国、阿根廷、中国是世界玉米三大出口国,约合占世界玉米贸易量的90%。

④ 大豆　大豆原产于中国。1937年前,中国是最大的生产国和出口国。20世纪80年代以来,美国、巴西、中国是世界上三大大豆生产国。国际市场上,美国的出口约占90%,巴西约占10%。

简短的小结:中国是最大的粮食生产国,其次是美国、印度和巴西。粮食贸易,美国是最大的出口国,小麦、大豆、玉米的出口均居世界首位,稻米的出口居世界第二位。法国是欧洲最大的农产品出口国,主要出口小麦和葡萄酒等。泰国、越南是亚洲最大的稻米输出国。加拿大、澳大利亚是世界上重要的小麦输出国。巴西、阿根廷在世界粮食市场上占有重要地位。

世界粮食问题及解决途径

粮食问题的核心是许多发展中国家和地区粮食供应不能满足人口的需求。一些非洲、亚洲国家和部分拉丁美洲国家,人口增长速度超过了粮食增长速度,相当多人口不能解决温饱问题。每逢自然灾害,这些地区就会发生严重饥荒。

缺粮问题日趋严重的直接原因有两个:人口增长过快和农业生产水平落后。

非洲缺粮问题最严重,它既是人口增长最快的大洲,又是多数地区农业生产处于原始、半原始状态的大陆。

粮食问题的关键,是农业发展不平衡和国际经济秩序之间的矛盾。一方面,缺粮地区粮食严重不足;另一方面,一些发达国家,每年要投入数以亿计的美元存储和保管滞销的粮食。

解决粮食问题,不能采取无偿调剂的办法。解决粮食问题的有效途径只能是:发展中国家严格控制人口增长,提高农业生产水平。

(4) 我国的农业生产:粮食作物、经济作物的分布,畜牧业生产,产业化经营。

① 粮食作物的分布

水稻:我国最重要的粮食作物,全国只要水源条件允许,均可种植水稻。

秦岭—淮河以南,青藏高原以东,是最重要的水稻产区。产量约占90%。四川省、湖南省、广东省水稻生产历史悠久,是重要的稻米产区。

秦岭—淮河以北,是水稻的分散产区。东北三省水源条件好的地方,多种植水稻,产量约占北方水稻产量的一半。辽宁、吉林的稻米以优质饮誉全国。

小麦:仅次于水稻的粮食作物。长城以北为春小麦产区,以南为冬小麦产区。冬小麦产量约占小麦产量的三分之二。松嫩平原、河套平原,以及新疆的玛纳斯垦区,是春小麦主要产地。

70%的冬小麦,分布在华北平原及黄河中游流域。华北平原、关中平原(渭河平原)、汾河谷地是冬小麦主要产区。长江流域约占冬小麦产量的三分之一。

玉米:是重要的杂粮,产地遍布全国。吉林省是最大的玉米生产和加工基地。

大豆:我国大豆产量次于美国和巴西,居第三位。东北平原和华北平原交通线附近是传统的大豆产区。

② 纤维作物的分布

棉花:中国、美国、中亚地区(以乌兹别克斯坦为主)是世界三大产棉国家和地区。我国棉花集中分布在黄河、长江流域和塔里木盆地。全国有五个商品棉生产基地(见图4-10)。

在图中,A是冀中南、鲁西北、豫北棉花生产基地,种植棉花历史悠久,棉花质量较好。B是黄淮平原棉花生产基地。C是江汉平原棉花生产基地。D是长江下游及江苏滨海棉花生产基地。低洼地区有轻度的盐碱化现象,种植棉花比种植粮食有更好的收益。E是西部内陆棉区。又称南疆棉花生产基地。光照充足是棉花生产最有利的条件。所产长绒棉是我国质量最好的棉花。新疆棉花产量已经跃居各省(区)之首。

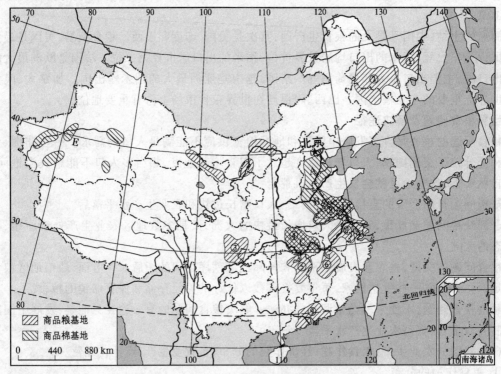

图4-10 我国主要的商品粮基地、商品棉基地

蚕丝:我国是最早植桑养蚕的国家。蚕丝生产历史有4 000年左右。

蚕丝有两个品种:桑蚕丝和柞蚕丝。前者又称为"家蚕"。后者又称"山蚕"。

全国蚕丝产量约80%是桑蚕丝,著名产地有三个:太湖流域是全国最大的桑蚕丝生产基地;珠江三角洲是全国第二大桑蚕丝生产基地;四川盆地是全国重要的桑蚕丝生产地区。

柞蚕丝主要产在暖温带地区,以辽东半岛、山东半岛和河南西部较著名。

亚麻和苎麻:我国亚麻和苎麻的产量在世界上占重要地位。亚麻主要产在松嫩平原。长江中游流域是苎麻的主要产地。湖南、江西种植苎麻历史悠久,是传统的苎麻产地。

③ 油料、糖料作物的分布

油料作物：主要有油菜籽、花生和芝麻。

油菜籽主要产于长江流域。四川省的产量居首位。

花生的重要产区是濒临渤海的各省，山东省的产量居首位。

芝麻是香油的原料，湖北、河北、河南和安徽省是种植加工的主要省区。

糖料作物：主要有甘蔗和甜菜，它们的生长习性差别很大。甘蔗喜湿热，甜菜喜温凉。

甘蔗糖约占我国食用糖的 80%。甘蔗主要分布在南亚热带和四川盆地。广西是甘蔗产量最大的省区，广东、台湾省是重要的甘蔗产地。其他生产甘蔗的省区有：福建、云南、四川、海南等。

甜菜和春小麦的种植区一致。黑龙江、吉林、内蒙古和新疆是主要产地。

④ 其他经济作物　茶叶是世界三大饮料之一。第二次世界大战之前，我国是世界最大茶叶生产国和主要的出口国。目前，我国茶叶生产和出口略少于印度，居世界第二位。秦岭—淮河以南的低山、丘陵是我国茶叶的主要产地。浙江、福建、湖南、安徽、江苏、云南是著名的产茶省。

烟草是一种特殊的经济作物。尽管吸烟有害健康已经成为人们的共识，但是因为种植烟草有较高的经济效益，所以烟草仍然是世界上重要的经济作物。我国的工业用烟草主要是烤烟，云南、贵州、河南、山东是我国最主要的烟叶生产省。

⑤ 中国的畜牧业　畜牧业发展的水平，是衡量一个国家农业发展水平的重要尺度。中国畜牧业生产具有 3 个方面的突出特点：产值大、劳动生产率（人均产值）低；资源丰富、管理水平低、进一步发展畜牧业的潜力巨大；地区发展不平衡。

2002 年，我国畜牧业产值超过 8 400 亿元，位居世界前列。但是畜牧业只占国内生产总值的 8%，人均产值仅约 660 元，远远低于世界及发达国家的水平。

我国的草场资源丰富，可以利用的草场面积超过 2 亿公顷。但是因为管理不善，沙化现象普遍，草场质量下降，在 20 世纪 80～90 年代，单位面积草场的畜牧业产值仅相当于澳大利亚的 1/10，相当于新西兰或者美国的 1/26～1/28。

中国的畜牧业主要可以划分为东部季风区的畜牧业和西北、青藏高原地区的畜牧业。

东部季风区的畜牧业有两个类型：农耕区畜牧业和大城市附近的产业化经营畜牧业。

养猪业占的比重大，畜牧业和耕作业结合紧密是农耕区畜牧业的两个突出特征。四川、湖南等的生猪供应在全国占有重要地位。

我国东部地区大城市附近的畜牧业，经过约 20 年的努力，基本上实现了产业化经营。以养牛、养鸡等为主的产业化经营的畜牧业、向城市市场源源不断地供应着新鲜的肉、蛋、奶等畜牧业产品。

我国西北和青藏高原地区，农业总产值虽然不高，但是畜牧业在农业中所占比重大，形成了习惯上常说的"四大牧区"。

内蒙古自治区：东半部分布有广阔的温带草原，是我国天然草场资源最丰富的省区。在此基础上，发展了典型的草原畜牧业。资源丰富，商品率高，发展潜力巨大是该地区畜牧业的基本特征。主要的优良畜种有：呼伦贝尔草原的三河马、三河牛，以及蒙古马、蒙古牛、蒙古细毛羊等。

面临的主要问题有：过度放牧导致草场退化；冬季的暴风雪（"白灾"）；地下水资源不足；鼠虫害日益严重，威胁着草场资源的可持续发展等。

新疆维吾尔自治区：该区是我国最干旱的省区,主要的牧区分布于昆仑山、天山和阿尔泰山的山地草场区域。习惯上称为"山地畜牧业"。典型特色是:许多地方均可以区分出"冬季牧场"和"夏季牧场"。高山草甸地区,地势较高,夏季气候凉爽,水源条件比较优越,形成了"水草肥美"的"夏季牧场"。山麓地区的干草原区域和一般山坡的牧草,则可以保存在山坡上,或者收割存储,供寒冷的冬季放牧或者定牧所需,称为"冬季牧场"。

新疆的优良牲畜品种有:天山的伊犁马、新疆细毛羊和阿尔泰大尾羊(肥臀羊)等。

青海省:青海省的南部地形以高平原为主,这里主要是长江、澜沧江和黄河的河源流域。广泛分布着高原的草甸草原,具备发展畜牧业的良好自然条件。习惯上称青海省的畜牧业为"河源畜牧业"。省内著名的牲畜品种为以"九曲黄河"命名的河曲马。

气候变暖、过度放牧、鼠害猖獗、外来人口的淘金等活动,使得该区荒漠化日益严重,对草场资源和畜牧业生产造成了严重的威胁。

西藏自治区:区内大部分地区属于高寒气候,气温低,空气中的氧气含量也相当低。在这种条件下发展的畜牧业,称之为"高寒畜牧业"。主要的牲畜品种有耐高寒气候的藏马、藏绵羊和牦牛。牦牛在藏族人民的生活和生产中,是乳肉的提供者,高原运输的主要承担者。在某种意义上说,牦牛已经成了青藏高原的"象征"之一。

最后还应该提及的是,除了上述的四大牧区之外,宁夏回族自治区也是我国著名的农牧业地区。那里的滩羊,以皮肉兼用而久负盛名。

⑥ 中国的产业化经营农业　改革开放以来,迅速发展的产业化经营农业,标志着中国农业的巨大进步。

产业化经营农业和传统农业的主要区别在于:前者是以市场需求为先导,因地制宜地采取高科技投入、高效率经营,用高质量(适销对路)产品占领市场,达到获取高回报的经营目标。而传统农业则是规避市场风险,在尽可能实现"自给自足"的农业生产目标前提下,追求适度的商品化生产。

农产品出口商品基地、反季节蔬菜水果生产基地、大城市附近的沿着交通线的蔬菜生产"走廊"等,都属于产业化经营农业。应当指出的是,在产业化经营中,过分的单一化生产,如花卉、草皮的种植等,也产生了大面积单一经营之后的生态环境失去平衡、土壤损失,以及过量使用化肥、农药带来的地下水污染加重等新问题。

到20世纪90年代,我国北、中、南各形成了一片农产品出口商品基地:

北方:吉林省中部的玉米及花粉制品出口基地。那里,土地资源丰富,气候条件适宜玉米的生长。近期,已经大力投资,实行专业化种植。

中部:长江中下游低山、丘陵的茶叶生产和出口基地。该地区自然条件优越,所产茶叶品质优良。近十几年,不少地方的茶园建设热,已经悄然兴起。

南部沿海:以珠江三角洲经济区传统出口的荔枝等水果为基础,近年,蓬勃发展了花卉种植业。在国际市场花卉供不应求的形势下,我国华南地区充分发挥常年均可以种植花卉的优势,生产适销对路的产品供应国际市场,取得了很大的成功。珠江三角洲、闽南的漳州—厦门一带,都建设有专业化的花卉种植基地。

4. 工业生产和工业布局

(1) 工业的概念和分类:

① 工业的概念　工业是把自然界的物质或农产品,以及半成品等加工制造成生产资料、生活资料的生产部门。

② 工业的分类　过去,习惯上把工业分为两类:重工业和轻工业。

重工业:是生产生产资料的工业部门,绝大部分产品用于满足生产部门的直接需要。如采矿业、冶金、机械制造业等。

轻工业:是生产生活资料的工业部门,大多数产品直接用于生活消费。如纺织业、食品加工工业、造纸工业等。

第二次世界大战之后,多倾向于依据产品的类型进行工业分类。

其中,产量、产值大,为人熟知的主要有:

采矿业:又分为能源矿物采掘、金属矿物采掘,以及其他非金属矿物开采。它们与农业一起,属第一产业。

制造业:包括许多部门,属第二产业。

冶金业:分为黑色金属冶炼、有色金属冶炼,以及贵金属和稀有金属冶炼。黑色金属冶炼中,钢铁工业是最熟悉的工业部门。

机械制造业:包括矿山机械制造,机床制造,重型电机,微型电机,一般电机,汽车制造,船舶制造,飞机制造,仪表工业等。汽车制造业是 20 世纪工业的主导部门。

化学工业:包括传统化学工业,重化学工业,石油化学工业和民用化学工业等。

纺织工业:传统上分为棉纺织、毛纺织、丝纺织、麻纺织。近年,化学纤维纺织异军突起,渗入了各个传统纺织工业部门。

建筑材料工业:是比较复杂的工业领域。天然建筑材料的开采和加工,属于第一产业。人造建筑材料工业,属于第二产业。

电子工业:20 世纪,电子工业发展迅速。高新技术电子工业,已经渗透到工业生产的各个领域。

造纸工业:食品加工工业等,都是重要的工业部门。

(2) 影响工业布局的主要因素:自然条件、经济因素、社会协作条件、劳力和技术因素、环境因素。

工业明显地具有分布的规律性。工业布局,就是人们安排工业的分布。认识影响工业布局的因素,目的是尽可能做到合理进行工业布局。

影响工业布局的因素十分复杂,可以粗略地分为五个方面:

① 自然条件　自然条件是工业布局的重要基础。采矿业依赖于矿产地,是不言自明的道理。

工业生产和工人生活都离不开淡水,工业布局和水源条件的关系十分密切。

水电站的布局对特定的位置要求更为严格。它只能建在水能蕴藏地,并且还要有有利的地形和地质条件。

② 社会协作条件　工业是社会机体的一个环节,不能离开社会总体单独存在。社会协作条件分为社会服务和生产协作两大方面。

良好的社会服务,如煤气、自来水、电力,以及通讯、文化娱乐等,是工业布局的必要条件。

生产协作也是现代工业生存的必要条件。

③ 劳动力与技术因素　高质量的工业产品与劳动力较高的文化素养和技术素养密不可分。高文化素养和高技术水平的劳动力群体,是发展工业的宝贵财富。

自然条件、社会协作、劳动力与技术因素,是影响工业布局最重要的三个因素。经济因素和环境因素,也不可忽视。

④ 经济因素　工业产品,要想以巨大的优势进入市场,在布局时,就要充分考虑经济因素,以在保证质量的前提下,降低产品成本。

运输条件对工业产品的成本影响巨大而且持久。因此,工业布局总要优先慎重考虑交通位置,以求得最佳的经济效益。

⑤ 环境因素　许多工业存在着污染环境的问题。随着人口剧增、城市化进程的进展,环境污染问题日趋尖锐。因此,工业布局,必须高度重视环境因素,发展工业生产要和保护环境同步考虑,综合安排。

（3）工业布局的变化:高新技术产业的兴起、区位因素。

① 工业布局变化　第一次技术革命和第二次技术革命,使工业布局日益相对集中。同时,也使工业布局有了较高的自由度。

第三次技术革命,电子技术、生物技术、新材料、新能源等的广泛应用,极大地改变了工业本身的面貌,对工业布局也产生了不可估量的影响,使工业布局有了明显变化。

新兴的大型工业中心迅速涌现:大型企业管理效率高、投资效益大,产品成本低、质量好而且稳定,具有明显的竞争优势。

工业布局由集中走向分散:老工业区的地价昂贵,环境污染严重,劳动力成本攀升等,成了促使工业布局由集中走向分散的重要驱动力。

现代运输的发展,为工业分散布局提供了可能性。环境问题和劳动力价格问题也是引起发达国家工业分散布局的重要因素。

出现了临空型的工业布局:第三次技术革命之前,工业布局有两个基本类型:煤铁复合体型、临海型。

煤铁复合体型:是传统重工业布局的主要形式。相距不远的煤矿和铁矿是该布局类型的基础。

典型的煤铁复合体型工业区有:美国五大湖工业区,法国北部工业区,德国鲁尔工业区,乌克兰南部工业区,英国伯明翰工业区,中国辽中南工业区等。

临海型:是原料、产品依赖于海洋运输的工业类型。

日本工业原料贫乏,其钢铁、机械、化学等工业,都属临海型布局。荷兰的鹿特丹、美国的休斯敦和新加坡的炼油工业,法国福斯的钢铁工业,中国的宝山钢铁联合企业等,也基本上属临海型。

临空型:是随着微电子等高新技术产业,出现的工业布局新类型。这类工业,原材料、产品的重量有限,产品却因高技术含量而具有高产值。航空运输成为其主要的运输手段,出现了对原材料和市场依赖性都非常小的新的工业布局类型。

美国的"硅谷"、日本的"硅岛"和筑波科学城、俄罗斯的新西伯利亚科学城,德国的慕尼黑等的电子工业都属于临空型。

② 高新技术产业的兴起、区位因素　1962年,美国经济学家弗里茨·马克卢普根据第二次

世界大战以后世界经济发展的状况,最先提出了"知识产业"的概念。1990 年联合国的研究机构首次使用了"知识经济"的提法。1996 年,经济合作与发展组织(OECD)为知识经济下的定义如下:知识经济是指以知识(智力)资源的占有、配置、生产和使用(消费)为最重要因素的经济。1997 年,美国总统克林顿在国情咨文中采用了知识经济的提法。

高新技术产业,又称高科技产业,是知识经济的支柱产业,它兴起在 20 世纪 80 年代。到 90 年代,因其在主要发达国家产业构成中的比重增长之快,产值增长之迅猛,引起了全世界的普遍关注(表 4-5)。

表 4-5　1981—1992 年一些国家和地区的高新技术产业和其他产业产值增长速度的比较 （%）

国家和地区	高新技术产业	其他制造业	全部制造业
日本	10.41	2.58	4.36
美国	7.86	1.29	2.60
英国	7.27	2.78	3.52
德国	6.48	2.94	3.50
意大利	6.28	2.12	2.69
经合组织各国平均	7.94	2.38	3.35
欧盟各国平均	6.62	2.89	3.42

从 20 世纪 80 年代初期到 90 年代中期,在短短的十几年间,高新技术产业发展成为世界上最大的产业系统之一。世界著名的十个高新技术产业区是(图 4-11):

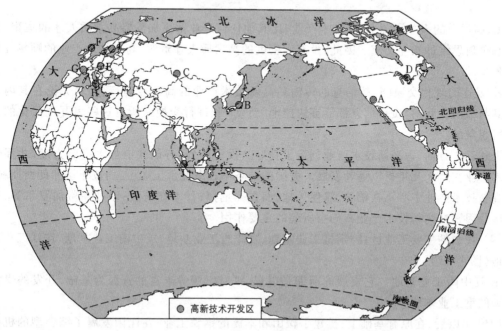

图 4-11　世界著名高新技术产业区

A. 圣弗朗西斯科(旧金山)的"硅谷",微电子产品的产值约占世界的 25%。

B. 日本东京东北部的筑波科学城,是亚洲最大的高新技术产业区。

C. 俄罗斯的新西伯利亚高科技区,是面积最大、人数最多、潜力巨大的高新技术产业区。

D. 加拿大首都渥太华的卡尔顿高科技区,享有"北硅谷"之称。

E. 德国慕尼黑高科技区,有"巴伐利亚硅谷"之誉。

F. 英国苏格兰高科技区。

G. 法国诺布尔高科技区。

H. 意大利国家高科技区。

I. 瑞典的希斯达电子城。

J. 新加坡国家高科技区。

除了上述的开发区外,印度的第六大城市班加罗尔研究开发软件方面的能力及其巨大的竞争潜力,也越来越为世界高科技业界所瞩目。

纵观高新技术产业迅速崛起的历史,可以看出区位因素在高科技产业布局中占据着举足轻重的地位。概括起来,这些因素主要有以下五个方面:

a. 宜人的自然环境:历史上良好的环境使之成为人类活动的中心;与过分拥挤的大都会式的城市相比较,环境清幽的中等城市对高科技投资具有更大的吸引力。

b. 卓有成效的社会协作:由于集中了大批高层次的人才,所以对于第三产业的社会协作有更高的要求。

c. 竞争和创业的文化氛围:美国的硅谷所以能够坐稳高新技术产业的第一把交椅,欧洲能够在前 10 名中夺走 6 个席位,都与那里近百余年所形成的竞争与创业的浓重文化氛围有密切的关系。

d. 高素质的人才资源:高新技术产业,比其他任何产业都更加需要高素质人才的集聚,创新意识和创新思维的相互交流。因此,没有大密度的高素质人才资源,高新技术产业的顺畅发展就无法想象。

e. 发达的现代交通(包括信息的传输):高新技术产业的高速度运行,要求无论在其内部还是在其与市场之间,物质和信息都能够快捷地"流动"和进行交换。所有这些离开现代化的交通是不可想象的。

上述五个方面,为高新技术产业创造了良好的投资环境,各国政府加大投资力度,才促使高新技术产业在近十几年得以蓬勃发展。美国的硅谷不在东北部工业区,而位于圣弗朗西斯科;德国的高新技术产业中心不在柏林、汉堡等地,而在慕尼黑;日本在筑波;印度在班加罗尔等,都说明了区位因素在高新技术产业布局中所起的重要作用。

(4) 我国的主要工业区:沪宁杭工业基地、京津唐工业基地、辽中南工业基地、珠江三角洲工业基地(图 4-12)。

① 辽中南工业基地　它发展的前期是以煤、铁、锰、钼等丰富的资源为基础,开发的煤铁复合体型的重工业基地。

1949 年以后,在原有基础上,扩建了鞍山和本溪的钢铁工业,在沈阳发展了综合型的机械制造工业。至今,该区已发展成为重工业占优势的综合性工业基地。能源不足、工业污染严重,是该区可持续发展面临的重大课题。

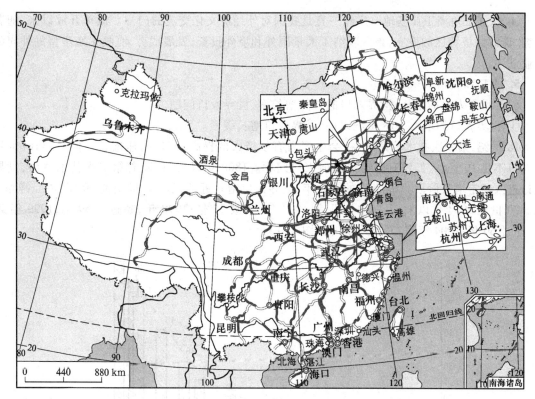

图 4-12　中国主要工业城市分布图

② 京津唐工业基地　该区是在丰富的煤、铁、石油(三黑),棉花、海盐(二白)等资源的基础上,发展起来的综合型工业基地。北京、天津、唐山的钢铁工业都有悠久的历史,是全国钢铁工业的骨干企业。北京和天津还是大型的纺织工业基地。天津同时是以海盐为主要原料的基础化学工业基地。

人口密集,淡水紧缺,污染严重,是该区可持续发展面临的三个障碍因素。

③ 沪杭宁工业基地　该大型工业基地,是凭借得天独厚的交通位置发展起来的。扼长江口和大陆海岸线居中位置的上海市,首先发展成繁华的商业都会,渐次积累了大量的资金和管理经验,培养和造就了大批技术和管理人才,形成了学习和传承技术和管理经验的氛围。在 20 世纪 50 年代以前,上海就成了全国最大的商业和金融中心。20 世纪 50 年代以来,上海一直是综合性工业基地,工业产值居全国之首。1992 年设立浦东经济开发区以后,该市经济发展的巨大潜力得以发挥。

南京、吉林、天津、大连是全国四大化学工业中心。杭州、苏州、无锡、常州、南通等地的轻工业在市场上具有强大的竞争力,发展潜力巨大。

该基地交通便利,人才资源雄厚,对投资者有极大的吸引力。建设中的苏州科技园区,是全国大型高新技术产业区之一。到 1997 年,长江三角洲地区已经成为世界上六个超级城市群之一,有中国"金三角"之称。

矿产、能源明显不足,是其经济发展的主要制约因素。

④ **珠江三角洲工业基地** 广州一直是我国对外经济文化交流的门户。改革开放以来,随着深圳、珠海经济特区的设立,该区吸纳了大量国外和境外投资,发展成劳动、技术密集型的外向型工业基地。

5. 人口和城市

(1) 世界人口的增长:世界人口的自然增长率、世界人口问题。

① **世界人口的增长** 18 世纪以前,世界人口增长缓慢。

18 世纪,第一次技术革命后,社会生产力有了极大的提高,人口高速增长。但是,当时世界总人口不足 10 亿,人们没有感觉到任何人口问题。1800 年以后,伴随着第二次技术革命,世界人口进入稳定增长阶段。19 世纪的 100 年,世界人口增长近 7 亿。20 世纪前 50 年,人口净增 9 亿。20 世纪 50 年代以来,人口增长迅速:1993 年,突破 55 亿;1998 年,超过了 59 亿;1999 年 10 月,超过 60 亿;2004 年底,人口约 64 亿(图 4-13)。

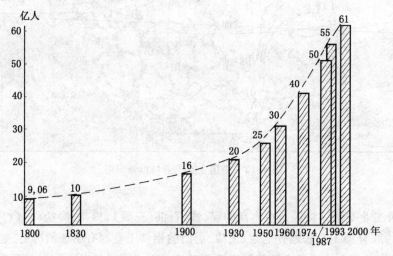

图 4-13 近 200 年世界人口增长示意图

② **人口的自然增长率** 一定时期内,人口的自然增长数(出生人数－死亡人数)/人口总数,称为人口的自然增长率。通常以一年为期进行计算,用百分之几(%)表示。

③ **世界人口问题** 20 世纪中后期,人们普遍认识到人口问题的严重性和复杂性。

发展中国家,人口剧增抵消了经济增长的成果,多数人生活水准停滞,甚至下降。严重的,相当多的人没有解决温饱问题。如非洲中、西部,粮食严重不足。我国 20 世纪 90 年代初,约 8 000 万人生活在温饱线之下。

近几十年,发达国家,人口增长率下降,甚至出现负增长,面对人口老龄化问题。20 世纪末,老龄化问题困扰着越来越多的国家。

人口分布不均,是人口问题的又一个侧面。人口集中的大型城市,面临着诸如住宅、交通、环境污染、社会秩序混乱、教育不足、弃儿增多等问题

(2) 我国人口的增长,人口素质,人口结构:

① **封建时代的人口增长** 清朝以前波浪起伏是其增长的总特点。

战国时期(公元前 5—3 世纪),人口约 3 000 万。到明朝全盛时(15 世纪末到 16 世纪初

期),人口达 1.3 亿。明末,人口急降到 6 000 万上下。

清初到鸦片战争前:人口稳定增长。清初,发展经济,人口数量回升。18 世纪初(康熙末年),人口突破了 1 亿。乾隆年间,先后突破 2 亿和 3 亿。鸦片战争前夕,我国人口超过 4 亿。

鸦片战争到辛亥革命:人口锐减时期。鸦片战争将中国带入半封建半殖民地社会。1840—1910 年的 70 年,人口净减少约 1.2 亿,为世界历史所罕见。

② 辛亥革命以后的人口增长

1911—1949 年,人口稳定增长。1949 年,全国人口约 5.4 亿。

1949—1998 年的 49 年,净增人口 7 亿多,和非洲人口数量差不多,或者相当于南北美洲人口之和。

在 1964—1988 年,人口增长率高达 1.9% ~ 2.0%。20 世纪 70 年代中期以后,人口增长率有所下降。

③ 中国的人口结构与人口素质

人口结构:包括性别结构、年龄结构,以及行业结构、职业结构等。

性别结构:我国人口始终是男多女少。男女间的比例约 105 ~ 106 比 100,高于世界平均水平。

年龄结构:20 世纪 90 年代初,比例最大的是 15 ~ 30 岁年龄段的人。这表明,21 世纪初,我国人口绝对增长量不会明显降低。

目前,我国人口中,15 岁以下的人口数量趋于稳定,是计划生育政策见效的显证。

总的情况如图 4-14 所示,从中可得出如下结论:

尽管实行严格的计划生育政策,今后的 10 年左右,每年人口净增 2 000 万的势头不会下降。在这之后,人口增长的速度才会逐步趋于缓慢。

2008 年,我国 60 岁及以上人口比重约 12%,65 岁及以上人口比重超过 8%,人口老龄化成为越来越突出的社会问题。

今后约 20 年,人口将持续增长,老龄化问题也将达到顶峰。

30 ~ 40 年之后,可能出现人口"零增长"或"负增长"。

行业结构:1982 年,农业人口占 73.7%;工矿交通业占 17.7%;科教文艺界占 3.4%;商业和服务业占3.4%;国家机关和金融业合占 1.7%。这反映,我国工业发展水平低,农业劳动生产率低下,以服务业为主的第三产业落后。

人口素质:一般把人口受教育的程度作为衡量人口素质的主要尺度。1982 年,我国就业人口中,大学以上学历的仅占 0.9%;高中毕业的约占 10.5%;初中毕业的则占 26%;小学毕业的高达 34.4%;还有 28.2% 的就业人口属于文盲和半文

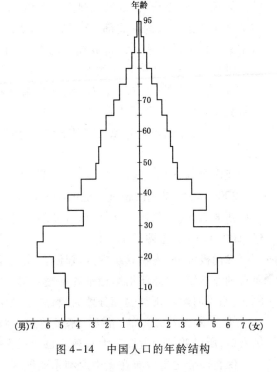

图 4-14 中国人口的年龄结构

盲。1994 年,全国 15～25 岁的人口中,文盲和半文盲占 15%。

1982 年,一些地区每千人中大学毕业以上文化程度数量如下:

省区	辽宁	北京	上海	天津
人数	67	36	24	16

(3) 影响人口分布的因素、人口密度、世界人口分布、世界人种及其分布、三大宗教的分布:

① 影响人口分布的因素　自然因素、社会经济因素、行政政策因素

自然因素:历史上,凡是自然条件良好的地方,都是古代文明的发祥地和文明中心。严寒、酷热、干旱等自然条件恶劣的地区,从古至今,都是人烟稀少的区域。

社会经济因素和行政政策因素:社会经济因素对人口分布有强烈的影响。人们不再简单地按照自然条件的优劣去寻求栖身之地了。

如,淘金热为圣弗朗西斯科和墨尔本等地奠定了发展成为现代化大城市的基础。开采锡矿,使得马来半岛上出现了繁华的都会——吉隆坡。

产业革命之后,人口一直向工、商业中心聚集,改变着人口分布的态势。

同理,不同的国家和地区,也总使用行政政策手段,调整人口分布。

② 人口密度　单位面积土地上居住的人口数。是反映某一地区范围内人口疏密程度的指标。

世界人口密度最高的在亚洲,其中有日本、朝鲜半岛、中国东部、中南半岛、南亚次大陆、伊拉克南部、黎巴嫩、以色列、土耳其沿海地带;在非洲有尼罗河下游、非洲的西北、西南以及几内亚湾的沿海地区;在欧洲,除北欧与俄罗斯的欧洲部分的东部地区以外,都属于人口密度较高的地区;在美洲主要是美国的东北部、巴西的东南部,以及阿根廷和乌拉圭沿拉普拉塔河的河口地区。人口密集地区的总面积约占世界陆地的 1/6,而人口则占世界总人口的 4/6。这些人口密集的地区也是世界工、农业比较发达的地区。

③ 世界人口的分布　1977 年,除了南极洲之外,人口密度达 43.2 人/平方千米。人口分布的最大特点就是分布不均衡(图 4-15)。

按大洲,亚洲占世界总人口约 57%,欧洲 17%,非洲 12%,北美洲 7.5%,南美洲 5%,大洋洲 0.5%。

亚洲东部、南亚、西欧、美国东北部是人口最稠密的地区。

2007 年,世界人口超过 1 亿的国家达 11 个,即:中国 13.2 亿,印度 10.2 亿,美国 3.0 亿,印度尼西亚 2.5 亿,巴西 1.9 亿,巴基斯坦 1.7 亿,孟加拉国 1.5 亿,俄罗斯 1.4 亿,尼日利亚 1.3 亿,日本 1.3 亿,墨西哥 1.1 亿。

除南极洲外,人口稀少的区域还有:撒哈拉沙漠,阿拉伯半岛的沙漠,中亚的卡拉库姆沙漠,澳大利亚沙漠,北冰洋沿岸地带和格陵兰岛,以及亚马孙河热带雨林区,巴西高原的部分热带草原区,刚果河热带雨林的部分地区,科迪勒拉山系和亚欧大陆的高山、高原地区。

④ 三大宗教的分布　佛教、基督教和伊斯兰教因其分布广泛,持续数千年,影响着世界几十亿人口,所以并列为世界三大宗教。目前三大宗教的分布大致情况如下:

佛教信徒主要分布在东南亚和东亚地区。以佛教为国教的主要有南亚的不丹和东南亚的泰国。佛教信徒人数在 80%～90% 的国家主要有柬埔寨和缅甸。斯里兰卡佛教徒近 70%。

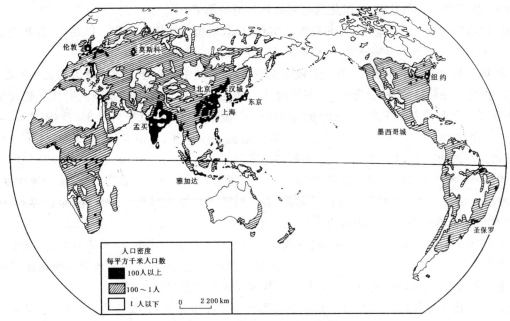

图4-15　世界人口分布示意图

　　基督教信徒主要分布于欧洲和南北美洲。以基督教为国教的国家主要有:希腊、爱尔兰、马耳他、冰岛、丹麦、挪威、瑞典;阿根廷、秘鲁、玻利维亚、巴拉圭等。信徒人数超过80%的国家还有西班牙、葡萄牙、波兰、卢森堡、瑞士、比利时、德国、芬兰、英国、奥地利、意大利、匈牙利;墨西哥、加拿大、美国;哥伦比亚、委内瑞拉、巴拿马(约89%)、巴西(约88%);菲律宾等。梵蒂冈是世界上面积最小的国家,是世界天主教的中心,为特殊形式的政教合一的国家。

　　伊斯兰教信徒集中分布于西亚和非洲北部的阿拉伯国家地区,以及南亚、东南亚和欧洲东南部的部分地区。以伊斯兰教为国教的国家主要有:西亚的阿富汗、伊朗、伊拉克、沙特阿拉伯、科威特、巴林、卡塔尔、也门、阿曼、阿拉伯联合酋长国、约旦;非洲北部的埃及、利比亚、突尼斯、阿尔及利亚、摩洛哥、索马里、苏丹、毛里塔尼亚;南亚地区的巴基斯坦、孟加拉国、马尔代夫;以及东南亚的印度尼西亚、马来西亚、文莱。另外一些西亚和非洲北部的国家,虽然不以伊斯兰教为国教,信徒人数的比例却高达90%左右,主要有土耳其、叙利亚、尼日尔、马里等。沙特阿拉伯的麦加是伊斯兰教的发源地,为世界伊斯兰教教徒朝觐的宗教中心,俗称伊斯兰教的"圣城";麦地那是伊斯兰教的圣地,有伊斯兰教创始人穆罕默德的陵墓。

　　⑤ 世界人种的分布　　白色人种是世界上人口最多的人种,约占世界总人口的54%左右。白色人种主要分布于欧洲、北非及亚洲的土耳其、伊朗、伊拉克、阿富汗、巴基斯坦、孟加拉、印度等地。近几百年来,随着殖民主义的扩张,又逐渐分布于美洲、南非和大洋洲等地。

　　黄色人种是世界上人口数居第二位的人种,约占世界总人口的37%左右。黄色人种主要分布在亚洲东部的中国、朝鲜、日本、蒙古、苏联的西伯利亚、中南半岛、印度尼西亚等地,美洲的印第安人也属黄色人种。

　　黑色人种是世界上第三大人种,约占世界总人口的8.5%。黑色人种主要分布于非洲、大洋洲、印度南部、斯里兰卡、美拉尼西亚、加里曼丹等地。

（4）城市的形成和发展：城市化及其对地理环境的影响。

① 城市的形成　古代，手工业和商业的出现，导致居民点性质的分化。以耕作、畜牧业为主的，是乡村。手工业和商业占优势的居民点，是早期城市的雏形。

② 城市的发展　早期城市，手工业和商业活动活跃，其中一些逐渐成为政治和文化中心。

18世纪工业革命后，社会进入了"蒸汽时代"，也是近代城市诞生和发展的时代。近代城市中，出现了为产业工人服务的"第三产业"。1800年，城市人口约占世界人口3%。19世纪，第二次技术革命，加快了工业发展，也加速了城市化的进程。1900年，城市人口占13.6%左右。1925年，城市人口的比重达21%上下；1950年则接近了29%。

1975年，城市人口的比重上升到39%左右。发达国家的城市化接近顶峰，城市化速度变慢，甚至停滞。发展中国家的城市化速度非常高，世界城市人口加速增长。2008年，全世界64亿人口，有50%生活在城市里。中国城市人口比重为45%。

③ 城市化　城市化主要有三个标志：城市人口在总人口中的比重、城市人口增加、城市用地规模扩大。其中城市人口在总人口中的比重是最主要的标志，通常被用来衡量一个国家或地区城市化水平的高低；而城市人口增加和用地规模则反映城市发展的合理性。

④ 城市化对地理环境的影响　城市是人类作用于环境最深刻、最集中的区域，也是人类社会中环境污染最严重的区域，城市环境问题是由于人类经济、社会发展与环境的协调关系被破坏，主要是资源的不合理利用和浪费所造成的。具体有以下原因：第一，人口的增长和经济的发展超出了环境承载能力和环境容量；第二，发达国家的高生产、高消费政策，使城市生活过度奢侈，浪费了大量的能量与物质，排废过多，恶化了城市环境；第三，发展中国家的资源利用率低，造成资源和能源的浪费，许多宝贵的资源都成为"三废"白白地跑掉，并污染了环境；第四，不尊重生态规律，不能合理利用土地与空间，城市功能分区不合理，破坏城市的生态环境，减弱城市生态系统的调节机能。

a. 对自然环境的影响：

表现	原因	危害
空气污染	交通、工矿企业生产、居民生活等消耗矿物能源，排放废气等	空气浑浊，影响人体健康；与降水混合形成酸雨等
水污染	工业废水，生活污水，城市地表径流等	影响动植物生长繁殖和人体健康等
原有生态环境改变	城市发展改变生态环境，城市和工业发展造成环境污染等	破坏生态平衡，物种消失等
地面沉降	过度开采地下水	地面下沉、塌陷，建筑物倒塌，地下水质恶化等

b. 对社会环境的影响：住房紧张，大城市"寸土寸金"，许多人住房达不到起码标准；交通拥挤，大城市受交通拥挤的困扰。车辆和道路间的尖锐矛盾，使平均行车速度越来越慢。交通拥挤浪费了宝贵的时间，降低了社会活动的效率，还导致严重的安全问题，给生命财产造成无法弥补的损失；社会秩序混乱，人口密度过大，又是流动人口汇聚的中心。社会生活各方面的差异性都

在极强烈的反差中显现出来。

（5）我国的城市化进程：一百多年来，中国城市发展的进程，走的是一条十分曲折、反复的道路。从 19 世纪下半叶，到 20 世纪中叶，由于受到世界列强的侵略，以及受到军阀割据的困扰，我国城市化的发展十分不均衡，有些地区，比如上海，城市迅速扩张，另一些地区则完全处在工业化的进程之外。新中国成立以后，城市布局有了比较明确的规划。但是，自 20 世纪 50 年代中期以后建立了城、乡二元分割的社会结构，使得城市化长期处于停滞状态，更有甚者，在较长的一段时间里，实行的是"反城市化"战略，也就是说，大规模地将城市人口迁往农村，比较典型的如：知识青年上山下乡，市民返乡，干部下放，等等。此种逆历史潮流的做法，非但不能真正解决城市人口聚集问题，反而使我国的城市化问题积蓄、矛盾累积。由于我国的城市化长期处于停滞状态，这样，到了改革开放以后，人口从农村向城市的流动就呈现出一种突然爆发的局面。使我国的城市化没有一个渐进的过程。

改革开放以来，我国的城市化进程大致经历了以下三个阶段：

① 1978—1984 年，以农村经济体制改革为主要动力推动城市化阶段。这个阶段的城市化带有恢复性性质，"先进城后建城"的特征比较明显。第一，表现在大约有 2 000 万上山下乡的知识青年和下放干部返城并就业，高考的全面恢复和迅速发展也使得一批农村学生进入城市；第二，城乡集市贸易的开放和迅速发展，使得大量农民进入城市和小城镇，出现大量城镇暂住人口；第三，这个时期开始崛起的乡镇企业也促进了小城镇的发展；第四，国家为了还过去城市建设的欠账，提高了城市维护和建设费，结束了城市建设多年徘徊的局面。这个阶段，就人口来看，城市化率由 1978 年的 17.92% 提高到 1984 年的 23.01%，年均提高 0.85 个百分点。

② 1985—1991 年，乡镇企业和城市改革双重推动城市化阶段。这个阶段以发展新城镇为主，沿海地区出现了大量新兴的小城镇。

③ 1992—2000 年，城市化全面推进阶段，以城市建设、小城镇发展和普遍建立经济开发区为主要动力。1992 年到 1998 年，城市化率由 27.63% 提高到 30.42%。年均提高 0.42 个百分点。

进入 20 世纪 90 年代以后，我国城市化，已从沿海向内地全面展开。至 2008 年我国的城市化水平已达到 46.6%。

6. 人类和环境

（1）环境的概念、人类生活、生产与环境：自然变化引起的环境问题，人类活动带来的环境问题。

① 环境的概念　环境是指某个特指的中心事物周围的其他事物的总和。人类生存环境是指围绕着人类的所有事物的总和，常常把人类生存环境简称为环境。环境的概念是多层次的。

按照环境所包含的范围大小，通常把其划分为：宇宙环境、地球（地理）环境、国家环境、区域环境等。

按照构成地球环境的事物的性质，经常把地球环境区分为自然环境和人文环境两大类。

自然环境包含了水、土、大气、生物、矿物等自然要素。当前比较受关注的有水环境、大气环境和生物环境。

人文环境一般可分为社会经济环境和历史文化环境等。

② 人类生活、生产与环境　地理环境是人类生活和从事生产活动的必要的空间。人类本身和其所从事的各项活动，都是环境的组成部分，是人文环境的核心内容。人类依存于环境，主要

表现为人类从环境中获取必需的物质、能量和信息。人类对环境影响的双重性表现为,人类把有用、有意义的产物和废弃物安置、排放到环境中。前者成为人文环境中积极的内容,后者则产生一系列环境问题。

人类不断地改变着环境,环境也不断地影响和改变着人类的生存方式和行为模式。

③ 自然条件变化和人类活动带来的环境问题 环境问题的产生和发展。实际上,从人类诞生之日起,人类就面临着环境问题。自然条件的变化导致环境质量的变化;人类自身的活动也必然在环境中留下印记。

生存在世界各地的先民最初在相对空阔的环境中,只是追逐良好的环境空间进行原始的农业生产活动,当环境恶化了时,他们就离开这个环境,去开发另一个生存的空间。简要地说,一直到工业革命以前,人类对环境的影响以及对环境问题严峻性的认识很有限。

现代工业兴起之后,人类在创造辉煌的物质文明的同时,也引发了日益严重的环境问题:

第一,人类自身无计划地发展,引发了"人口膨胀",极大地增加了环境的承载量,是导致环境质量下降的重要因素。城市化过程中,人口密集也是产生许多环境问题的首要因素。

第二,人类为了生存,滥采滥用自然资源,在导致自然资源本身的紧缺的同时,使自然生态系统失去平衡,甚至导致一些良性生态系统的崩溃,造成人类整体生存环境质量的下降。

第三,人类随意排放废弃物,严重污染了自然环境。更有甚者,有些污染物质非常容易"融进"食物链中,直接威胁到人类的健康和生存。

第四,人类不恰当地大兴建超大型工程,就可能对地质环境和水环境等造成几十年,甚至更长时间都无法消除的破坏和污染等,对社会的可持续发展提出了严峻的挑战。

(2)当今世界主要的环境问题:

① 淡水资源紧缺,水污染严重 由于淡水资源分布不均,一些国家和地区面临严重的水资源不足的局面。世界许多地区的地表水和地下水都遭受到了不同程度的污染。

② 水土流失和荒漠化 滥伐林木,过度垦荒等都会加剧水土流失。水土流失、过度施用化肥,会使土壤退化。许多耕地和草场,因水土流失、过度开垦、土壤退化等因素,迅速地荒漠化了。

③ 大气污染日益严重 主要表现为可吸入颗粒物增加,含有二氧化硫等的工业废气导致的酸雨损毁林木和建筑物,汽车尾气等氮氧化物形成的光化学烟雾对人类和生物造成的危害等。

④ 臭氧空洞的出现和紫外线辐射的增强 人类使用氟氯烃类物质泄露到大气中,导致臭氧层变薄,在南极上空出现臭氧空洞,由此导致到达地面的紫外线辐射增强,危及人类健康。

⑤ 二氧化碳等温室气体增加 滥伐森林和人类消耗的化石能源的快速增长,使大气中的二氧化碳等大气温室气体比重上升,因此增强了大气保温作用(温室效应),使得全球变暖,气候模式发生改变,在一些地区将产生一系列不利的后果。

⑥ 生态系统的良性平衡被破坏 许多珍稀种物濒临灭绝的危险。人类活动,特别是森林和草场资源的破坏,使得许多珍稀的物种,失去了原来的生存环境,面临绝种的边缘。

⑦ 人类聚居地也面临日益增加的环境问题 如厨房烟雾,吸烟造成的个体危害和环境污染,家居装修的污染,噪声、噪光、电磁辐射等,都不同程度地危及人类良性的生存环境。

(3)可持续发展:

① 概念 既能满足当代人发展的需求,又不对满足后代人需求的能力构成危害的发展道路。

② 可持续发展的原则和内涵　见表4-6。

表4-6　可持续发展的原则和内涵

可持续发展的原则	公平性原则	代内公平:各国、各地区均有公平发展的要求; 代际公平:各代人之间的公平发展要求; 责任公平:各国、各地区均要承担因发展造成环境问题的责任
	持续性原则	人类的经济活动和社会发展必须保持在资源和环境的承受能力之内,人类应该做到合理开发和利用自然资源,保持适度的人口规模,处理好经济发展与保护环境的关系
	共同性原则	地球是一个整体,地区性问题往往会转变为全球性问题,必须进行国际合作
可持续发展的内涵	生态可持续发展(基础)	强调发展要与环境承载力相协调
	经济可持续发展(条件)	强调发展不仅要重视增长数量,更要追求改善质量、提高效益、节约能源、减少废物,改变传统的生产和消费模式,实施清洁生产和文明消费
	社会可持续发展(目的)	强调发展要以改善和提高生活质量为目的,与社会进步相适应

③ 实现可持续发展的基本途径

a. 加强全球合作,共同保护环境。人类"只有一个地球",可持续发展是全人类面临的共同课题。2000年世界环境日的主题是:"2000年环境千年——行动起来吧",就是呼吁加强国际合作,共同保护环境。

在联合国的协调组织下,建立的自然保护区网、建立的人类遗产委员会,以及制定限制使用含氟氯烃的工业制剂、限制二氧化碳排放、保护湿地等国际公约,都是国际合作保护环境的例子。

b. 控制人口数量,加强环境意识教育。就全球和一些国家与地区来说,人口剧增是对可持续发展的严峻挑战。因此在适度控制人口数量的同时,加强环境意识教育,是实现可持续发展的百年大计。

c. 搞好国土整治。实现可持续发展的基本目标,国家和地方各级行政部门担负有不可推诿的管理责任。国土整治主要包含两个方面的内容:

第一,进行国土开发的研究和国土规划。如经过研究,人类认识到森林、陆地水体、湿地、草场都是国土资源中有机的组成部分,于是纷纷制定了"退耕还林"、"退耕还湖"、"退耕还牧"的规划,以及保护湿地的公约等。

第二,通过立法等途径,加强对国土资源的管理。

世界许多国家都颁布了保护大气环境、保护水源、保护森林、保护野生物资源的法律和法规,并设立了相应的环境保护机构。

我国在宪法中规定"国家保护和改善生活环境和生态环境,防止污染和其他公害",并颁布了《环境保护法》、《森林法》等,将保护环境,实现可持续发展纳入了法制管理的轨道。

④ 通向可持续发展道路　见图4-16。

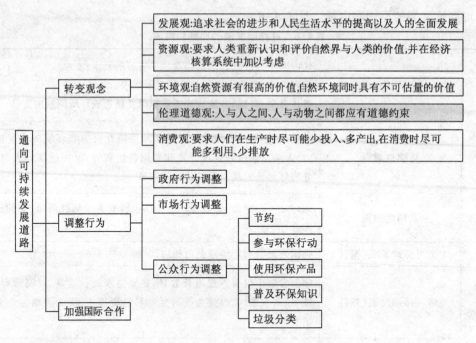

图 4-16 通向可持续发展的道路

（二）常见考试题与解题技巧

1. 自然资源及其保护

例题1.（2006年成考试题）读下图,水资源最多和最少的大洲分别是

A. 亚洲和大洋洲　　　B. 非洲和欧洲　　　C. 非洲和大洋洲　　　D. 亚洲和欧洲

（千立方千米/年）

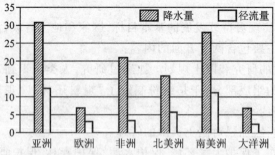

【答案】A

【试题解析】本题考查的是对降水量、径流量柱状图的判读以及水资源的来源和存在形式。考生需明确,水资源一般仅指可利用的淡水资源,主要存在于河流及浅层地下水中,天然降水是

水资源的主要补给形式。如图所示,无论降水量还是径流量,亚洲均处领先地位,大洋洲则居末位。

例题2.(2006年成考试题)下列资源中,属于可再生资源的是

A.河水、森林　　　　B.铁矿石、太阳能　　C.煤炭、草原　　　　D.地热、天然气

【答案】A

【试题解析】本题考查了考生对可再生资源概念的理解。"可再生"意为可在短时间内重新生成或循环往复多次使用两种情况,矿产资源由于其生成过程极其漫长而不符合题意。据此可排除包含铁矿石、煤炭和天然气的选项。

例题3.(2007年成考试题)煤炭、铁矿石、石油储量均居世界前列的国家是

A.埃及　　　　　　　B.巴西　　　　　　　C.澳大利亚　　　　　D.俄罗斯

【答案】D

【试题解析】本题考查的是世界主要矿产资源的蕴藏状况,考生需熟记。

2.能源和能源的利用

例题4.(2006年成考试题)水能资源在我国分布最丰富的地区是

A.东北　　　　　　　B.西南　　　　　　　C.华北　　　　　　　D.西北

【答案】B

【试题解析】本题意在考查我国水能资源的空间分布特征。解题首先需要知道水能资源的存在与两大要素相关——河流水量的大小、流经地区地势起伏状况(落差大小)。就我国而言,在大河流经的阶梯交界线附近水能资源丰富,故四选项中西南地区最为符合。

例题5.(2006年成考试题)下面四个国家中,核能在本国电力消耗中所占比重最大的是

A.德国　　　　　　　B.英国　　　　　　　C.日本　　　　　　　D.法国

【答案】D

【试题解析】本题考查了各国新能源利用的现状。四个国家中,法国的核能利用率最高,全国77%的电力供应来自核电站。

例题6.(2008年成考试题)世界上水能资源最丰富的河流是

A.叶尼塞河　　　　　B.刚果河　　　　　　C.湄公河　　　　　　D.亚马孙河

【答案】B

【试题解析】水能资源是否丰富取决于流量和落差两个方面。刚果河位于非洲热带雨林气候区,受赤道低气压带的影响,终年多雨,降水量丰富,支流多,形成向心状水系,径流量大;流经刚果盆地,地势落差大,成为世界上水能资源最丰富的河流。本题易错选D,容易将水能资源与水资源两个概念混淆,亚马孙河流经热带雨林气候区,且流域面积广,是世界上流量最大的河流,但流经亚马孙平原地区,地势落差小,水能资源不如刚果河丰富。因此需注意水能资源有两个重要属性,一是流量,二是落差。

例题7.(2008年成考试题)有效改善我国当前能源供应紧张状况的对策是

A.积极开发,降低能耗　　　　　　　　B.大量建设核电站

C.全面推行使用新能源　　　　　　　　D.迅速调整能源消费结构够

【答案】A

【试题解析】解决能源供应紧张的问题从开源和节流两个角度去考虑,从开源的角度看就

大力开发;从节流的角度看,应是节约使用能源,提高能源利用效率,降低能耗等。包括核能在内的新能源,其开发和利用需要一定的技术条件和资金支持,因此在一些地区可以解决能源供应紧张的状况,而不适合在全国推行,因此将 B、C 排除。而调整能源消费结构并未多开发或节能,是针对能源利用中出现的环境问题而采取的解决措施。

例题 8.(2010 年成考试题)世界石油资源最丰富的地区是

A. 中亚   B. 西亚   C. 欧洲   D. 非洲

【答案】B

【试题解析】本题考查的是世界石油资源的分布状况。世界石油资源分布不均,可分为 7 个石油资源蕴藏区:西亚:占 63.3%,欧洲和中亚:占 9.2%,非洲:占 8.9%,拉丁美洲:占 8.9%,北美地区:占 5.5%,东南亚和大洋洲:占 4.2%。所以本题选择 B。

例题 9.(2010 年成考试题)图为世界能源(煤炭、石油、天然气、木材、核能、太阳能)消费结构变化图,读图回答下列问题

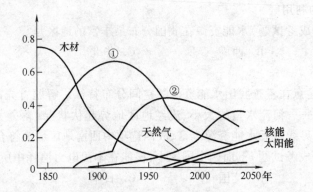

(1) 图中①曲线表示_____结构变化,②曲线表示_____结构变化。

(2) 21 世纪上半叶消费增长最快的能源是:_____。

(3) 核能和太阳能的发展趋势是:_____。

(4) 概述 20 世纪各能源消费比例的变化特点。

【答案要点】(1) 煤炭、石油 ;(2) 天然气;(3) 消费比重不断增加;(4) 木材消费比重不断下降,煤炭消费比重先升后降,石油消费比重明显上升,天然气消费比重缓慢上升,核能得到利用并且比例有所上升。

【试题解析】本题考查世界能源消费构成及变化趋势。同时也考查了考生的分析、读图能力。(1) 第二次世界大战后,煤作为主要能源的地位遇到了挑战。到 1965 年煤和石油计划各占 40%,其后,石油成为了第一大能源。(2) 21 世纪为 2000 年以后,图中在该时间段内天然气曲线的变化斜率最大,说明其增长的速度最快。(3) 表示核能和太阳能的两条线呈现上升的趋势,但增长速度并不快。(4) 本题注意时间段,20 世纪即 1900—2000 年期间,在这个时间段中,煤和石油的曲线均有波动,煤先升后降,石油在中期超越煤炭成为最主要能源,只是到后期开始呈现下降趋势,核能和太阳能在本世纪前期并没有得到利用,大约从 20 世纪 60~70 年代开始出现并呈较为缓慢的上升趋势。

3. 农业生产和粮食问题

例题 10. (2006 年成考试题)下图为某市城郊农业分布模式图,形成此种布局的主导因素是

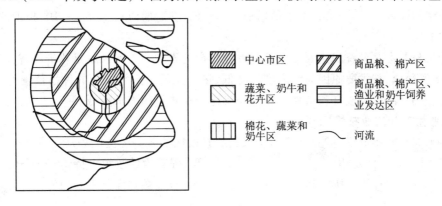

中心市区

商品粮、棉产区

蔬菜、奶牛和花卉区

商品粮、棉产区、渔业和奶牛饲养业发达区

棉花、蔬菜和奶牛区

河流

A. 交通便利　　　　B. 市场需求　　　　C. 地势平坦　　　　D. 气候适宜

【答案】B

【试题解析】本题借助农业分布模式图的形式,考查农业区位因素的知识。考生首先应总结本图农业分布的基本特点,是由市中心向外围有规律地呈同心圆状分布。因地形、气候条件、交通线路的差异而形成的农业布局形态很难呈现为理想的同心圆状。题中涉及的农产品均需要到市场上销售才能实现其价值,而大城市对各类农产品的需求量恰好是按图中的排序由内而外依次递减的,可见主导影响因素应为市场需求。

例题 11. (2007 年成考试题)我国东北地区能够种植水稻的气候条件是

A. 终年降水充沛　　　B. 雨热同期　　　　C. 年温差大　　　　D. 夏季时间长

【答案】B

【试题解析】本题考查了我国各地区的气候特征及其与农业生产的关系。水稻种植业对水热条件要求较高,以我国东北地区的纬度位置尚能种植,原因是东北属温带季风气候区,雨热同期,为水稻提供了宝贵的生长期。本题易错选 A,因东北平原在我国干湿区中属于湿润区,该区在分析水稻生产时容易被误解为降水多。但应注意,东北平原属湿润区是取决于降水量与蒸发量的对比关系,该地区由于纬度高,蒸发量小,才形成湿润地区。且其降水也有明显的季节性,并非全年多雨。

例题 12. (2008 年成考试题)世界农业生产和贸易受到多方面因素的影响,其中对农产品种类起决定作用的是

A. 土壤类型与纬度位置　　　　　　　B. 国家(地区)政策与国际市场价格

C. 光热、降水与地形　　　　　　　　D. 农业生产技术与种植面积

【答案】B

【试题解析】本题考查影响农业生产的因素,自然条件中的光热、水分条件影响农作物种类的分布、熟制和产量;地形平坦的地区适宜发展耕作业;土壤肥沃使作物产量高,不同的土壤种类,适宜生长不同的作物。世界各国的农业都受到国家政策和政府的干预。而市场的需求量最终决定农业生产的类型和规模;另外便捷的交通条件会节约农业生产的成本。以上是影响农业生产的自然条件和社会经济条件的分析,由此可知这道题应选择 B 选项。

例题13.(2010年成考试题)天然橡胶的种植范围扩展到北纬20度以北的我国西双版纳地区,主要是由于

A. 土壤的改良　　　B. 降水的增加　　　C. 交通的便利　　　D. 技术的进步

【答案】D

【试题解析】本题考查的是农业技术对农业生产的影响。天然橡胶是热带经济作物,在我国主要在海南省种植,其主要原因为海南省纬度低、热量充足。天然橡胶的种植范围的扩展,主要是在农业技术的应用中,改良和培育了新品种是橡胶对热量的需求降低。

4. 工业生产和工业布局

例题14.(2006年成考试题)北京市中关村科技园区的首要区位优势是

A. 交通便利,通信发达　　　　　　B. 强有力的政策支持

C. 高等院校和科研院所密集　　　　D. 与金融和商业中心相邻

【答案】C

【试题解析】本题中四个选项均是中关村科技园的优势区位条件,但审题时应注意"首要"二字。与其他园区相比,中关村科技园建立在首都北京高等学府、科研院所集中的海淀区,这是其有别于其他科技园的突出优势。本题易错选B,考生应明确,建立高新技术产业园,

例题15.(2006年成考试题)右图中工厂和铁路线布局合理的方案是

A. 造纸厂建在e处,铁路选abc线

B. 造纸厂建在e处,铁路选adc线

C. 造纸厂建在f处,铁路选abc线

D. 造纸厂建在f处,铁路选adc线

【答案】D

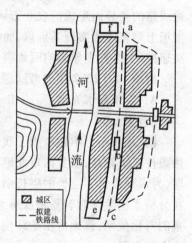

【试题解析】本题考查城市合理规划的理论及实际应用能力。首先应明确造纸厂属于水污染严重的企业,应放在城市水源的下游处,据此可排除e位置。其次铁路沿线噪声污染严重,应尽量避免通过中心城区,故选择adc路线。

例题16.(2007年成考试题)发展高新技术产业最基本的因素是

A. 自然资源丰富　　　B. 科技力量雄厚

C. 劳动力资源丰富　　　D. 地理位置优越

【答案】B

【试题解析】本题考查的是工业区位因素的知识点。高新技术产业又被称为高科技产业,是知识经济的支柱产业。其影响因素中,科技力量的强弱起到了决定性作用。

例题17.(2008年成考试题)下列城市中,第三产业产值占比重最大的是

A. 沈阳　　　　　B. 兰州　　　　　C. 西安　　　　　D. 上海

【答案】D

【试题解析】第三产业产值的比重高低,与经济发展水平具有很强的相关性,通常情况下,经济发展水平高的地区,第二、第三产业产值的比重高,因此选择上海。

例题18.(2010年成考试题)美国西部太平洋沿岸地区的新兴产业部门是

A.造船、飞机、石油化工　　　　　B.飞机、钢铁、电子

C.造船、飞机、汽车制造　　　　　D.飞机、电子、娱乐业

【答案】D

【试题解析】新兴产业是指随着新的科研成果和新兴技术的发明、应用而出现的新的部门和行业。现在世界上讲的新兴产业,主要是指电子、信息、生物、新材料、新能源、海洋、空间等新技术的发展而产生和发展起来的一系列新兴产业部门。美国西部新兴产业有以西雅图为中心的飞机制造业、以圣弗朗西斯科(旧金山)"硅谷"为代表的电子工业、以拉斯维加斯为代表的娱乐业等。

例题19.(2010年成考试题)钢铁工业是工业重要的支柱,随着生产力水平的发展,钢铁工业在空间分布上发生了很大的变化,据此完成

世界钢铁工业分布的变化趋势是:

A.由领海型向领空型转移　　　　　B.由发展中国家向发达国家转移

C.由领海型向资源型转移　　　　　D.由发达国家向发展中国家转移

上海宝钢布局选址的主要区位因素是:

A.接近原料地　　　B.接近消费市场　　　C.土地资源丰富　　　D.环境容量大

北京首钢迁往曹妃甸的主要目的是:

A.缓解首都用地紧张　　B.扩大消费市场　　C.改善首都环境质量　　D.减轻运输压力

【答案】D B C

【试题解析】本题考查的是工业布局的变化。作为传统工业中的重要支柱,钢铁工业布局经历了由煤铁复合体型(如美国五大湖、德国鲁尔区、英国伯明翰、中国辽中南)到临海型(如日本钢铁工业、法国福斯、中国上海宝钢)的变化。随着污染少、能耗少、利润高的新兴工业的发展,发达国家纷纷将其夕阳产业转移到发展中国家,而此时,发展中国家由于工业化的需求,成为这些夕阳产业的接纳地。钢铁工业在生产的过程中不仅耗能、耗水量大,同时产生废水、废气和废渣对环境产生巨大的压力,因此,首钢迁出北京在减少北京耗水量和改善首都环境质量两方面具有突出贡献。

例题20.(2008年成考试题)下图是我国中部某地区图,读图分析:

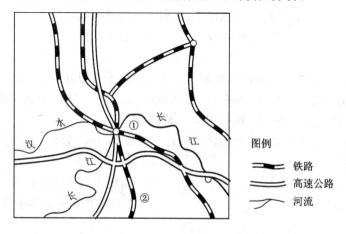

(1) 图中城市①的名称是_____,铁路线②的名称是_____铁路。

(2) 本地区位于_____工业地带;本地区经济发展的有利条件是_____、_____。

(3) 本地区主要粮食作物是_____;容易出现的自然灾害有_____。

【答案要点】(1) 武汉 京广 (2) 长江沿线(或长江中游) 水陆交通方便、水资源丰富 (3) 水稻 洪涝

【试题解析】本题考查对某区域的综合分析能力。第一小题要对区域进行明确的定位,通常我们可以根据经纬网、重要的山脉走向、河流弯曲形态来判断,此图中明确显示区域中心为汉水与长江的汇合处,此处为我国湖北省的省会武汉市,并有多条铁路交会于此,因此可以对此区域的位置有一个明确的判断,在此基础上,完成题目要求的各个小题。题目考查了区域判定、该地区的工业和农业,在前面正确判定下即可完成。

第二小题,考查经济发展的有利条件,可以从影响工业发展的区位因素入手回答。

第三小题,我国粮食作物为南稻北麦,南方地区以水稻种植为主,主要受季风气候。另外还有地形、河道弯曲等多种因素的综合影响,该地区容易发生洪涝灾害。在7、8月份,受副热带高压的影响,在长江中下游地区会出现伏旱,影响到人们的生产和生活。

5. 人口和城市

例题21. (2006年成考试题)第二次世界大战结束以后,发展中国家城市化发展速度超过发达国家,突出表现在

A. 人口增长过快,乡村剩余劳动力涌入城市

B. 城市工资待遇高,生活条件好

C. 城市第三产业发展快,吸纳大量劳动力

D. 城市区域扩大,乡村人口转为城市人口

【答案】A

【试题解析】本题考查的是"第二次世界大战"后各国城市化进程的特点。与发达国家相比,广大发展中国家的城市化起步晚、发展快,发展过程不尽合理。"第二次世界大战"结束后,各国政局稳定,人民生活改善。人口自然增长率大大提高。纷纷出现人口高速增长迹象,尤其是农村劳动力过剩导致人口大量涌入城市,引发一系列城市问题。

例题22. (2008年成考试题)下列城市中,不属于世界特大城市的是

A. 北京   B. 墨西哥城   C. 东京   D. 华盛顿

【答案】D

【试题解析】此题考查有关城市的知识。关于城市的等级划分:人口超过100万的称为大城市,人口超过千万的称为特大城市,如东京、墨西哥城、北京等。华盛顿是美国的首都,全称"华盛顿·哥伦比亚特区",面积6 094平方千米,人口约55万

例题23. (2009年成考试题)一个地区人口自然增长率过低(如小于零),可能给该地区社会发展带来的影响是

A. 社会保障负担减小   B. 延缓人口老龄化趋势

C. 劳动力供应不足   D. 人口结构和分布趋于合理

【答案】C

【试题解析】本题考查了人口增长的相关知识。影响人口增长的因素是人口的自然增长

（自然增长率）和人口的机械增长（人口迁移），如果仅从自然增长来看，若自然增长率过低，甚至小于零，那么会导致人口增长速度缓慢，甚至是负增长，从年龄结构来看，会形成青壮年比例减少，而老年人口的比例增加，是社会的劳动力供应不足，因而应选择 C 选项。

例题 24.（2009 年成考试题）下图表示美国、中国、印度和印度尼西亚四国人口数量占世界人口总量的百分比，其序号与国家连线正确的是

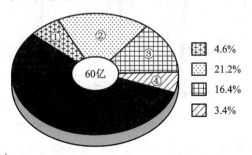

A. ①——印度　　B. ②——中国　　C. ③——印度尼西亚　D. ④——美国

【答案】B

【试题解析】本题结合世界主要国家的人口数量，考查扇形统计图的阅读能力，图示四个国家中：中国人口为 13 亿，印度人口为 10 亿，美国人口为 2.9 亿，印度尼西亚人口为 2.3 亿。读扇形图根据圆心角的度数，判断各部分所占的比例，图中②、③分别表示中国、印度这两个世界上人口最多的国家。

例题 25.（2010 年成考试题）我国人口已进入快速老龄化阶段，到 2020 年老年人口将达到 2.48 亿，老龄化水平将达到 17.17%，据此回答

我国人口老龄化速度加快的主要原因是：

A. 人口自然增长率高　　　　　　　B. 人口死亡率下降

C. 养老保障制度比较完善　　　　　D. 人口受教育年限增加

人口老龄化速度加快将导致：

A. 人口就业压力加大　　　　　　　B. 人口素质提高

C. 劳动力资源不足　　　　　　　　D. 城市化水平降低

【答案】B C

【试题解析】本题考查中国的人口现状及人口问题。作为发展中国家，我国的人口问题首先表现在了人口数量的急剧增长，到 20 世纪 90 年代，我国约有 8 000 万人生活在温饱线以下。由于人口数量的激增，抵消了经济增长的成果，我国推行了计划生育政策以抑制人口的增长，随着自然增长率的下降、生活水平的提高、医疗保健制度不断完善等，使死亡率下降，我国又开始面对人口老龄化问题。劳动力不足，社会负担沉重等问题随之出现。

例题 26.（2007 年成考试题）下图是某城市简图。当地夏半年盛行东南风，冬半年盛行东北风。读图和下面的材料，完成下列要求。

材料：城市合理规划应遵循以下原则：

a. 商业区的土地价格最高，住宅区次之，工业区最低；

b. 用地规模小、无污染的企业可布置在城区；

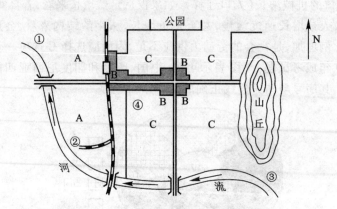

c. 用地规模大、有潜在轻度污染的企业可布置在城市边缘或近郊区;

d. 有潜在重度污染的企业应布置在远郊区,并处于盛行风向的下方。

(1) 根据城市功能区布局的原则,用直线分别将图中代表不同区域的字母与相应的功能区连接起来。

A   商业区

B   工业区

C   住宅区

(2) 根据工业布局的原则,用直线分别将图中代表不同地点的序号与自来水厂、重型机械厂、食品厂和污水处理厂连接起来。

①   自来水厂

②   重型机械厂

③   污水处理厂

④   食品厂

(3) A、B、C 三区中,土地价格最高的应是_____区。

【答案要点】

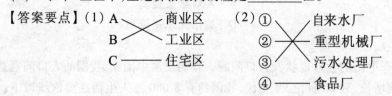

(3) B

【试题解析】这是一道考查考生临场应变能力的试题。要求能够在有限的时间内阅读领会材料给出的"城市规划四大原则",对所有已知条件进行综合分析,并结合自己的生活常识作出判断。

第(1)(3)小题涉及地价问题。考生应当了解,城市地价的高低,主要与距市中心的远近及交通通达度等因素相关,市中心的交通要道沿线和道路交叉口附近地价最高如 B 区,郊外的 A 区则地价最低。

第(2)小题考查的是城市工业布局的主要原则。不同工业企业对环境的需求及对环境的影响都有所不同。自来水厂和污水处理厂应分别建在流经城市的河流的上游及下游河边;食品厂为市场指向型企业且造成环境污染的程度低,故可建在市内;重型机械厂的原料、产品运量大,对环境造成的污染较严重,根据题目所给大气环流形势,应布局在盛行风的下风向。

6. 人类和环境

例题 27.(2007 年成考试题)大量砍伐森林直接造成的环境问题是

A. 酸雨污染　　　　B. 土地肥力下降　　　C. 生物多样性锐减　　　D. 海平面上升

【答案】C

【试题解析】本题考查的是各类环境问题产生的过程及其主要影响因素。森林是野生动物的生存地,森林被砍伐将直接造成野生动物失去适生环境,数量锐减甚至灭绝,故答案选 C。土地资源的不合理利用,如过渡开垦、放牧等;海平面上升则是全球变暖的直接后果。三者与森林的砍伐均无直接因果关系。

例题 28.(2008 年成考试题)生态农业将物质和能量多层次循环利用,下图中的①、②、③分别是

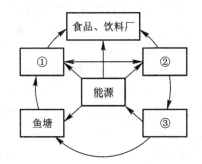

A. 畜牧场、沼气池、农田　　　　　　　B. 农田、畜牧场、沼气池
C. 沼气池、农田、畜牧场　　　　　　　D. 畜牧场、农田、沼气池

【答案】B

【试题解析】本题考查有关生态农业的知识。根据题目给出的生态农业是将物质和能量多层次循环利用,在农业生产过程中体现循环的思想,在这个观念引领下分析模式图,即可以判断出图中①、②、③分别代表的地理事物。选项中只出现畜牧场、沼气池、农田三种地理事物,图幅中间的格位能源,而由方框③出来的箭头指向它,故③一定为沼气池,沼气池产生的沼液和沼渣是养鱼的良好饲料。鱼塘塘低的淤泥可以肥田,因此数字①代表农田,余下②表示畜牧场,①与②的产品可为食品、饮料厂提供原料。

例题 29.(2006 年成考试题)读图,回答下列问题:

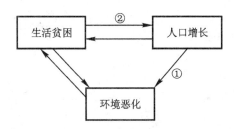

在生产方式相对落后、严重依赖本地自然资源的地区,特别是贫困地区,存在着"生活贫困—人口增长—环境恶化"的恶性循环现象。下面的模式图常被用作解释这些地区的贫困原因,图中的箭头表示因素间的相互作用。

(1)在上述模式的三个关联因素中,起主导作用的因素是_____。箭头①反映人口增长过快,可能会带来环境恶化,其主要表现是:

　　a. 过度开发自然资源,如土地、森林等;

　　b. _____;

　　c. _____。

(2)生活贫困和人口增长相互制约,其中箭头②主要表现为:

　　a. 贫困地区生产力水平低,对劳动力数量需求大;

　　b. _____;

　　c. _____。

【答案要点】(1)人口增长　生态环境遭到破坏　产生各种环境污染

(2)教育落后,计划生育不普及或欠缺相关知识　社会保障不完善,需要较多的子女来防病养老　人口自然增长率高,人口数量增长迅速

【试题解析】本题考查了地理学中的一个核心问题——环境与可持续发展。

(1)在相对贫困的发展中国家,环境问题的起因多数源于"二战"后人口数量的激增。这导致该类国家对资源的需求及其向环境排放的废弃物数量均大量增加,生态环境恶化。

(2)需根据图中箭头方向着重分析生活贫困如何造成人口增长速度快。人口增长直接表现为人口自然增长率高,其成因主要是地理人口素质较低,社会保障水平低两大主因。

下 编

应 试 模 拟

历史地理模拟试卷(一)

考生注意:本试卷分第Ⅰ卷(选择题)和第Ⅱ卷(非选择题)两部分,满分150分,考试时间120分钟。

第Ⅰ卷(选择题 共80分)

一、选择题:本大题共40小题,每小题2分,满分80分。在每小题列出的四个选项中,只有一项是符合题目要求的。

1. 我国有文字可考的历史始于( )

A. 夏朝   B. 商朝   C. 西周   D. 春秋

2. 下列各项不符合历史事实的是( )

A. 祖冲之是我国西汉著名的数学家

B. 《齐民要术》是北魏时期农学家贾思勰的著作

C. 王羲之是东晋时期的书法家

D. 《神灭论》是反对佛教的

3. 在科举考试中首创武举和殿试是在( )

A. 隋炀帝统治时期   B. 唐太宗统治时期

C. 武则天统治时期   D. 唐玄宗统治时期

4. 受唐朝文化影响而在本国各级学校教授儒学的是( )

A. 日本   B. 朝鲜   C. 印度   D. 阿拉伯

5. 支持王安石变法的皇帝是( )

A. 宋太祖   B. 宋太宗   C. 宋神宗   D. 宋高宗

6. 中国近代史以鸦片战争为开端,主要是因为( )

A. 中国自给自足的自然经济已经解体   B. 中国第一次被西方资本主义强国打败

C. 鸦片战争后中国社会性质开始发生变化   D. 鸦片战争后民族矛盾成为主要矛盾

7. 下列关于《天朝田亩制度》的评述,正确的是( )

① 是几千年来中国农民反封建思想的结晶

② 提出了第一个在中国发展资本主义的方案

③ 是一种绝对平均主义思想的反映,不可能实现

④ 是太平天国后期干王洪仁玕提出的改革内政的新方案

A. ②③   B. ①④   C. ②④   D. ①③

8. 著名爱国诗人丘逢甲在《春愁》一诗中写道:"春愁难遣强看山,往事惊心泪欲潸。四百万人同一哭,去年今日割台湾。"这首诗描写的历史事件是( )

A. 第二次鸦片战争   B. 中法战争

C. 甲午中日战争   D. 八国联军侵华战争

9. 戊戌变法失败的最主要原因是(　　)

A. 中国资本主义发展不充分、资产阶级维新派十分软弱

B. 依靠没有实权的皇帝

C. 顽固势力强大

D. 帝国主义的破坏

10. 确立行政、立法、司法三权分立的政治原则,具有资产阶级共和国宪法性质的历史文献是(　　)

A.《钦定宪法大纲》　　　　　　　　B.《修正大总统选举法》

C.《中华民国约法》　　　　　　　　D.《中华民国临时约法》

11. 下列口号中,最能反映五四运动性质的是(　　)

A. 废除"二十一条"　　　　　　B. 还我青岛

C. 惩办卖国贼　　　　　　　　D. 外争主权、内除国贼

12. 抗战初期,国民政府在正面战场组织了多次重大战役。其中,国共两党军队在战场上协同作战的战役是(　　)

A. 淞沪会战　　　　B. 徐州会战　　　　C. 武汉会战　　　　D. 太原会战

13. 我国彻底废除几千年来的封建剥削土地制度的标志是(　　)

A. 新中国建立　　　　　　　　B. 全国土地改革基本完成

C.《中华人民共和国宪法》颁布　　D. 三大改造完成

14. 为中共十一届三中全会召开奠定思想基础的是(　　)

A.《关于建国以来党的若干历史问题的决议》

B. 四项基本原则的提出

C. 关于真理标准问题的讨论

D.《解放思想,实事求是,团结一致向前看》

15. 被恩格斯称为"文艺复兴时期的巨人"的是(　　)

A. 加尔文　　　　B. 达·芬奇　　　　C. 但丁　　　　D. 莎士比亚

16. 标志美国独立战争开始的事件是(　　)

A. 波士顿倾茶事件　　　　　　B. 来克星顿枪声

C. 第二届大陆会议召开　　　　D. 萨拉托加大捷

17. 世界被瓜分完毕,资本主义世界体系最终形成是在(　　)

A. 19世纪初　　　B. 19世纪中期　　　C. 20世纪初　　　D. 20世纪中期

18. 列宁说:"新经济政策的实质是无产阶级同农民的联盟,是先锋队无产阶级同广大农民群众的结合。"理解列宁所说,最能体现这一"实质"的是(　　)

A. 废除实物配给制　　　　　　B. 恢复市场经济

C. 用粮食税代替余粮收集制　　D. 实行工资级别制

19. 美国提出"欧洲复兴计划"的根本目的是(　　)

A. 稳定欧洲大部分国家现存制度　　B. 推行"遏制共产主义"政策

C. 对苏联和东欧地区进行经济渗透　　D. 帮助欧洲复兴经济

20. 下列对"独联体"的表述正确的是(　　)

A. 是在苏联原加盟共和国独立基础上成立的

B. 它是苏联全民公决的产物

C. 它的成立直接导致了"八一九"事件

D. 它的组成仿效了前南斯拉夫地区的做法

21. 发生在太阳大气层中光球层的太阳活动是(　　)

A. 黑子　　　　　　B. 耀斑　　　　　　C. 日珥　　　　　　D. 太阳风

22. 我国汾河谷地的地质成因属于(　　)

A. 背斜成谷　　　　　　　　　　B. 向斜成谷

C. 断层形成的谷地或低地　　　　D. 板块碰撞作用形成

23. 下列国家中,多火山和地震的有(　　)

A. 澳大利亚　　　B. 新西兰　　　C. 尼日利亚　　　D. 津巴布韦

24. 在英国伦敦格林尼治天文台内,一条金属线嵌在地面上,某人将脚跨在它的两侧,意味着脚踩(　　)

A. 东、西两半球　　B. 南、北两个纬度　C. 南、北两半球　D. 东、西两个经度

25. 有人将李白的诗句改为"黄河之水天上来,奔流到海去又还",其体现的地理意义是(　　)

A. 水循环使水呈三态变化　　　　B. 水循环加快了河流的流速

C. 大气降水和地表水在内陆相互转换　D. 海陆间循环使陆地水资源不断更新

26. 我国台湾省多地震,主要是因为(　　)

A. 地形多山　　　　　　　　　　B. 属于冲积岛

C. 处在三大板块碰撞处　　　　　D. 处在两大板块张裂处

27. 世界上输出农产品最多的国家是(　　)

A. 法国　　　　B. 加拿大　　　C. 俄罗斯　　　D. 美国

28. 海洋表层洋流的动力主要来自(　　)

A. 地转偏向力　　　　　　　　　B. 海水密度差异

C. 岩浆活动　　　　　　　　　　D. 大气运动和行星风系

29. 下列有关中亚的叙述,正确的是(　　)

A. 黑海、伏尔加河是区内重要的灌溉水源

B. 哈萨克斯坦因盛产棉花,被称为"白金之国"

C. 地形以平原、高原为主,属干燥的温带大陆性气候

D. 哈萨克斯坦是仅次于蒙古的世界第二大内陆国

30. 若我国需从俄罗斯大量进口原油,最佳的运输方式是(　　)

A. 管道运输　　　B. 水路运输　　　C. 公路运输　　　D. 铁路运输

31. 下列关于日本发展工业的有利条件,说法正确的是(　　)

A. 岛国,多海港　　　　　　　　B. 矿产资源丰富

C. 能源充足　　　　　　　　　　D. 耕地面积广阔农业发达

读图1-1"西气东输"示意图,回答32~33题。

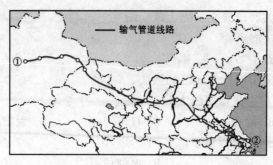

图 1-1

32. 按能源分类,天然气资源属于(　　)

① 来自地球内部的能源　　② 来自太阳辐射的能源　　③ 不可再生的能源　　④ 二次能源

    A. ①②　　　　　　B. ②③　　　　　　C. ③④　　　　　　D. ①④

33. 图中西气东输的管道经过的地形区有(　　)

① 塔里木盆地　　② 准噶尔盆地　　③ 内蒙古高原　　④ 黄土高原　　⑤ 华北平原

⑥ 长江中下游平原　　⑦ 江南丘陵

    A. ①②③④⑤⑦　　B. ①③④⑤⑥　　C. ①②④⑤⑥　　D. ②③⑤⑥⑦

34. 秦岭—淮河是我国一条重要的地理分界线,下列叙述正确的是(　　)

    A. 秦岭—淮河以北耕地以水田为主

    B. 秦岭—淮河以南耕地以水田为主

    C. 秦岭—淮河以北典型植被是亚寒带针叶林

    D. 秦岭—淮河以南典型植被是热带季雨林

35. 读图 1-2,下列关于地球内部圈层的说法,正确的是(　　)

    A. 火山喷发的岩浆主要来自岩石圈　　B. 地壳和上地幔顶部合称岩石圈

    C. 软流层以下称为地幔　　　　　　　D. 莫霍面以下称为地核

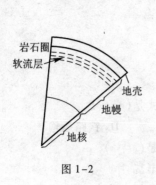

图 1-2

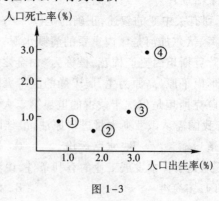

图 1-3

36. 图 1-3 表示四个国家的人口出生率和死亡率,据此判断可能导致本国自然资源和环境压力最大的国家是(　　)

144

A. ①国　　　　B. ②国　　　　C. ③国　　　　D. ④国

37. 下列行业与"信息高速路"最密切的是(　　)

A. 电子通信　　B. 交通运输　　C. 商业贸易　　D. 邮政通信

38. 2008年京津城际铁路开通,影响其布局的主要因素是(　　)

A. 地形　　　　B. 气候　　　　C. 经济　　　　D. 科技

39. 图1-4中三种气候分布于欧洲西部同一纬度,以下叙述正确的是(　　)

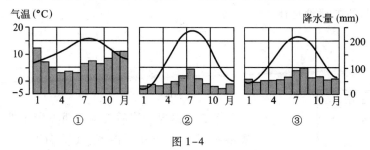

图1-4

A. 三地点中③地的气温年较差最大　　B. 三地点均属于温带海洋性气候

C. 三地点中②的时间最早　　　　　　D. 三地点中①的海拔最低

40. 由于新的原料、燃料基地而出现的新工业中心是(　　)

A. 上海宝山钢铁工业和山东齐鲁化学工业

B. 德国鲁尔工业区和俄罗斯乌拉尔工业区

C. 我国贵阳炼铝工业和美国休斯敦化学工业

D. 日本北九州工业区和印度东北工业区

第Ⅱ卷(非选择题　共70分)

注意事项:

1. 用钢笔或圆珠笔直接答在试卷中。

2. 答卷前将密封线内的项目填写清楚。

题号	41	42	43	44	45	46	总分
分数							

二、非选择题:本大题共6小题,满分70分。

得分	评卷人

41. 阅读以下材料,回答问题:(10分)

"秦王坚与阳平公融登寿阳城望之,见晋军部阵严整,又望八公山上草木皆以为兵,顾谓融曰:"此亦劲敌,何谓弱也?"怃然始有惧色。……玄等乘胜追击……秦兵大败,自相蹈藉而死者,蔽野塞川。其走者闻风声鹤唳,皆以为晋兵且至,昼夜不敢息,草行露宿,重以饥冻,死者什七八。……"

——引自《资治通鉴》

回答:

(1) 上述材料所反映的著名战役名称是什么?交战双方分别是谁?(3分)

(2) 这场战役结局如何?原因是什么?(4分)

(3) 对这场战役的评价是什么?(3分)

得分	评卷人

42. 指出第二次世界大战后美国和西方国家推行冷战政策的主要事例,并概述其主要内容。(12分)

得分	评卷人

43. 阅读材料,回答问题。

材料一

革命导师并不认为自己提出的理论是已经完成了的绝对真理或"顶峰",可以不受实践检验;他们处处时时用实践来检验自己的理论、论断、指示。

——摘自《实践是检验真理的唯一标准》

材料二

有一些同志天天讲毛泽东思想,却往往忘记、抛弃甚至反对毛泽东同志的实事求是、一切从实际出发、理论与实践相结合的这样一个马克思主义的根本观点……他们的观点,实质上是主张照抄马克思、列宁、毛泽东同志的原话,照抄照转照搬就行了。

——摘自1978年6月2日邓小平在全军政治工作会议上的讲话

概述真理标准问题大讨论的内容及意义。(13分)

得分	评卷人

44. 读世界海陆分布图(图1-5),完成下列要求。(11分)

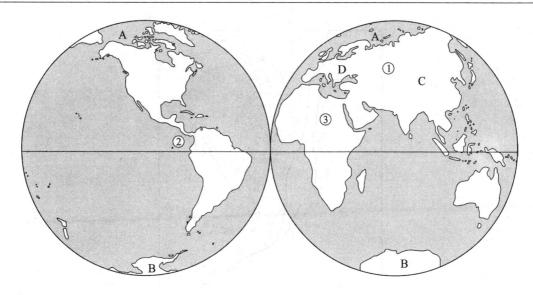

图 1-5　世界海陆分布图

（1）在图中相应位置填出最大的大洲和最大的大洋的名称。

（2）从图中可以看出,跨经度最广的大洲是字母_____代表的_____洲。完全位于北半球的大洋名称是字母_____所代表的_____洋。

（3）山脉①的名称为_____,它与乌拉尔河、高加索山脉一起共同构成大洲的分界线,山脉的西侧为字母_____所代表的_____洲;东侧为字母_____所代表的_____洲。

（4）②、③分别代表大洲的分界线,其中亚洲和非洲的分界线是数字_____所代表的_____运河。

得分	评卷人

45. 读图 1-6,回答问题。（12 分）

（1）A 是_____海峡,其西侧隔海相望的国家是_____;

（2）B 是_____河,其流向大体为_____,该河上游 C 处为所在国农业地带中的_____带;

（3）D 处地形区为_____高原,它与 E 山同属于_____山系,E 山正处于____和_____两大板块间的_____边界上;

（4）F 岛附近有世界四大渔场中的_____渔场,其成因是_____。

得分	评卷人

46. 读图 1-7,回答问题:（12 分）

（1）图中各号码代表我国老工业基地,其中代表我国老工业基地中重工业基地的是_____,该基地重要工业中心有_____、_____、_____。

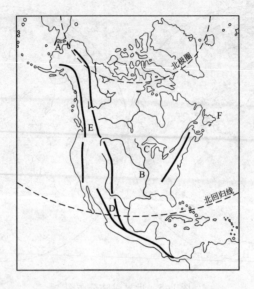

图 1-6

（2）我国结构最完整,规模最大的基地是图中_____,该基地中最大工业中心布局的优势是_____。

（3）填出图中下列符号代表的地理事物名称:C _____海港,D _____海港,E _____海港;商品粮生产基地名称:A _____,B _____。

图 1-7

历史地理模拟试卷(一)参考答案及解题指要

一、选择题

1.【答案】B

【解题指要】迄今为止的考古证明,还没有发现夏代的文字。商代已经产生了著名的甲骨文,并且比较成熟。从事物发展的规律来讲,任何事物都应当是从初创到成熟,因此,在商代以前也应当有了不成熟的文字,但由于至今没有发现,因此还不能说夏代已经产生了文字。西周时期,我国的文化已经相当发达;春秋时期,古代的文化更加进步,产生了像孔子那样伟大的思想家、教育家和老子那样伟大的哲学家,同时出现了许多不朽的著作,一直流传到今天。因此,这个时期,已经不会是文字刚刚产生的时代了。请记住商代的甲骨文是目前所发现的我国最为古老的文字。

2.【答案】A

【解题指要】这是一道考查魏晋南北朝时期文化的题目。问的是"不符合"历史事实的是哪一项。A项中的祖冲之的确是我国古代著名的数学家,但不是西汉时期的人,而是南朝时期的数学家。其他三项都符合历史事实。王羲之是东晋时期的大书法家,复习时要了解他被称为"书圣",他最著名的代表作品是《兰亭序》。贾思勰是北魏时期著名的农学家,著有《齐民要术》一书,可将中国古代农学成就集中起来复习。《神灭论》的作者是南朝人范缜。当时佛教盛行,宣扬六世轮回的神学思想。范缜著书《神灭论》,主张人死后灵魂不再存在,因此,与佛教思想直接对立,是反对佛教的。

3.【答案】C

【解题指要】武则天是中国历史上唯一正式称帝的女皇帝。在位期间于政治、军事、文化等方面多所建树。在科举考试中实行武举和殿试,就是其中之一。科举制创立于隋朝,在唐代得到发展,日益成熟。武则天时期创立武举和殿试,也是科举制走向成熟的标志之一。本题应当选择C项。复习时,最好将有关科举制的知识要点综合归纳,如何时创立、何时出现进士科、何时创立武举和殿试、何时确定命题范围为四书五经等等。

4.【答案】A

【解题指要】在唐朝的对外关系中,知识要点较多的是日本,本题的正确答案是A项。日本在唐代派出十余次遣唐使,全面学习唐朝的政治、经济、文化,回国后策动了日本各方面的改革,其中包括在学校中教授中国儒家学问。唐朝时,朝鲜、印度、阿拉伯等国也与唐朝有着密切交往,但受唐朝影响最深的是日本。对日本遣唐使曾经十三次来中国的有关内容,还应当进一步掌握。

5.【答案】C

【解题指要】王安石变法发生在北宋神宗年间,只有皇帝支持,变法才能推行,支持王安石变法的自然是宋神宗。正确选项是C项。宋太祖赵匡胤是北宋的建立者,宋太宗在教材中没有出现,宋高宗是南宋的建立者,三者都不是本题选择的对象。王安石变法的背景、内容及效果应当作为问答题准备。

6.【答案】C

【解题指要】这是一道分析判断题,主要考查的是考生对相关历史知识的理解能力。鸦片战争后,中国的社会性质发生了变化,开始沦为半殖民地半封建社会。随着中国社会性质的变化,中国社会的主要矛盾和中国人民革命的任务也开始发生变化。因此,鸦片战争是中国历史的转折点,是中国近代史的开端。

历史概念清楚、准确,是解题的关键。鸦片战争后,中国自然经济开始解体,而不是已经解体,所以选项 A 虽具有一定的干扰作用。鸦片战争后,中国社会的主要矛盾也开始发生变化,随着帝国主义侵略的不断加深,民族矛盾逐步发展成为社会的主要矛盾;但阶级矛盾依然存在,有的时候甚至是社会的主要矛盾,所以选项 D 也不完全正确。正确的表述是:鸦片战争后,帝国主义和中华民族的矛盾,封建主义和人民大众的矛盾,成为中国社会的主要矛盾。选择 B 项也不正确,中国战败不能作为历史时代划分的依据。

7.【答案】D

【解题指要】本题实际涉及对太平天国先后两个纲领性文件的评价问题。《天朝田亩制度》是几千年来中国农民反封建思想的结晶,反映了农民迫切要求获得土地的愿望;但它提出按人口平分一切土地、平均分配一切社会财富的主张,是一种绝对平均主义思想,在现实生活中不可能实现。《资政新篇》是太平天国后期由干王洪仁玕提出的改革内政的新方案,内容涉及政治、经济、文化、外交等方面,具有鲜明的资本主义色彩,是中国最早提出的发展资本主义的方案。

8.【答案】C

【解题指要】此题类似史料分析题,解题方法有很多种。首先是了解相关的历史知识,甲午中日战争中国战败,被迫签订丧权辱国的《马关条约》,将台湾割让给日本。此诗反映了诗人对于台湾被迫离开祖国的悲愤心情。其次,诗中有"去年今日割台湾"一句,描写的就是日本割占台湾这一让中国人民痛心的事情,读懂了这首诗,问题也就解决了。

9.【答案】A

【解题指要】本题考查的是考生对戊戌变法失败原因的比较分析能力。答案列举的四项内容均为变法失败的原因;解题思路可联系哲学上事物变化的内因与外因的关系,最主要的原因须从自身找。解题时应注意审题。

10.【答案】D

【解题指要】此题考查的是考生对相关历史知识和概念的认知能力。1912 年孙中山代表南京临时政府颁布《中华民国临时约法》,确立了三权分立的政治体制。它是近代中国第一部资产阶级性质的民主宪法,在我国法制建设史上具有里程碑式的重大意义。《钦定宪法大纲》是晚清预备立宪时清政府颁布的,它规定了皇帝拥有至高无上的权力,是清政府"名为立宪、实则专制"的体现。《中华民国约法》、《修正大总统选举法》都是袁世凯为恢复帝制而炮制出来的,破坏了《中华民国临时约法》所规定的各项原则。

11.【答案】D

【解题指要】这是一道比较分析题,考生只要准确掌握五四运动的性质,就容易选对答案。五四运动爆发的基本原因是帝国主义加紧对中国的侵略和北洋军阀的反动统治,因此,五四运动具有彻底的反帝国主义和反封建主义的性质,是中国新民主主义革命的开端。A、B、C 选项均只表现了五四运动性质的一个方面,只有 D 选项比较完整地概括了五四运动的性质。

12.【答案】D

【解题指要】中国抗日战争存在两个战场,一个是国民党的正面战场,一个是中国共产党领导的敌后战场。在太原会战中,中国共产党领导的八路军积极配合友军作战,取得了平型关等战役的重大胜利。

13.**【答案】**B

【解题指要】该题旨在考查考生比较分析问题的能力。A、C两项比较容易被排除。1950年,中央人民政府颁布《土地改革法》,废除封建剥削的土地所有制,实行农民阶级的土地所有制。到1950年底,全国土地改革基本完成,在我国延续了几千年的封建剥削土地制度被彻底废除。农业、手工业和资本主义工商业的社会主义改造(三大改造)的完成,标志着社会主义制度在我国基本建立起来了。

14.**【答案】**C

【解题指要】本题考查的是考生对历史基本知识和概念的认知能力。1978年,《光明日报》发表《实践是检验真理唯一标准》的文章,引发了关于真理标准问题的大讨论。这次讨论,否定了"两个凡是"的错误观点,打破了长期以来个人崇拜和教条主义的束缚,为党的十一届三中全会的召开奠定了思想基础。《解放思想,实事求是,团结一致向前看》是邓小平在十一届三中全会上作的重要讲话。1981年,党的十一届六中全会通过了《关于建国以来党的若干历史问题的决议》。相关的历史知识、概念不能混淆。

15.**【答案】**B

【解题指要】本题考查的是对文艺复兴代表人物的记忆和理解。西欧文艺复兴的早期代表人物众多,如但丁、米开朗基罗、达·芬奇等。其中达·芬奇可以说是整个欧洲文艺复兴时期最完美的代表。他学识渊博,多才多艺,身具画家、寓言家、雕塑家、发明家、哲学家、音乐家、医学家、生物学家、地理学家、建筑工程师和军事工程师等多项才能。文艺复兴时期的代表人物中,具有这样多项才能的只有达·芬奇一位,因此称其为"文艺复兴时期的巨人"非常贴切。其他三位中,加尔文是宗教改革家,但丁主要的贡献在诗歌方面,恩格斯说"他是中世纪的最后一位诗人,同时又是新时代的最初一位诗人。"莎士比亚是英国最著名的剧作家。从才能的多样性上他们都无法与达·芬奇相比。

16.**【答案】**B

【解题指要】所列四个选项都是美国独立战争中的重要事件,但其意义各不相同:A项表明宗主国与殖民地的矛盾走向激化;C项是美国宣布独立的前奏;D项是独立战争开始走向胜利的转折点;只有B项才标志着美国独立战争的开始。这个问题的设置是为了让考生在全面掌握美国独立战争史实的基础上,准确理解各个重大事件所具有的标志性意义。

17.**【答案】**C

【解题指要】资本主义世界体系最终形成的标志是资本主义世界殖民体系的最终形成,而该体系最终形成于20世纪初。

18.**【答案】**C

【解题指要】本题考查的是对新经济政策主要措施在政治意义方面的理解。用粮食税代替余粮收集制关键的一点就是放松对农民的束缚,通过经济上的交流,在工人阶级和农民群众、城市与农村之间架起桥梁。正是由于实行了粮食税,农民可以自由处理多余产品,才能调动其积极性,使其拥护苏维埃政权,从而巩固工农联盟。A项和D项是稍后实行的政策,并且主要适用于城市居民和工业领域,与农民关系不大;与列宁此话意思不符。B 项不是这时在苏俄实行的政策。

19.【答案】A

【解题指要】本题考查的是对马歇尔计划本质特征的认识。从马歇尔计划提出的背景上可以清楚,它的确有帮助战后凋敝的欧洲复兴经济和对日益对立的苏联和东欧地区进行渗透的意图。但这些还都是该计划要达到的一般目的,其更深一层目的是要通过经济援助,稳定欧洲绝大多数国家的现存制度,即资本主义制度。在美国看来,这一制度现在已经受到战争重创、经济破坏和苏联势力"扩张"的多重威胁。而这一制度的稳定则直接关系到资本主义世界的稳定,关系到资本主义在全世界的命运。由此可以看出,本题的正确项是 A;C、D 两项也是马歇尔计划考虑的内容但不是"根本目的";B 项也与这一计划有一定联系,但它更多地被认为是同时期"杜鲁门主义"的核心内容。

20.【答案】A

【解题指要】本题首先要明确"独联体"是苏联解体过程中的最后环节,B、C 两项都是在最后解体之前发生的,这样可以先从时间上进行一轮排除。从历史进程上看,D 项中前南斯拉夫地区因分立而解体,之后是不同民族、地区和国家的战争,没有组成过涵盖所有原国家、地区的联合体。

21.【答案】A

【解题指要】本题考查有关太阳活动的知识,光球层的太阳活动是黑子;色球层的太阳活动是日珥和耀斑;而太阳风则发生在日冕层。

22.【答案】C

【解题指要】本题考查的是各种构造地貌的知识,我国的渭河平原、汾河谷地从成因上属于断层形成的谷地或低地。

23.【答案】B

【解题指要】该题考查对世界火山、地震带分布图的掌握情况,以及位于世界火山、地震带上的国家和地区。

24.【答案】D

【解题指要】本题考查经纬网的知识,在过英国伦敦格林尼治天文台旧址的经线为本初子午线,本初子午线划分东、西两个经度。而划分东、西半球的经线是 20°W 和 160°E 构成的经线圈。

25.【答案】D

【解题指要】本题考查有关水循环中海陆间水循环的知识,海陆间的水循环是指海洋水与陆地水之间通过一系列过程所进行的相互转换运动。像黄河这样的外流河,参与海陆间水循环,这一自然现象使得陆地上的淡水资源得以不断更新,因此 D 选项正确。

26.【答案】C

【解题指要】本题考查有关板块构造学说的知识,台湾岛位于太平洋板块、亚欧板块和印度洋板块三大板块的碰撞处,地壳活动比较活跃,多火山、地震活动。

27.【答案】D

【解题指要】本题考查有关农业生产的知识,美国是世界上的农业大国,它生产的小麦、大豆、玉米、棉花等都位居世界前列,不仅满足本国需要,还大量出口,成为世界上输出农产品最多的国家。

28.【答案】D

【解题指要】本题考查洋流的成因,大气运动和行星风系(指地表各个气压带之间,包括风带在内的全球性大气环流系统)。

29.【答案】C

【解题指要】该题考查的是中亚地区的地理特征。黑海、伏尔加河均不在本区范围内;"白金之国"是乌兹别克斯坦,哈萨克斯坦是世界最大的内陆国。故只有 C 选项正确。

30.【答案】A

【解题指要】本题考查了中国与俄罗斯的相对位置关系、俄罗斯石油资源的分布情况以及特殊物资的运输方式选择。由于中俄陆路接壤,俄罗斯油田多分布在西伯利亚地区,运输对象是大量液态物质,故从安全性、连续性和经济效益等方面考虑,最佳的运输方式是管道运输。

31.【答案】A

【解题指要】本题考查有关日本的知识,日本是一个岛国,矿产资源贫乏,工业发展对外依赖性强,依靠优越的海运条件输入原材料输出产品来发展工业生产,因此 A 选项正确。

32.【答案】B

【解题指要】该题主要考查考生对能源分类等基础知识的掌握情况。天然气等石化燃料属于地质历史时期生物能固定下来的太阳能;该能源消耗以后,短期内无法恢复,属于非可再生能源。故 B 选项正确。

33.【答案】B

【解题指要】该题主要考查我国地形的空间分布图。试题附图显示西气东输管道沿途先后经过南疆的塔里木盆地、河西走廊(属内蒙古高原)、宁夏中南部、陕北和晋南(黄土高原)、河南和皖北(华北平原)、皖中和苏南(长江中下游平原)。故只有 B 选项正确。

34.【答案】B

【解题指要】本题考查中国地理的相关知识,秦岭—淮河一线是国我重要的地理界线,就耕地类型来讲,其以北为旱地,以南为水田;就植被类型来讲,以北为温带落叶阔叶林为主,以南为亚热带常绿阔叶林为主;另外 1 月份的 $0°C$ 等温线和年降水量 $800mm$ 的等降水量大约分布于此线附近。因此 B 选项正确。

35.【答案】B

【解题指要】本题考查地球的内部圈层结构,地球内部圈层莫霍面和古登堡面划分为地壳、地幔和地核三层,地壳和上地幔顶部合称岩石圈(软流层以上),一般认为岩浆发源于软流层,是火山喷发的岩浆来源。故而 B 选项正确。

36.【答案】C

【解题指要】该题主要考查考生阅读人口出生率、死亡率统计图的能力,同时应了解人口出生率同环境、自然资源的关系。图中所示① 人口死亡率略高于出生率,人口呈现负增长状况,对环境和资源不会构成威胁;④ 国家呈现高出生率、高死亡率、人口低增长状况,也不会给资源和环境造成威胁;③ 国家呈现出高出生率、低死亡率、人口呈现高增长态势,必将给资源和环境带来巨大压力;② 国家的自然资源和环境压力没有③ 国家大,故正确选项为 C。

37.【答案】A

【解题指要】该题主要考查"信息高速路"的概念,以及试题所列行业中最需要快速传递信息的行业。各行业的运营、生产过程均需要快速传递信息,但是日新月异的电子通信最需要高速传递信息,不断调整、改进、发展本行业的生产。故正确选项为 A。

38.【答案】C

【解题指要】该题考查影响铁路线布局的因素,促进区域经济发展是建设交通线的最重要的目的。

39.【答案】C

【解题指要】本题考查了气温变化曲线及降水量柱状图的判读、分析能力以及气候的主要影响因素等。欧洲西部自西向东,气候的海洋性逐渐减弱、大陆性逐渐增强,由三地点水热状况可知,① 距海最近,位置最偏西,② 距海最远,位置最偏东。对应的地理特征应为② 地气温年较差最大、时间最早,且因最低月均温低于 0℃,故已属于温带大陆性气候。至于海拔高度,本题给出的已知条件不足以判断高低。

40.【答案】C

【解题指要】由于现代科技应用于生产,原有生产部门得到改造,人类利用自然开发资源的能力空前提高。除铁矿石、煤炭外,在石油、天然气、有色金属、稀有金属等也成为现代工业不可缺少的燃料和材料。合成纤维、合化塑料、合成树脂、特种陶器等工业的发展,改变了工业的材料结构,在空间分布上形成了一些新的工业中心。例如,贵阳的炼铝、休斯敦化工均属之。故 C 选项正确。

二、非选择题

41.【参考答案】(1)淝水之战。前秦和东晋。(2)东晋取胜,前秦兵败。东晋军队战斗力强;北方人民希望东晋取胜;前秦统治不稳固;前秦军队中的汉、羌、鲜卑士兵不愿意为秦军卖命。(3)淝水之战是以少胜多的战役,战后不久,形成了南北对峙的局面。

【解题指要】解析这段文献,要首先明确材料当中的关键人物"秦王坚",指的是五胡十六国时期的前秦皇帝符坚,这里的"晋军"指的是东晋的军队。另外,材料中提到了"草木皆兵"、"风声鹤唳"等成语,应该据此得知,这里讲的是著名的"淝水之战"。知道了这一点,就应该想到本次战役的相关内容:战役的双方是东晋与前秦,战役的结果东晋以少胜多。战役的意义在于决定了南北分割的局面。至于东晋以少胜多的原因,要会结合教材内容进行分析。

42.【参考答案】主要事例有丘吉尔的反苏反共演说,美国以希腊、土耳其受到威胁为由对苏联等社会主义国家发动冷战,"马歇尔计划"和组成北约等。丘吉尔的演说公开主张遏制苏联等社会主义国家;美国总统杜鲁门以援助希腊、土耳其为由,提出要遏制共产主义;"马歇尔计划"借援助西欧经济复兴之名,以经济援助为手段,稳定西欧,控制西欧;美国与欧洲一些国家组成政治军事集团——北大西洋公约组织,针对苏联进行冷战。

【解题指要】本题以叙述史实为主,第二次世界大战后美国和西方国家推行冷战政策都有哪些事例,然后对这些事例的主要内容加以概述即可。可以从政治、经济、军事三方面进行思考,丘吉尔的反苏反共演说和美国援助希腊、土耳其,是美国和西方国家对共产主义进行遏制和在全球进行扩张的政治宣言;"马歇尔计划"是这一宣言在经济领域的应用;而组建北约则是美国推行冷战政策在军事领域的突出表现。

43.【参考答案】(1)为了反对"两个凡是"的错误方针,1978 年思想理论界展开了一场真理标准问题的讨论。(2)这次讨论肯定"实践是检验真理的唯一标准",否定了"两个凡是"的错误观点,重新确立了实事求是的马克思主义思想路线。(3)这是一次深刻的思想解放运动,打破了长期以来的个人崇拜和教条主义思想的束缚,为党的十一届三中全会的召开作了思想上和理论上的准备。

【解题指要】材料分析题往往可以有效地考查学生理解和分析问题的能力。本题为材料分析题,考查考生对"真理标准大讨论"内容和意义的掌握情况。材料涉及这样重大的历史事件,是复习过程中必须掌握的内容;材料内容、文字并不复杂,读懂史料应该没有太大问题,解题关键是把相关知识有效地组织起来。

44.【参考答案】

(1)最大的大洲是亚洲,最大的大洋是太平洋

(2)B 南极洲 A 北冰洋

(3)乌拉尔山 D 欧洲 C 亚洲

(4)③ 苏伊士运河

【解题指要】本题考查世界海陆位置、政区的分布,考生对该部分知识进行记忆,做到胸中有图即可。

45.【参考答案】

(1)白令 俄罗斯

(2)密西西比 自北向南 乳畜

(3)墨西哥 科迪勒拉山系 太平洋板块 美洲板块 消亡

(4)纽芬兰 有寒、暖流相交会

【解题指要】该题考查了北美洲海陆分布、山河大势及区域内农业生产的特征和成因等基础知识。

第(1)题,首先根据海陆轮廓可确认这是北美洲,后联想世界海陆分布即可确定 A 为白令海峡,西侧为俄罗斯远东地区。

第(2)题,美国国情历来是考查的重点。密西西比河的流向可从图中直接读出;美国农业的地区分布则是重中之重,C 处为五大湖以南的美国东北部地区,从自然条件和市场需求等角度分析可知,此处应发展乳畜业。

第(3)题考查了板块构造和造山运动的关联,只要牢固掌握地球六大板块示意图便不难解答。

第(4)题考查的是世界大渔场的分布及成因。北美的纽芬兰渔场是由南下的拉布拉多寒流和北上的墨西哥湾暖流相交会,引起海水激荡使浮游生物增多、饵料丰富而形成的。

46.【参考答案】

(1)⑤ 沈阳 大连 鞍山

(2)③ 海陆交通便利;劳动力资源丰富;科技力量雄厚;区内农业发达。

(3)青岛 厦门 宁波 洞庭湖平原 鄱阳湖平原

【解题指要】该题主要考查了关于我国沿海工业地基地、工业中心、海港的分布,以及农业区位因素。解题时,需要先明确图幅所表示区域的位置,然后逐一作答。

第(1)题,我国老工业基地有多个,其中重工业基地是辽中南重工业基地,即图示中数字⑤,

该工业基地的主要工业中心是:沈阳、鞍山、大连等。主要工业部门有钢铁、机械、造船、石油等。

第(2)题,我国工业部门结构最完整、规模最大、技术水平最高、效益最好的是沪宁杭工业基地。该基地以上海、南京、杭州为主要工业中心,工业发展历史悠久,工业基础好,从业人员的技术水平比较高,大专院校和科研部门多。基地交通便利,陆上、海上、内河航运均发达,人口密集,劳动力资源丰富,农业发达,为工业发展提供原料及农副产品。

第(3)题,通过读图观察各海港的位置,判断海港的名称,此题需要对地理事物的分布有一定的记忆。山东半岛南部著名的港口是青岛港;杭州湾南岸是宁波港;位于台湾海峡南部的是福建的厦门港。长江南岸的两个商品粮基地分别是紧临两大湖的洞庭湖平原和鄱阳湖平原。

历史地理模拟试卷(二)

考生注意:本试卷分第Ⅰ卷(选择题)和第Ⅱ卷(非选择题)两部分,满分150分,考试时间120分钟。

第Ⅰ卷(选择题 共80分)

一、选择题:本大题共40小题,每小题2分,满分80分。在每小题列出的四个选项中,只有一项是符合题目要求的。

1. 修建都江堰水利工程的是( )
   A. 楚国　　　　　B. 齐国　　　　　C. 韩国　　　　　D. 秦国

2. 下列史实发生的时间顺序是( )
   ① 巨鹿之战　　　② 官渡之战　　　③ 淝水之战　　　④ 赤壁之战
   A. ①②③④　　　B. ④③②①　　　C. ①④②③　　　D. ①②④③

3. 雕版印刷术发明于( )
   A. 汉代　　　　　B. 隋唐　　　　　C. 宋代　　　　　D. 晋代

4. 南宋的首都是( )
   A. 洛阳　　　　　B. 开封　　　　　C. 临安　　　　　D. 建康

5. 关汉卿的剧作中,最具有代表性的作品是( )
   A.《钗头凤》　　B.《明月几时有》　C.《赤壁怀古》　　D.《窦娥冤》

6. 以下关于明朝政治制度的表述不正确的是( )
   A. 强化丞相制度,削夺六部权力　　　B. 设立东厂等特务机构
   C. 制定《大明律》加强法治　　　　　D. 科举制试题范围为四书五经

7. 建立"八旗制度"的是( )
   A. 皇太极　　　　B. 努尔哈赤　　　C. 康熙皇帝　　　D. 乾隆皇帝

8. 举世闻名的圆明园首次被外国侵略者洗劫并焚毁,发生在( )
   A. 鸦片战争中　　　　　　　　　　　B. 第二次鸦片战争中
   C. 甲午中日战争中　　　　　　　　　D. 八国联军侵华战争中

9. 与以往的农民运动相比,太平天国新的时代特点表现在( )
   ① 运动的规模空前巨大　　　　　　② 反封建的同时反侵略
   ③ 提出平均主义思想　　　　　　　④《资政新篇》的资本主义色彩
   A. ①②　　　　　B. ①③　　　　　C. ②④　　　　　D. ③④

10. 关于中国共产党成立的历史条件,下列评述正确的是( )
    ① 中国工人阶级队伍的壮大和工人运动的发展,使中国共产党的成立有了阶级基础
    ② 马克思主义在中国的传播,使中国共产党的成立有了思想基础
    ③ 各地共产主义小组的成立,为中国共产党的成立准备了组织基础

④ 共产国际的帮助,则加快了中国共产党成立的步伐

　　A. ①②③　　　　　B. ②③④　　　　　C. ①②④　　　　　D. ①②③④

11. 以下史事按时间顺序排列,正确的是(　　)

① 中国共产党成立　　　　　　　　　② 革命统一战线正式建立

③ 五四运动　　　　　　　　　　　　④ 国民革命军出师北伐

　　A. ①②③④　　　　　B. ③①②④　　　　　C. ③②①④　　　　　D. ②①③④

12. 揭开国共两党由内战到合作抗日序幕的是(　　)

　　A. 中共发表《八一宣言》　　　　　　B. 瓦窑堡会议的召开

　　C. 西安事变的和平解决　　　　　　　D. 国民政府发表自卫宣言

13. 1947 年,国民党发动对山东和陕北的重点进攻。毛泽东总结我军战略时说:"我们的战略就是要把这两个拳头紧紧拖住,对准他的胸膛插上一刀。"这里所说的"插上一刀"指的是(　　)

　　A. 进军南京　　　　B. 千里跃进大别山　　　C. 发动淮海战役　　　D. 百万雄师过大江

14. 中共十四大提出的经济体制改革目标是(　　)

　　A. 完善社会主义计划经济体制　　　　B. 加强集中统一的计划管理体制

　　C. 建立社会主义市场经济体制　　　　D. 巩固社会主义经济

15. 新航路开辟的最根本原因是(　　)

　　A. 欧洲商品经济的发展和资本主义的萌芽　　B.《马可·波罗行纪》的流传

　　C. 欧洲商业危机的出现　　　　　　　D. 地圆说和罗盘针的应用

16. 在 1789 年法国大革命中被推翻的国王是(　　)

　　A. 查理一世　　　　B. 路易十四　　　　C. 路易十六　　　　D. 路易十八

17. 马克思主义的诞生使社会主义运动的发展进入了一个新的阶段。这个新阶段指的是(　　)

　　A. 无产阶级自觉的政治与经济斗争阶段

　　B. 社会主义运动开始进入有科学革命理论指导的阶段

　　C. 马克思主义在工人运动中占据主导地位的阶段

　　D. 社会主义运动开始进入暴力革命的阶段

18. 1929 年爆发的世界经济危机首先发源于美国,之后很快发展成世界性危机。这说明(　　)

　　A. 生产过剩是世界共同的基本矛盾　　　B. 美国引领世界经济发展趋势

　　C. 工业化给世界各国带来共同问题　　　D. 全球经济一体化程度的提高

19. 第二次世界大战期间,中国作为反法西斯战争的主要参加国曾两次与英美共同发表重要宣言或公告,这主要说明(　　)

　　A. 英美开始关注日本侵华问题　　　　　B. 中国取得与英美同等的国际地位

　　C. 中英美在对日作战中需要相互支援　　D. 英美把打败日本作为首要战略目标

20. 欧元是下列哪个地区性联合体统一使用的货币(　　)

　　A. 北大西洋公约组织　　　　　　　　　B. 经济互助委员会("经互会")

　　C. 欧洲共同体　　　　　　　　　　　　D. 欧洲联盟

21. 图 2-1 中,P 点位置同时符合:① 东半球、② 北半球、③ 低纬度、④ 我国境内四个条件的是(　　)

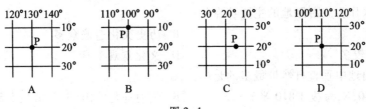

图 2-1

22. 地面获得太阳辐射能的多少,与下列各项要素成正比的是(　　)

A. 太阳高度角　　　B. 各地纬度位置　　　C. 大气的厚度　　　D. 各地空气温度

23. 读下列等高线地图(图 2-2),其中字母与地形名称对应正确的是(　　)

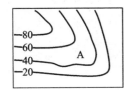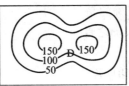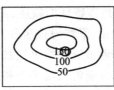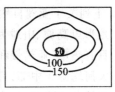

图 2-2

A. 山谷　　　　　　B. 山峰　　　　　　C. 鞍部　　　　　　D. 盆地

24. 巴西经济作物中产量居世界首位的是(　　)

A. 橡胶、咖啡、可可　　　　　　　　　B. 香蕉、咖啡、可可

C. 蔗糖、咖啡、橡胶　　　　　　　　　D. 甘蔗、香蕉、咖啡

25. 下列关于我国疆域的叙述正确的是(　　)

A. 与我国云南接壤的国家有缅甸、泰国、老挝、越南

B. 我国南北跨纬度近 50°,东西跨经度 60°以上,因此东西距离大于南北距离

C. 吉林、黑龙江、内蒙古、甘肃、新疆均与俄罗斯相邻

D. 我国大陆海岸线北起鸭绿江南到北仑河口

26. 形成海洋表层洋流的动力主要来自(　　)

A. 海底地形的起伏　　　　　　　　　B. 海水密度差异

C. 地转偏向力　　　　　　　　　　　D. 大气环流

27. 下列地表形态中,由流水的沉积作用而形成的是(　　)

A. 河流三角洲　　　　　　　　　　　B. 耸立的蘑菇石

C. 宽阔的"U"形谷　　　　　　　　　D. 尖尖的角峰

28. 在某次地震发生时,甲地为震中区,乙地为地震波及地区,这两个地区的震级和烈度的关系是(　　)

A. 两地的震级和烈度相同   B. 甲地的震级和烈度比乙地大

C. 两地烈度相同,甲地震级比乙地大   D. 两地震级相同,甲地烈度比乙地大

29. 桂林山水作为旅游胜地的主要特点是(   )

A. 山川秀美   B. 历史文化遗迹众多

C. 革命圣地较多   D. 文化景观丰富

30. 在下列山地中垂直自然带最多的是(   )

A. 勃朗峰(40°N,海拔4 810米)   B. 乞力马扎罗山(3°S,海拔5 895米)

C. 文森山(78°S,海拔5 140米)   D. 麦金利峰(63°N,海拔6 193米)

31. "全球变暖"已是不争的事实,引起"全球变暖"的最主要人为原因是(   )

A. 大力修建风力发电厂   B. 普遍使用沼气

C. 广泛使用制冷设备   D. 大量使用化石燃料

32. 运量小、运费高、受天气影响较大的运输方式是(   )

A. 铁路运输   B. 内河航运   C. 航空运输   D. 公路运输

33. 下列关于亚洲自然地理特征的叙述,正确的是(   )

A. 地形以高原、山地为主,平均海拔居各大洲之首

B. 具有热带、亚热带和温带三种季风气候

C. 大河均源于中部,都分别汇入太平洋和印度洋

D. 湖泊分布广泛,淡水湖面积居各大洲之首

34. 下列既是海港又是河港的城市是(   )

A. 青岛、宁波   B. 上海、广州   C. 大连、天津   D. 武汉、哈尔滨

35. 流经亚洲国家最多的河流是(   )

A. 东亚的黑龙江   B. 南亚的印度河

C. 东南亚的湄公河   D. 西亚的幼发拉底河

36. 下列关于欧洲地理特征的叙述,正确的是(   )

A. 海岸最曲折、平原面积最广、平均海拔最低的大洲

B. 人口自然增长率最低、人口平均密度最高的大洲

C. 居民以白色人种为主、全球面积最小的大洲

D. 气候以温带气候为主,海洋性特点显著

37. 图2-3四种气候类型,只分布于大洋东岸的是(   )

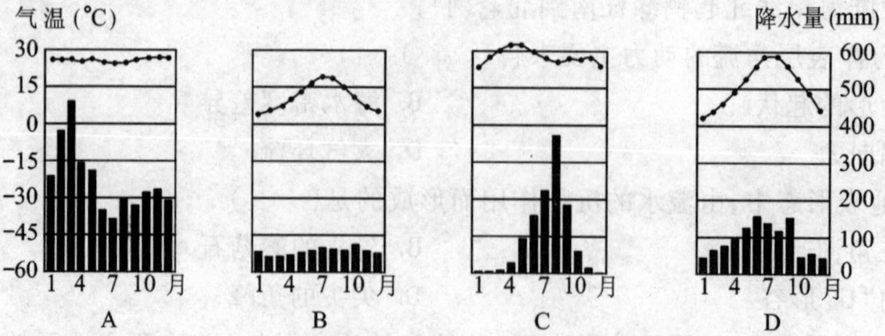

图2-3

38. 南极考察队员可能遇到的危险有( )

① 暴风雨迎面扑来,看不清路　　　　② 积雪覆盖冰隙,随时都有可能吞没人员
③ 酷冷的严寒,给队员留下无情的冻伤　④ 整个南极洲上很难碰到人,难以求援
⑤ 随时可能遭受到熊的袭击

A. ①②③　　　　　B. ①③④　　　　　C. ①②③④　　　　　D. ①②③④⑤

39. 图 2-4 中,从环境因素考虑工业布局不合理的是( )

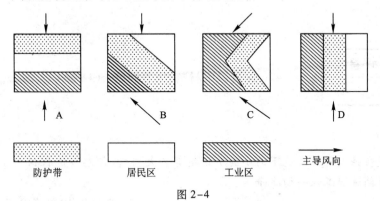

图 2-4

40. 华北地区发展经济的主要限制因素是( )

A. 矿产资源　　　　B. 地形条件　　　　C. 交通条件　　　　D. 水资源

第Ⅱ卷(非选择题　共 70 分)

注意事项:

1. 用钢笔或圆珠笔直接答在试卷中。

2. 答卷前将密封线内的项目填写清楚。

题号	41	42	43	44	45	46	总分
分数							

二、非选择题:本大题共 6 小题,满分 70 分。

得分	评卷人

41. 阅读以下材料,回答问题:(11 分)

《中华民国临时约法》规定:

"中华民国之主权,属于国民全体。"

"参议院对于临时大总统,认为有谋叛行为时,得以总员五分四以上之出席,出席员四分三以上之可决弹劾之。"

"中华民国之立法权,以参议院行之。"

"临时大总统代表临时政府,总揽政务,公布法律。"

"法院依法律审判民事诉讼及刑事诉讼……法官独立审判,不受上级官厅之干涉。"

回答:

(1)这部宪法体现了资本主义民主制度的哪些重要原则?(5分)

(2)归纳其主要内容并阐明其影响。(6分)

得分	评卷人

42.阅读以下材料,回答问题:(11分)

材料一

我们对一个在强大邻邦压境下的小国不论抱有多大同情,但总不能仅仅为了它而不顾一切地使整个大不列颠帝国卷入一场战争。

——张伯伦 1938 年 9 月 27 日广播讲话

材料二

过去两年的经验已经无疑地证明,任何国家都不能姑息纳粹,任何人都不可能靠抚摸来把老虎驯服成小猫。不能姑息残忍的行为……我们知道,一个国家只能以彻底投降为代价才能同纳粹有和平。

——1940 年 12 月 29 日罗斯福的"炉边谈话"

回答:

(1)材料一中的"邻邦"和"小国"各指谁?张伯伦所说牺牲了"小国"的目的是什么?他的"帝国"是否达到了目的?(5分)

(2)材料二中所说"姑息纳粹"、"彻底投降"的最典型的史实各是什么?根据这些史实对英法对德国的政策进行简单评论。(6分)

得分	评卷人

43.试述英国工业革命的主要成就。(13分)

得分	评卷人

44.图 2-5 为黄河流域图,回答下列问题。(11分)

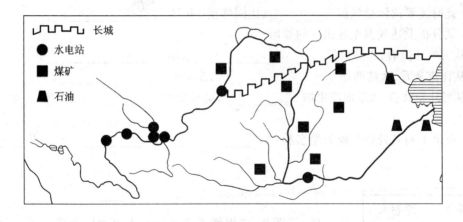

图 2-5

（1）黄河流域有丰富的能源，其上中游是"西电东送"北线的能源输出地，上游提供的能源以_____为主；中游地区分布着丰富的_____资源；下游地区分布的主要能源是_____。

（2）在该河上游有两个著名的灌溉农业区，在这些地区如果水资源使用不当，容易引发的生态问题是_____（填选项字母）。

A. 酸雨   B. 次生盐渍化

C. 赤潮   D. 下游水资源短缺

（3）图中长城一线是我国北方的农牧过渡带的一部分。调查显示：近 300 年来，该过渡带荒漠化情况最为严重，其自然原因是_____；人为原因是_____。

（4）解决荒漠化问题必须走_____之路。

得分	评卷人

45. 读图 2-6（亚洲大陆北纬 60°各处 1 月平均气温柱状图），回答问题：(12 分)

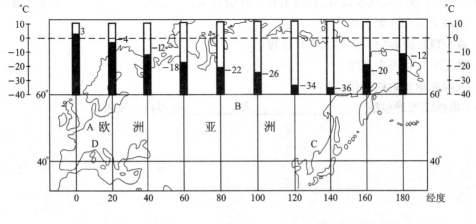

图 2-6

（1）此时波罗的海处气温为_____，比同纬度140°E处高出_____；

（2）试分析上述气温差异出现的原因：

① 从大气环流看，大陆西岸_____，东岸_____；

② 从洋流来看，大陆西岸_____，东岸_____；

③ 从海陆轮廓看，大陆西岸更加_____，更易受到_____的影响，冬季气温偏_____；

（3）写出下列各处的气候类型名称：A_____，B_____，C_____，D_____。

得分	评卷人

46.读图2-7"钢铁工业生产与废弃物回收模式图"，回答下列问题。（12分）

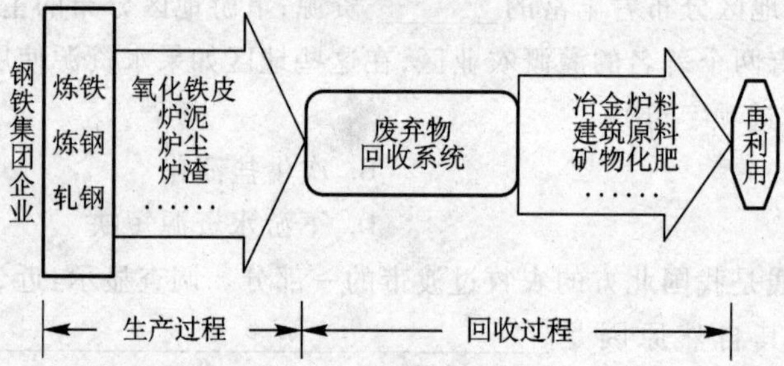

图2-7

（1）读图说出钢铁工业在生产过程中可能带来的污染_____、_____、_____。

（2）从工业布局类型看，德国的鲁尔工业区属于_____型；我国上海的宝山钢铁工业属于_____型。

（3）目前钢铁工业减少资源、能源消耗和环境污染的措施有_____（选择填空）。

A. 提高资源和能源利用率

B. 减少排放废弃物并进行无害化处理

C. 进行废弃物再生利用

D. 大幅度增加钢铁替代品

（4）可持续发展包括_____、_____和_____的可持续发展。

历史地理模拟试卷(二)参考答案及解题指要

一、选择题

1.【答案】D

【解题指要】在战国时期,各国混战数百年,最后秦国经过统一战争,终于灭掉了东方六国。究其原因主要在于秦国实行改革,使生产关系适合生产力的发展;同时,秦国也大力发展生产力,采取了一系列相应的措施,大规模兴修水利就是其中之一。明白了这些背景就会很自然地选择D项。与此相关联的知识要点还有秦国兴修的都江堰水利工程的地点是在今天四川成都附近的岷江上,修好之后既可防洪,又可灌溉,至今仍在造福成都平原,是中国古代水利史上的创举。

2.【答案】D

【解题指要】巨鹿之战发生在秦朝末年的农民战争中,官渡之战和赤壁之战都发生在东汉末年,淝水之战发生的最晚,是东晋与前秦之间的一场战役。如果了解了这四次战役发生的时间,回答此问题则相当容易。因此应当牢记这四场战役发生的先后顺序,并且应该知道四场战役的作战双方、地点及结果。对于官渡之战、赤壁之战和淝水之战三场战役,还需要掌握具体内容和深远影响。东汉末年,曹操"挟天子以令诸侯",取得了政治上的优势;他注意招揽和提拔人才,注重农业生产,保证了军粮供应。因此,势力日益壮大。公元200年,曹操和袁绍在官渡(今河南中牟北)进行决战,曹军大胜,曹操基本上统一了北方。赤壁之战发生在208年,曹操亲率20多万大军南下。孙权、刘备联军不足5万人,在赤壁(今湖北嘉鱼东北)与曹军决战,大败曹军。此战役导致三国鼎立局面的形成。淝水之战发生在383年,前秦军队与东晋军队决战,结果东晋以少胜多。此战役导致了南北朝局面的出现。

3.【答案】B

【解题指要】印刷术是中国古代的重大发明之一。很多人往往只记住活字印刷的有关知识,对于活字印刷的前身雕版印刷则不大重视,实际上,雕版印刷也很重要,经常成为考试的要点。其实,只要知道活字印刷产生在北宋,也就容易记住雕版印刷的发明是在北宋前的隋唐时期。至于本题中的其他两个选项应当看做是干扰项而不应考虑选择。

4.【答案】C

【解题指要】1127年,北宋皇帝被金军俘获,北宋灭亡。宋康王赵构先在应天府(今河南商丘)称帝,旋即定都临安(今浙江杭州)。开封为北宋首都,建康为南朝首都,洛阳与首都无涉,三者皆非正确选项。

5.【答案】D

【解题指要】元曲是元代杂剧和散曲融为一体后形成的艺术形式。元代大剧作家关汉卿的代表作是《窦娥冤》。其他三个选项都是著名宋词作品,不应在本题中考虑选择。

6.【答案】A

【解题指要】明朝的政治制度内容很广泛,应该记清。明朝为了加强中央集权,废除了威胁皇权的丞相制度,将自秦朝以来形成的丞相掌握的中央行政权力分给六部,六部尚书直接对皇帝负责,避免了相权与皇权的矛盾,加强了君主的权力。从明朝开始,中央废除了丞相制度,因此A

项是符合题目要求的。其他三项都是明朝加强中央集权的重要内容,应当作为问答题去准备。

7.【答案】B

【解题指要】八旗制度与满族兴起和壮大直接关联,其创建者是统一女真各部的努尔哈赤。满族自称满洲,是由东北地区的女真族发展来的。明朝后期,努尔哈赤把女真人编成八旗,1616年,努尔哈赤称汗,建立政权,定都赫图阿拉(今辽宁新宾西),国号金,史称后金。后来把都城迁到沈阳。这是有关努尔哈赤的全部知识要点。清朝初年的历史重点在于努尔哈赤和皇太极两人。顺治正式成为入关后的第一个清朝皇帝,努尔哈赤被追尊为太祖皇帝。与此相关联的知识要点是皇太极改女真为满洲、改国名后金为清等,也是经常出现的考试题目。另外,要知道八旗制度是军政合一的制度,该制度的实行,极大地加强了女真(满洲)的军事力量,在统一各部落、建立国家以及入关以后统治全国的过程中都起到了重要作用。

8.【答案】B

【解题指要】这是一道简单的知识记忆题。圆明园是举世闻名的皇家园林,但在第二次鸦片战争中遭英法联军野蛮洗劫并焚毁。八国联军侵华战争中,圆明园再次遭到破坏。

9.【答案】C

【解题指要】本题考查的是考生对历史事件的比较分析能力,难度较大。太平天国同以往农民起义的不同点,也就是它的新的时代特点,主要表现在两个方面:一是肩负起了反对资本主义侵略的历史使命,二是提出了发展资本主义的政治主张。

10.【答案】D

【解题指要】这是一个能力考查题,要求考生对所学知识进行综合概括、提炼。根据中国共产党成立前涉及的马克思主义的传播、五四运动、共产主义小组的成立等历史内容,可提炼出中国共产党成立时所具备的历史条件。共产国际的帮助,课本上涉及内容较少,容易漏选。

11.【答案】C

【解题指要】中共二大准确地分析了中国的社会性质,认为中国是一个半殖民地半封建的社会,因此革命的性质是反帝反封建的民主主义革命。基于这一认识,提出了党的最高纲领和最低纲领。党的最高纲领是实现共产主义,这也是党的最终奋斗目标。在民主革命阶段,党的奋斗目标是:打倒军阀,推翻国际帝国主义的压迫,统一中国为真正的民主共和国。这是党的最低纲领,也就是党在民主革命阶段的纲领。回答问题时要注意审题,读懂题目中的一些关键词。

12.【答案】B

【解题指要】历史事件发生的时间顺序、相互之间的因果关系,是我们学习历史必须掌握的基本知识之一。具体来说:1919年爆发的五四运动,揭开了新民主主义革命的序幕,促进了马克思主义和中国工人运动相结合,为中国共产党的成立作了思想上干部上的准备;1921年中国共产党第一次全国代表大会在上海召开,完成了具有划时代意义的伟大使命;1924年,中国国民党第一次全国代表大会在广州召开,标志着以国共合作为主要形式的革命统一战线正式建立;在国共两党的共同推动下,为完成反帝反封建的历史任务,1926年7月,国民革命军在广州誓师,开始北伐。

13.【答案】B

【解题指要】这是一道知识记忆题,解题的关键要读懂史料。相关的知识点包括:1947年春天,国民党军队对解放区的全面进攻被粉碎,国民党军队被迫放弃全面进攻的计划,改为对陕北解放区和山东解放区进行重点进攻。我军的战略就是两翼牵制、中央突破:山东、陕北牵制敌军主力;刘伯承、邓小平率部千里跃进大别山,像尖刀插入国民党统治的心脏地区。随后,陈赓、谢富治部南渡黄河,陈毅、粟裕率部进攻豫皖苏地区,三军成品字阵势,逐鹿中原。

14.【答案】C

【解题指要】这是一道分析思考题,涉及的概念和知识点比较多,要注意理解分析。20世纪50年代以来,我国逐步建立起高度集中的计划经济体制,严重阻碍了社会主义经济的发展。1992年邓小平"南方讲话",提出要搞好社会主义的市场经济。1992年召开的党的十四次全国代表大会提出了经济体制改革的目标,就是:建立社会主义市场经济体制,进一步解放和发展生产力。

15.【答案】A

【解题指要】新航路开辟实际上是一场社会根本变革的外在表现,而推动历史上社会变革的最根本动力就是生产力的发展以及所催生的新的生产关系。因此,本题的正确选项是A。B项中一本书的流传可能会成为引起人们对东方的兴趣与热情的因素,C项说的商业危机是经济格局变化的结果,D项属于科技领域的新发展,它们都不能成为新航路开辟的最根本原因。本题只要领会了"最根本原因"的真实含义就可以轻松作答了。

16.【答案】C

【解题指要】这四位君主,在讲述欧洲资产阶级革命史时都曾涉及。判断正确选项的关键在于:查理一世是英国斯图亚特王朝君主,在17世纪英国资产阶级革命时期被推翻;路易十四和路易十八虽然都是法国波旁王朝君主;但前者在1715年去世,后者在1814年波旁王朝复辟时期才上台。

17.【答案】B

【解题指要】本题主要考查马克思主义的诞生与社会主义运动发展阶段之间的关系。在国际共产主义运动中,马克思主义的诞生是一个划时代事件。如果说此前阶段工人阶级和社会主义运动缺乏科学理论指导,基本上还是处在自发的、分散斗争阶段,那么此后由于有了马克思主义科学理论指导,无产阶级的政治与经济斗争更加有组织性和明确的目的性了。因此B项是正确的。A项在马克思主义出现之前就已经形成了;C项当时还未出现,因为马克思主义还要经历一个逐渐被工人运动认识和接受的过程;D项是巴黎公社失败后马克思、恩格斯总结了其经验之后提出的论断,而它的实践则是到了十月革命时期了。

18.【答案】D

【解题指要】本题主要考查考生对经济危机所说明的问题的认识,也考查考生透过历史现象洞察历史发展趋势与规律的能力。20世纪20年代末30年代初的世界经济危机,之所以从美国爆发后迅速扩展到整个资本主义世界,与第一次世界大战后美国经济地位的提高,它对欧洲特别是对德国的扶植,以及各国之间经济金融联系的加强都有关系。战后欧洲地位的衰落和美国成为头号强国,尤其是通过战争借款使美国成为欧洲最大的债权国,使欧洲更加仰仗美国的帮助与扶植;美国借助扶植战败的德国与欧洲经济更加紧密地联系在一起,德国由此成为"美国一伤风就马上打喷嚏"的国家;而德国的"喷嚏"又通过赔款、借款等多种渠道直接"传染"给包括法、英在内的欧洲很多国家,从而引起连锁反应。这都说明美欧经济一体化程度比第一次世界大战前要高了很多。美欧经济一体化又是全球经济一体化的主要组成部分,因此D项是正确选项。A

项只是发达资本主义国家的特有矛盾,与题意不符;B 项表明的现象还不是当时美国能够做到的,美国当时还没有绝对实力可以左右世界经济发展趋势;C 项虽然是事实,但不是本题历史现象说明的问题。

19. 【答案】C

【解题指要】本题考查考生对中国在世界反法西斯战争中的作用的认识,以及怎样正确看待这场战争对中国的影响。题干中所指的是 1943 年 12 月的《开罗宣言》和 1945 年 7 月的《波茨坦公告》。前者发表在反法西斯盟国准备在欧洲开辟第二战场前夕,后者则发表于欧洲战场战事结束,盟国准备对日做最后的打击之际。而作为牵制日军兵力最多的中国战场,在这两个关键时刻的作用尤为凸显出来:前一个时刻需要中国战场能够更多地吸引住日军兵力,使它不能抽出更多兵力投入太平洋战区,这样美国可以从那里抽调更多舰只支援欧洲开辟第二战场的行动;后一个时刻,盟国需要中国抗日力量全力配合,以尽快结束战争。同时,从中国方面说,与盟国协调战略,配合行动并得到盟国的援助,也是抗击日本侵略者所必须的。C 项表明的正是这个意思。A 项表示的事件不正确,英美从很早时候就开始关注日本的侵华问题了,只是没有做出积极反应。B 项不是事实,因为与英美共同发表这两个文件,还不能表明中国取得了和英美同等的国际地位;在第二次世界大战的其他战场上,中国的作用还是有限的。英美的主要对手还是德国,击败纳粹德国是英美首要的战略目标,因此 D 项不正确。

20. 【答案】D

【解题指要】北大西洋公约组织是政治军事集团,不会使用通用的货币;"经互会"存在时期还没有欧元;欧洲共同体的一体化程度还没有发展到统一货币的程度。

21. 【答案】D

【解题指要】该题主要考查东、西半球划分,南、北半球划分,高、中、低纬划分,我国经纬度位置等基础知识,以及灵活运用这些基础知识解题的能力。

解题应注意以下几点:(1)东、西半球划分是以 20°W 和 160°E 为界线;(2)高、中、低纬划分的纬度范围;(3)解决过程要将四个条件逐一对照检查,防止漏掉所要求的条件而选择错误的选项。该题唯有选项 D 正确。

22. 【答案】A

【解题指要】该题考查了影响太阳辐射强弱的因素等基础知识以及运用知识的能力。解题时应明确试题四个选项中除 D 选项外,其他各选项均为影响太阳辐射的因素,但是试题要求成正比的因素却只有 1 个。对于 A 选项,太阳高度角越大,阳光穿过的大气层厚度越小,大气对太阳辐射的削弱作用越小,故太阳辐射越强。因此,A 为正确选项,而 B 和 C 两项均与太阳辐射成反比。

23. 【答案】D

【解题指要】本题考查等高线地形图的判读,图中 A 点等高线弯曲方向朝向低值区,因此 A 地的地形为山脊;B 点所在区域为鞍部;C 图表示的是山顶;D 图中心海拔低于四周,应为盆地地形,故 D 选项正确。

24. 【答案】D

【解题指要】本题考查巴西的物产问题,巴西是南美洲农业最发达的国家之一,农产品出口在出口总值中占有较大比重,其中咖啡、甘蔗、香蕉的产量居世界首位,故 D 选项正确。

25.【答案】D

【解题指要】本题考查我国疆域和行政区的有关知识。云南不与泰国相邻,甘肃不与俄罗斯相邻。虽然东西跨经度大于南北跨的纬度,但1个纬度代表的距离约111千米,而每1个经度所表示的距离由赤道向两极递减,我国南北距离约5 500千米,东西跨越5 200千米,故选D。

26.【答案】D

【解题指要】本题考查有关洋流的知识,大气运动和行星风系(地球表面的各个风带)是海洋水体作大规模运动的主要动力。故答D。

27.【答案】A

【解题指要】本题考查外力作用与地表形态,河流三角洲、冲积平原是流水沉积作用而成,A选项正确;蘑菇石是风力侵蚀的结果,"U"形谷、角峰都是冰川侵蚀作用而形成。

28.【答案】D

【解题指要】该题考查有关地震的知识。震级表示的是地震能量释放的多少,烈度表示的是地震的破坏程度,一次地震只有一个震级,但有多个烈度,影响烈度的因素包括震级、震源深浅、震中距、地质构造、建筑质量等多种因素,据题意可判断D为正确选项。

29.【答案】A

【解题指要】本题考查有关旅游景点的知识。桂林山水是以其山川秀丽吸引世人到此游览,成为著名的旅游胜地。

30.【答案】B

【解题指要】该题主要考查考生山地垂直自然带谱的相关知识。垂直带谱同山地所处的纬度位置、海拔高度密切相关。所处纬度越低、海拔越高,垂直带谱就越多;反之,就越少。据此,可以判断B选项"乞力马扎罗山"为正确答案。

31.【答案】D

【解题指要】本题考查世界主要的环境问题之一"全球变暖"。全球变暖主要是由于人类大量燃烧矿物燃料,以及大量砍伐森林和垦荒活动,使得大气中的CO_2浓度增加,从而导致大气温室效应增强,引起"全球变暖",因此D选项正确。

32.【答案】C

【解题指要】该题主要考查考生对各种运输方式优缺点等知识的理解程度。试题所列四种现代运输方式,唯航空运输"运量小、运费高、受天气影响大",其他三种方式运量均大于航空运输,故C选项正确。

33.【答案】B

【解题指要】该题主要考查考生对亚洲自然地理环境的认知水平。亚洲地形特征是以山地和高原为主,其面积占全洲面积3/4,但平均高度约1 000米以下,不及南极洲的平均高度。亚洲是全球唯一具有热带、温带和亚热带三种季风气候的大洲。亚洲大河多源于中部向四周流去,也有流入北冰洋的河流,如北亚的河流。在全球各大洲中湖泊面积最大者为北美洲。故B选项是正确答案。

34.【答案】B

【解题指要】本题考查中国的交通运输业。水运是交通运输的方式之一,上海位于长江入海口,广州位于珠江入海口,两个港口即是海港,又是河港,是我国重要的水运港口。

35.【答案】C

【解题指要】本题考查的是亚洲主要河流的流程状况。湄公河自中国青海省发源,向南流经中南半岛上的多个东南亚国家,是亚洲最具国际性的河流。

36.【答案】D

【解题指要】该题主要考查欧洲自然与人文地理特点。欧洲在七大洲之中,具有海岸最曲折、地形以平原为主、平均海拔最低的特点,居民以白色人种为主,人口自然增长率最低的大洲。但人口平均密度较亚洲低,面积较大洋洲大。气候以温带气候为主,海洋性特点突出是其在七大洲中独有的特色。故 D 选项正确。

37.【答案】B

【解题指要】该题主要考查考生根据气候直方图判断气候类型的能力,以及对气候分布规律的认知水平。根据试题附图水热状况分析,图示气候分别为热带雨林、温带海洋性、温带季风和亚热带季风四种类型。四种气候中,唯有温带海洋性气候分布于大洋东岸(大陆西岸)。故 B 为正确答案。

38.【答案】C

【解题指要】本题考查有关南极洲的知识。南极大陆被冰雪覆盖,①~④所述现象均有可能发生,而南极大陆没有熊生活,因此⑤所述不正确,因此选 C。

39.【答案】A

【解题指要】该题主要考查环境因素与工业布局的关系等知识,以及灵活运用知识和观察地图解题的能力。该题解题的关键是将工业区与居民区用防护带隔离,并将工业区置于居民区的下风向。故 A 选项为正确答案。

40.【答案】D

【解题指要】本题考查有关华北地区的发展条件,华北地区是我国人口密集、经济发展水平较高的地区,由于我国降水量的分布规律南方多、北方少,华北地区的年降水量较少,加上人类活动的需求量较大,导致水资源成为制约经济发展的主要因素。

二、非选择题

41.【参考答案】(1)1912 年,孙中山在南京颁布了参议院制定的《中华民国临时约法》。它体现了"人民主权"或"主权在民"、三权分立的资本主义民主原则。(2)① 主要内容包括:中华民国的主权属于国民全体;国民有人身、居住、财产、言论、出版、集会、结社、宗教信仰等自由;国民有选举和被选举的权力。《中华民国临时约法》还确立了"三权分立"的国家政治体制。② 影响:《中华民国临时约法》确立了行政、立法、司法三权分立的政治体制,是中国历史上第一部资产阶级民主宪法,具有反封建专制制度的进步意义。

【解题指要】回答此题应联系《中华民国临时约法》产生的历史背景,也就是联系革命派发动革命的目的,是为了在中国推翻帝制、建立资产阶级共和国,因此它主要体现的是资本主义民主制度的一些基本理念,如"主权在民"、"三权分立"等。理解了这些,就能回答出它的内容及影响(意义)。

42.【参考答案】(1)"邻邦"是指德国,"小国"是指捷克斯洛伐克;牺牲"小国"以使英国避免战争,但并没有达到目的,英国最终卷入战争。(2)1939 年德国吞并整个捷克斯洛伐克和1940 年法国战败投降成立傀儡政权。英法对德政策总想使自己远离战火,但最终害人害己;在侵略势力面前,只有团结抵抗才能制止侵略。

【解题指要】本题涉及第二次世界大战前的国际关系,反映了以英国为首的西方国家推行绥靖政策,纵容纳粹德国侵略扩张的史实。材料一选取了时任英国首相张伯伦的一次讲话,从时间上能看出这是在《慕尼黑协定》签订之后,而张伯伦正是在为英国的政策进行辩护,他的一个主要说辞,就是无论如何要使英国避免战争,为此牺牲一个小国是理所应当的。当然这只是张伯伦的一厢情愿,希特勒并没有按照张伯伦希望的那样行事。在吞并了捷克斯洛伐克后,德国又进攻英法的盟国波兰,英国也由此卷入了战争。回答问题(1)时,要注意几个问题:首先是看清楚这里所说的"邻国"指的是谁的邻国,这里不是指英国的邻国,而是接下来说的那个"小国"的邻国。其次,这个小国指的是哪个国家?这就要从发表演说的时间上进行判断了。1938年9月发生的重大事件就是英法德意的慕尼黑会议,会议的主要"成果"就是英法把捷克斯洛伐克出卖给了德国。和与会的四个大国相比,捷克斯洛伐克是个小国。张伯伦最有可能说的就是它。最后,张伯伦为这种出卖找出了"理由",那就是为了使英国避免战争。本问中的最后一问实际上是一个跳跃,从1938年9月跳到了1939年9月之后,通过联想那时的史实来分析张伯伦的目的是否达到了。

材料二选取的是美国总统罗斯福的一次谈话。这是一个反思性的谈话,回顾了两年以来的事件,总结出了其中的教训,核心的一点就是不能对纳粹德国姑息退让。回答问题(2),首先从时间上界定"姑息纳粹"、"彻底投降"发生的范围。材料中提到的"过去两年"是一个关键。1939年和1940年两年中,姑息纳粹最典型的事例就是1939年3月德国终于扯下了遮羞布吞并整个捷克斯洛伐克,1940年法国在德国的打击下迅速败亡。前者使英法此前的一切推脱责任的说辞彻底破产,对希特勒的侥幸心理彻底破灭;后者更是让法国尝到了自酿的苦酒。而这也给了后人很多方面的启迪。

43.**【参考答案】**

英国工业革命从棉纺织业开始。1733年机械师凯伊发明飞梭,提高了织布速度;1765年纺织工人哈格里夫斯发明了手摇的珍妮纺纱机,1769年钟表匠阿克莱特发明水力纺纱机,1779年工人克隆普顿发明骡机,这三个发明提高了纺纱的速度和质量;1785年工程师卡特莱特发明水力织布机,把织布速度提高了40倍。1785年,徒工出身的机械师瓦特发明了复动式蒸汽机,为纺织机器提供了方便、实用、大功率的动力;蒸汽动力的使用是工业革命的标志性成就。新的运输工具也被发明出来,1807年美国发明家富尔顿发明了汽船,提高了水上运输能力;1814年英国煤矿工人出身的工程师史蒂芬孙发明了火车机车,1825年试车成功,19世纪30年代英国开始了大规模的铁路建设。到19世纪40年代英国工业革命已经基本完成,大机器生产代替了工场手工业,机器制造业也已出现了,英国成为世界上第一个工业化国家。

【解题指要】本题要点有四个:一是要牢记英国工业革命是从棉纺织业开始的,这样就可以很顺畅地把这个行业中出现的一系列发明创造都罗列出来了;二是要全面准确地答出这些发明创造的内容,从纺纱到织布,从工作机到动力机,从生产到运输;三是要点出这些发明创造中最重要的标志性成就是蒸汽动力的使用;四是要说明这些发明创造的意义——大机器生产代替了工场手工业,英国成为世界上第一个工业化国家。

44.**【参考答案】**

(1)水电　煤炭　石油

(2)B D

（3）气候干旱,植被稀少,多疏松的沙质沉积物,大风日数多且集中　人口激增对生态环境的压力增大;人类活动不当对土地资源和水资源的过度使用和不合理利用。

（4）可持续发展

【解题指要】本题考查黄河流域的能源利用、人类活动对环境的影响等知识。

第（1）题,根据图例,从图上可以看出各河段主要的能源。

第（2）题,由于上游地区引水灌溉,发展农业生产,如果大水漫灌,由于蒸发旺盛,该地区极易出现土壤的次生盐渍化现象,同时由于上游过度引水,导致下游缺水甚至河流断流现象。

第（3）题,要从自然和人为两个角度分析荒漠化产生的原因,自然角度要从气候、地表植被两个角度入手,考虑干旱、大风、植被覆盖少等因素对此现象的影响;人为原因主要是对水和土地的不合理利用所致,对这些现象进行分析之后,整理语言进行作答。

第（4）题,走可持续发展之路是解决环境问题、发展经济的必由之路。

45.【参考答案】

（1）$-4℃$　$32℃$

（2）① 盛行来自大西洋的西风,性质暖湿

　　　盛行来自亚欧大陆内部的西北季风,性质干冷

　② 受北大西洋暖流影响,增温增湿

　　　受千岛寒流影响,降温降湿

　③ 支离破碎（曲折）　海洋　高

（3）温带海洋性气候　温带大陆性气候　温带季风气候　地中海气候

【解题指要】该题考查的重点是亚欧大陆中高纬度气候类型的分布规律和成因,以及气温柱状图的判读能力。首先从图文资料中提取信息,然后运用学过的知识解释现象,再从中总结出规律,最后尝试在其他案例中"举一反三",这是地理学科常见的解题思路。题目可帮助考生系统地掌握气候的形成因素及其相互联系,强化"一地气候是由多要素共同作用的结果"这一重要结论。

第（1）题,要求考生能够正确定位,找出波罗的海和同纬度140°E处的位置,根据气温柱状图准确读数并计算。

第（2）题,后两问比较直白,容易作答;第1问需要考生理解"从大气环流角度看"的含义,并能区分出大陆西岸受三圈环流中中纬西风的影响,而大陆东岸则受季风环流影响。解答本题的3个问题需要考生各章节的主干知识脉络清晰,思路明确。

第（3）题,熟记世界气候分布图即可。

46.【参考答案】

（1）大气污染　固体废弃物污染　水体污染（噪声污染,土壤污染）

（2）煤铁复合体型　临海型

（3）A B C

（4）经济　社会　生态

【解题指要】本题以钢铁工业生产为背景,考查有关工业生产和可持续发展的知识。

第（1）题,工业生产会产生"三废",就钢铁工业来讲,主要会产生大气污染、水污染和固体废弃物污染,同时也会产生噪声污染和土壤的污染,答出其中三种即可。

第(2)题,工业布局有三种类型,即"煤铁复合体型"、"临海型"和"临空型",德国的鲁尔区、美国的五大湖区均属第一种类型,日本太平洋沿岸、我国上海的宝钢属于"临海型",一些新兴的高科技产业,属于"临空型",如"硅谷"、日本的"硅岛"等。

第(3)题,考查节能减排的有关知识,这部分知识比较好掌握,平时也应关注相关环保的消息,形成观念,即可做出正确判断。

第(4)题是记忆类知识,要对可持续发展的内涵进行记忆。

历史地理模拟试卷(三)

考生注意:本试卷分第Ⅰ卷(选择题)和第Ⅱ卷(非选择题)两部分,满分150分,考试时间120分钟。

第Ⅰ卷(选择题 共80分)

一、选择题:本大题共40小题,每小题2分,满分80分。在每小题列出的四个选项中,只有一项是符合题目要求的。

1. 战国时期主张节约、反对厚葬的思想家是( )
A. 孟子　　　　B. 孙子　　　　C. 庄子　　　　D. 墨子

2. 北朝成书的农学著作《齐民要术》的作者是( )
A. 祖冲之　　　B. 贾思勰　　　C. 范缜　　　　D. 沈括

3. 帮助唐朝平定安史之乱的少数民族是( )
A. 回纥　　　　B. 突厥　　　　C. 契丹　　　　D. 吐蕃

4. 李自成起义的水平高于古代历代农民起义,最主要的理由是( )
A. 参加起义军的人数最多　　　　B. 坚持斗争的时间最长
C. 起义中建立了农民政权　　　　D. 提出了"均田免粮"的口号

5. 鸦片战争后,魏源撰写的主张"师夷长技以制夷"的著作是( )
A.《海国图志》　　B.《瀛寰志略》　　C.《康輶纪行》　　D.《资政新篇》

6. 标志太平天国正式建立起与清王朝对峙政权的事件是( )
A. 金田起义　　　B. 洪秀全称天王　　C. 永安建制　　　D. 定都天京

7. 规定增开天津为通商口岸的条约是( )
A. 中英《南京条约》　　B. 中日《马关条约》
C.《辛丑条约》　　　　D. 中英、中法《北京条约》

8. 下列关于《天演论》的评述,不正确的是( )
A.《天演论》的翻译者是严复
B.《天演论》运用"物竞天择"的生物进化观点,宣传"优胜劣汰"的社会进化理论
C. 在《天演论》中,严复呼吁"救亡图存"、"自强保种",推动了变法运动的发展
D.《天演论》宣传了社会主义思想

9. 皖系军阀的代表人物是( )
A. 段祺瑞　　　　B. 张作霖　　　C. 冯国璋　　　D. 陆荣廷

10. 京汉铁路工人罢工失败给中国共产党提供的最主要教训是( )
A. 必须反对帝国主义　　　　B. 必须推翻北洋军阀政府
C. 必须坚持党的领导　　　　D. 必须建立革命统一战线

11. 关于"一二·九"运动的评述,正确的是( )

174

① 揭露了日本企图吞灭中国的阴谋　　② 宣传了中国共产党的抗日救国主张

③ 促进了中华民族的新觉醒　　④ 揭开了国共两党由内战到合作抗日的序幕

A. ①②③　　　　　B. ②③④　　　　　C. ①②④　　　　　D. ①③④

12. 中国人民政治协商会议通过的具有临时宪法性质的文件是(　　)

A.《钦定宪法大纲》　　　　　　　　　B.《中华民国临时约法》

C.《共同纲领》　　　　　　　　　　　D.《中华人民共和国宪法》

13. 20 世纪 70 年代,由于国际环境的变化,中美关系开始走向正常化,其标志是(　　)

A. 美国乒乓球队访问中国,展开"乒乓外交"

B. 1971 年,基辛格博士秘密访问中国,与周恩来举行会谈

C. 中美两国建立正式的外交关系

D. 1972 年,美国总统尼克松访问中国,双方在上海签署《中美联合公报》

14. 新中国成立以来,我国的社会主义建设取得了巨大的成就,但也犯过"左"的或右的错误,"左"是主要的。其中,时间最长、影响最严重的"左"的错误是(　　)

A. 反右派斗争扩大化　　　　　　　　B. "文化大革命"

C. 农村人民公社化运动　　　　　　　D. "大跃进"运动

15. 17 世纪在英国,结成同盟共同反对斯图亚特王朝专制统治的是(　　)

A. 工人和农民　　　　　　　　　　　B. 资产阶级和无产阶级

C. 资产阶级和新贵族　　　　　　　　D. 新贵族和自耕农

16. 明治政府颁布法令:"天下权力,总归于太政官(即中央政府),以除政令分歧之弊……",与之相对应的内容是(　　)

A. "置产兴业"　　　B. "废藩置县"　　　C. 富国强兵　　　D. 文明开化

17. 俄国 1861 年改革有利于资本主义的发展,但列宁说它也是"对农民进行残酷的掠夺",这主要是指(　　)

A. 农民须用钱购买商品　　　　　　　B. 农民被迫出卖劳动力

C. 农民须用高价赎买份地　　　　　　D. 农民成为商品

18. 1929—1933 年经济危机的特点是(　　)

A. 来势迅猛,破坏性大,但持续时间较短,范围仅限于美、英两个国家

B. 来势迅猛,破坏性大,持续时间长,影响世界各国

C. 来势迅猛,破坏性仅限于工业领域,且持续时间较短

D. 来势迅猛,破坏性不如已有的危机,范围仅限于美、英两个国家,但持续时间长

19. 下列各项中,对推动世界格局向多极化趋势发展有直接作用的事件是(　　)

A. 欧盟的形成　　　　　　　　　　　B. 华沙条约组织成立

C. 联合国的建立　　　　　　　　　　D. 国际货币基金组织成立

20. 以下关于华沙条约组织的表述,不正确的是(　　)

A. 是为对付北大西洋公约组织而成立的

B. 是一个军事政治集团

C. 成立时包括欧洲和亚洲所有社会主义国家

D. 比北大西洋公约组织晚成立六年

21. 读图(图3-1),如果 N 是北极点,判断 Q 点在 P 点的(　　　)

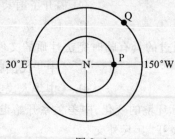

图 3-1

A. 正西方向　　　　　B. 正北方向　　　　　C. 西南方向　　　　　D. 东南方向

22. 实际相距 75 千米的两地,在地图上距离 3.75 厘米,此图的比例尺是(　　　)

A. 1:200 000　　　　B. 1:2 000 000　　　　C. 1:20 000 000　　　　D. 1:20 000

23. 太阳活动对地球的直接影响是(　　　)

A. 维持地表温度　　　　　　　　　　B. 促进大气运动和水循环

C. 产生潮汐现象　　　　　　　　　　D. 导致短波无线电通信中断

24. 图3-2 中,昼夜温差最大的是(　　　)

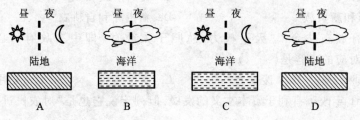

图 3-2

25. 下列未参与海陆间循环的河湖是(　　　)

A. 洞庭湖　　　B. 雅鲁藏布江

C. 青海湖　　　D. 额尔齐斯河

26. 挪威峡湾的成因是(　　　)

A. 海浪的搬运作用　　B. 冰川的侵蚀作用

C. 流水的侵蚀作用　　D. 人为原因所致

27. 关于图中(图3-3)自然带地域分异的叙述,正确的是(　　　)

A. 自然带由 A 至 B 的变化体现了以水分为基础的经度地带性

B. 自然带由 A 至 B 的变化体现了由赤道到两极的分异规律

C. 乞力马扎罗山的垂直分异与自然带 A 至 B 的地域分异规律相同

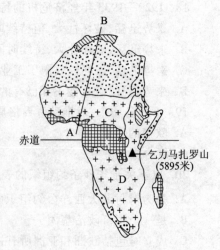

图 3-3　非洲自然带分布示意图

D. 自然带体现出的纬度地带性在各大陆的中纬地区表现明显

28. 最可能因人口的科学文化素质因素而导致的灾害是(　　)

A. 渤海湾发生赤潮,渔业大幅度减产

B. 唐山大地震造成生命、财产的重大损失

C. 内蒙古暴雪,大批牲畜死亡

D. 台风袭击,我国东南沿海损失惨重

29. 近年来,中国人口老龄化的进程明显加快,其主要原因是(　　)

A. 经济迅速发展和城市化水平高

B. 人口自然增长率下降和生活水平提高

C. 平均寿命延长和人口自然增长率上升

D. 环境质量改善和人口素质提高

30. 从环境角度出发,图 3-4 下列城市规划模式中,最合理的是(　　)

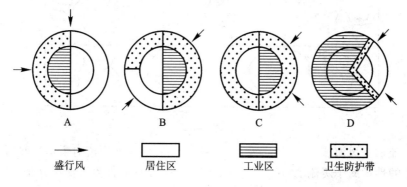

A　　　　　　B　　　　　　C　　　　　　D

→ 盛行风　　　□ 居住区　　　▨ 工业区　　　▨ 卫生防护带

图 3-4

31. 近些年来,北京市场上出现了品种繁多的热带花卉,这是因为(　　)

① 北京自然条件的改变　　　　　　② 北京市场需求的变化

③ 税收政策的变化　　　　　　　　④ 交通和冷藏条件的改变

A. ①②　　　　　　B. ②④　　　　　　C. ③④　　　　　　D. ②③

32. 图 3-5 是经济因素对工业布局影响示意图,其主导因素(图中较大圆)正确的是(　　)

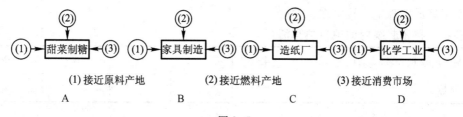

(1)接近原料产地　　　　(2)接近燃料产地　　　　(3)接近消费市场

A　　　　　　B　　　　　　C　　　　　　D

图 3-5

33. 下列海峡,既是两大洋又是两大洲分界线的是(　　)

A. 台湾海峡　　　B. 白令海峡　　　C. 马六甲海峡　　　D. 直布罗陀海峡

34. 太平洋岛国图瓦卢举国迁移到新西兰的主要原因是(　　)

A. 政治因素　　　B. 生态环境因素　　　C. 经济因素　　　D. 社会文化因素

35. 长江与黄河干流都流经的省区是(　　)

A. 青海、西藏　　　　B. 四川、甘肃　　　　C. 四川、青海　　　　D. 甘肃、西藏

36. "西出阳关无故人",离阳关最近的我国古代艺术宝库是(　　)

A. 莫高窟　　　　B. 龙门石窟　　　　C. 云冈石窟　　　　D. 秦陵兵马俑

37. 根据我国的国情,要提高人均粮食产量,必须(　　)

A. 开垦荒地,增加耕地面积　　　　B. 发展生物技术,培育良种

C. 走多种经营的道路　　　　D. 走粗放型的粮食生产道路

38. 受地势影响,亚洲大江大河的流向特征是(　　)

A. 自西向东流　　　　B. 自中部流向四周

C. 自南向北流　　　　D. 自东向西流

39. 关于图 3-6 中四海域洋流的叙述,正确的是(　　)

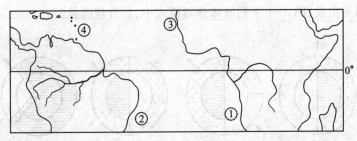

图 3-6

A. ①处洋流属于风海流　　　　B. ②、④两洋流对沿岸气候所起作用相同

C. ③洋流的性质属于暖流　　　　D. ④处有世界大渔场分布

40. 下列与森林减少无关的环境问题是(　　)

A. 臭氧层破坏　　　　B. 土地荒漠化

C. 水土流失　　　　D. 生物多样性锐减

第 II 卷(非选择题　共70分)

注意事项:

1. 用钢笔或圆珠笔直接答在试卷中。

2. 答卷前将密封线内的项目填写清楚。

题号	41	42	43	44	45	46	总分
分数							

二、非选择题: 本大题共 6 小题,满分 70 分。

得分	评卷人

41. 为什么说台湾自古以来就是中国领土不可分割的一部分?

(11 分)

得分	评卷人

42.阅读以下材料,回答问题:(11分)

斯大林在论述苏联的工业化时说:"在资本主义国家,工业化通常是从轻工业开始。由于轻工业同重工业比较起来,需要的投资少,资本周转快,获得利润也较容易,所以在那里,轻工业成为工业化的一个对象。只有经过一个长时期,轻工业积累了利润集中于银行,这才轮到重工业,积累才开始转到重工业中去,造成重工业发展的条件。但这是一个需要数十年之久的长期过程……共产党当然不能走这条路。党知道战争日益逼近,没有重工业就无法保卫国家,所以必须赶快发展重工业,如果这事做迟了就会失败。"

——《斯大林选集》下卷

回答:

(1)依据材料所指,斯大林概括的通常工业化应按什么途径进行?为什么要按此途径进行?(3分)

(2)斯大林认为苏联工业化应按什么途径进行?为什么采取这种途径?(4分)

(3)结合史实指出苏联采取的工业化方式造成了什么问题?(4分)

得分	评卷人

43.清初为维护统一的多民族国家,采取了哪些有力措施?(13分)

得分	评卷人

44.读南美洲局部图(图3-7),回答下面的问题:(11分)

(1)由图中看出,阿根廷水力资源丰富地区在(   )

A.东部   B.西部   C.北部   D.南部

(2)阿根廷形成温带荒漠带的原因是:① _____;② _____
_____。

(3)阿根廷牧业生产分布特点是北部以养牛业为主,南部以养羊业为主,而南部高原以养羊

图 3-7

业为主,其主要原因为:(   )

    A. 地形地势不同   B. 气候条件不同

    C. 生产习惯不同   D. 矿产资源不同

(4) 图中显示西部所产石油,都通过输油管道输往东部地区,其原因是 _____

_____

_____。

得分	评卷人

45. 读图 3-8"自然界水循环过程示意图",分析回答:(12 分)

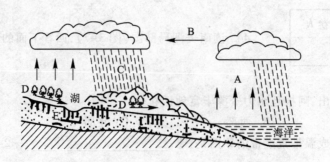

图 3-8

180

(1)写出部分水循环环节名称:A _____,B _____,D _____,E _____。

(2)水循环类型有_____、_____、_____。

(3)目前人类能够影响的水循环环节是_____(填字母),请说出人类的哪些工程体现了对此环节的影响:_____。

(4)水循环的意义有哪些?

得分	评卷人

46. 读图(图3-9):沿40°N亚欧大陆的1月和7月气温变化曲线图及各地年降水量分布图,读图回答:(12分)

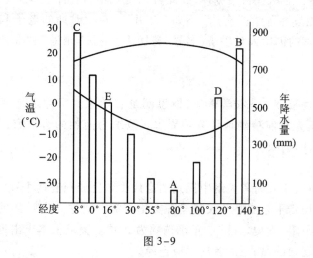

图 3-9

(1)图中 A 地降水量比 B 地少的原因是什么?

(2)图中各地气温年较差最小的是_____。原因是什么?

(3)C 地所在的半球是_____(东、西)。B 地所在的国家是_____,其发展工业有利的自然条件和有利的社会经济条件是什么?

历史地理模拟试卷(三)参考答案及解题指要

一、选择题

1.【答案】D

【解题指要】孟子是儒家的代表人物,著有《孟子》。他认为"民为贵"、"君为轻";主张实行"仁政";春秋时期的孔子和战国时期的孟子,后世合称为孔孟;其主张孝道,不会主张节葬。孙子是兵家,兵家的内容已经从教材中删掉,因此可以将此项看作干扰项。庄子,名周,宋国人,著有《庄子》,认为人不能战胜自然;"有用"不如"无用"。春秋时期的老子和战国时期的庄子,后世合称老庄。只有墨家的创始人是墨子(名翟,鲁国人)主张"兼爱"、"非攻"、"节用"、"节葬"、"尚贤"。

2.【答案】B

【解题指要】《齐民要术》是农学著作,贾思勰是农学家。祖冲之是南朝数学家,其著作为《缀术》,其最大的成就是空前精确地计算圆周率。范缜为南朝的哲学家,与农学无关。沈括是宋朝人,也非本题要求的选项。

3.【答案】A

【解题指要】最新版成人高考大纲中提到的唐代少数民族只有两个:吐蕃和回纥。吐蕃的知识要点是文成公主与松赞干布成婚及汉藏经济文化交流。回纥则出兵帮助唐朝将领郭子仪、李光弼收复长安、洛阳,平定"安史之乱"。正确选项为 A 项。突厥根本未出现在新教材中,契丹为五代和北宋时期建立辽国的民族,两者均不应选择。

4.【答案】D

【解题指要】这道题实际上是考查考生的历史理论水平。发生在封建时代的农民起义,就其性质而言是基本相同的,但是各个时期的农民起义又各有特点,表现出逐渐进步的趋势。明朝末年发生的李自成农民起义,在历史上第一次提出了"均田免粮"的口号,这是前所未有的农民起义纲领和口号。这个口号的意义在于它提出了改变封建土地制度和赋税制度方面的要求,这是反对封建生产关系的根本性要求,因此表现出李自成起义水平高于历代农民起义。其他选项如起义军人数多、斗争时间长、建立了农民政权等也是高水平农民起义的表现,这些在历史上的农民起义中都曾经出现过,并不能说明李自成起义水平"最高",也不能是"最主要的理由",因此必须选择 D 项。

5.【答案】A

【解题指要】这是一道简单的知识记忆题。《海国图志》是鸦片战争后主张"向西方学习"的代表作,它介绍了西方历史地理知识,提出了"师夷长技以制夷"的思想。其他选项应该很容易被排除。值得留意的是《资政新篇》,它是太平天国领袖之一洪仁玕提出的改革内政、建设国家的新方案,是先进的中国人首次提出的在中国发展资本主义的设想。

6.【答案】D

【解题指要】本题主要考查考生对历史事件的再现和认识能力,考生应注意从历史发展线索中来把握具体历史事件的作用和影响。金田起义标志着太平天国运动的开始,而洪秀全称天王和永安建制标志着太平天国开始建立自己的政治制度,定都天京则标志着太平天国正式建立起与清王朝相对峙的农民政权。

7.【答案】D

【解题指要】这是一道知识记忆题,主要考查的是考生对历史基本知识的掌握程度。近代中国被迫与西方列强签订了一系列不平等条约,条约的内容很多,记忆起来有一定难度,这就要求我们在复习时要总结条约、制度的一些特点,这样才能增强记忆、准确答题。从开放通商口岸这一方面来分析,《南京条约》开放东南五口;《天津条约》则新增十个通商口岸,从东南沿海扩展到整个沿海,并深入到长江中游的南京、汉口、九江、镇江;《北京条约》则增开天津为通商口岸。天津为北京的门户,天津的开放,使外国侵略势力进一步渗透到清朝统治中心的附近。

8.【答案】D

【解题指要】此题主要考查考生对《天演论》一书的掌握情况。《天演论》的翻译者、内容、作用均为考生必须掌握的知识。D选项与《天演论》风马牛不相及,应该不会产生干扰作用。社会主义思想在中国的广泛传播是在俄国十月革命以后。

9.【答案】A

【解题指要】袁世凯死后,中国出现了军阀割据的局面。军阀既不讲"文治",也不讲"法治",给人民带来深重的灾难。不仅要掌握各派军阀的代表人物,还要学会分析造成军阀割据局面的社会根源。

10.【答案】D

【解题指要】中国共产党成立后,积极推动工人运动的发展,很快形成第一次工人运动的高潮,其象征就是京汉铁路工人罢工。京汉铁路工人罢工,冲击了帝国主义、封建军阀的统治,因此遭到帝国主义和封建军阀的联合镇压,最终失败。京汉铁路工人罢工的失败,表明工人阶级孤军奋战是不可能战胜强大的敌人的,必须建立广泛的反帝反封建的统一战线。A、B、C三个选项都不符合题意,应注意进行比较分析。

11.【答案】A

【解题指要】本题涉及对"一二·九"运动的认识问题,1935年12月9日,面对深重的民族危机,北平爱国学生在中国共产党的领导下,举行声势浩大的抗日示威游行,要求"停止内战、一致对外"。因此,①、②、③选项都准确地表述了该运动的影响。从抗日民族统一战线形成过程来说,西安事变的和平解决,才揭开了国共两党由内战到合作抗日的序幕。解答这样的问题,可以采用排除错误选项的方法。

12.【答案】C

【解题指要】以上四部历史文献在我国宪政建设历程中都有重要影响,其内容和性质我们应该掌握。《钦定宪法大纲》是晚清预备立宪时清政府颁布的,它规定了皇帝至高无上的权力;但这种权力不再是"神授"的,而是法律规定的。1912年孙中山代表南京临时政府颁布的《中华民国临时约法》是近代中国第一部资产阶级性质的民主宪法;《共同纲领》是中国人民政治协商会议在1949年通过的具有临时宪法性质的文件;1954年,第一届全国人民代表大会制定了《中华人民共和国宪法》,它是新中国第一部社会主义类型的宪法。

13.【答案】D

【解题指要】本题考查考生对新中国成立以后中美关系由对抗走向正常化这一过程的了解

情况。新中国成立以后,美国采取抵制中华人民共和国的政策。中美关系开始走向正常化,指的是中美之间结束这种对抗局面,其标志是《中美联合公报》的签订。1972年中日建交;1979年中美建交,中日、中美关系开始走向正常化。

14.【答案】B

【解题指要】在全面建设社会主义的历史时期,由于我党在政治上犯了"阶级斗争扩大化"、在经济上犯了"片面追求高速度"的错误,给我国社会主义建设造成严重损害。这些"左"的错误主要表现为:反右派斗争扩大化、"大跃进"和农村人民公社化运动、"文化大革命"等。其中,时间最长、影响最严重的"左"的错误是"文化大革命",历时十年之久,给党、国家和各族人民带来建国以来最严重的挫折和损失。

15.【答案】C

【解题指要】本题旨在帮助考生掌握17世纪英国革命的特点,即资产阶级是和新贵族结成同盟,共同掀起反对斯图亚特王朝专制统治的革命。掌握了这一点,对英国革命的方式、过程以及结局也就容易理解了。这道题有一定难度,解答时可采用排除法:首先可排除选项A,因为17世纪英国还没有形成工人阶级;根据同样道理,选项B也可以被排除;选项D所指新贵族和自耕农都不是先进生产力的代表,而17世纪英国革命是一场推翻封建王朝,为资本主义发展开辟道路的资产阶级革命,因此这场革命的领导者应该是当时代表着先进生产力的资产阶级,这样选项D也可以被排除;选项C是正确选择,由于当时英国资产阶级的力量还不够强大,不足以同斯图亚特王朝抗衡,因此他们与新贵族结成了同盟。

16.【答案】B

【解题指要】本题考查的是对明治维新内容的理解。明治政府成立之后,采取了一系列果断的措施,在政治、经济和社会等方面废除封建制度。在政治方面首先将藩主变成地方官、剥夺了他们对土地和人民的领有权;又宣布"废藩置县",免除各藩知事的职务,让他们一律前往东京居住,把全国划分为3府72县,由中央政府任免知事。这就一举消灭了封建割据,形成了中央集权的统一国家,并在事实上废除了封建领主的土地所有制,成为维新运动中一次深刻的革命性变革。由此,从材料可见,B选项是正确的。A、C、D均为明治维新的内容,主要是在经济、军事、社会生活方面,不符合材料中所指的政治方面的要求。

17.【答案】C

【解题指要】本题考查的是对俄国1861年改革的客观认识。1855年继任的沙皇亚历山大二世面临克里米亚战争失败和财政危机的内外困境,感到改革的紧迫性,决定推行以废除农奴制为中心的一系列改革。1861年,沙皇签署了废除农奴制法令,农奴获得人身自由。俄国农民获得了解放,但是付出了沉重的代价。例如,改革是由各地贵族委员会执行的,对土地的估价通常远远高于实际价格。农民需要一次性支付20%的赎金,其余部分由国家银行垫支给地主;农民分49年偿还贷款和利息。赎金成为农民的终身债务,甚至传给儿子。由此可见C选项是符合题目要求的正确选项。

18.【答案】B

【解题指要】本题主要考查对1929—1933年经济危机特点的认识,这场危机从传播速度、破坏性、持续时间和影响范围上,在当时都是空前的。因此,A、C、D三项中对其在某一项上的限制都与本次危机的特点不相符。

19.【答案】A

【解题指要】本题首先要明确什么是"多极化"及其适用范围。从某种意义上说，"多极化"是与经济全球化相对应的，如果说全球化反映的是经济发展趋势的话，"多极化"就是用来描述世界政治格局的。从这个角度看，D项可以被排除。B项虽然是政治领域的事件；但却是维护两极格局的，对参加国实行统一指挥和领导。C项对联合国的时间界定是"建立"即它成立初期，那时候它对世界格局变化的直接作用还不突出，实际上还是受少数国家控制。A项为正确项，是因为欧盟成立本身就是在两极格局解体的背景下，推动了世界政治格局的多极化趋势。

20.【答案】C

【解题指要】华沙条约组织成立时，虽然亚洲已有了中国等社会主义国家，但并没有加入该组织。这是需要记忆的历史事实。

21.【答案】D

【解题指要】该题考查利用经纬网判定方向的能力。经线指示南北方向，纬线指示东西方向，沿地球前进的方向为东，因此这道题关键是要根据题意判定地球自转的方向，在以两极为中心的俯视图中，从北极上空看，地球自转为逆时针方向，南极上空为顺时针方向，据此即可判断出Q点在P点的东南方向。

22.【答案】B

【解题指要】该题考查的是考生对比例尺的定义和计算方法的理解。只需明确比例尺＝图上距离∶实际距离，代入数值后将单位统一，算出约分即可。

23.【答案】D

【解题指要】本题考查太阳活动对地球的影响。太阳活动的主要标志是黑子、耀斑，当太阳上耀斑爆发时，发出的强烈射电会使地面的无线电短波通信受到影响，甚至会出现短暂的中断。太阳大气抛出的带电粒子流，会扰动地球磁场，产生"磁暴"现象。另外世界许多地区降水量的年际变化与太阳活动有一定的相关性。A、B两个选项与太阳为地球提供热量来源相关；C选项，潮汐现象与天体间的引力相关，而非太阳活动所致。

24.【答案】A

【解题指要】本题考查大气的热力作用，白天，天空云量多，大气对太阳辐射的削弱作用强，气温低；夜晚，天空云量多，大气对地面的保温作用强，气温高，昼夜温差小；反之，若昼夜均晴，则白天温度较高，夜晚温度较低，昼夜温差大，因此A选项正确。

25.【答案】C

【解题指要】本题考查的是对水循环过程的理解，以及我国河湖的分类。"参与海陆间循环"可解读为分类属于外流河湖。故答案选C。

26.【答案】B

【解题指要】本题考查外力作用与地表形态，挪威峡湾是由于冰川侵蚀作用形成的。

27.【答案】B

【解题指要】本题考查自然带的分布规律。自然带由A至B的变化方向为南北方向，体现了由赤道向两极的分异规律，其变化主要是热量为基础，这种规律在低纬度和高纬度地区表现最明显，B选项正确；乞力马扎罗山的垂直地带性是由于水热的差异而形成，与A至B的分异规律类似，并非完全相同。

28.【答案】A

【解题指要】各类灾害的原因主要有自然和人为两种,地震、台风、暴雪均属于自然灾害,没有人为干预也会发生。虽说气候异常与人类活动有一定相关性,但选项中的"赤潮"则是由于人类大量排放生产、生活废水,造成水体富营养化而出现的,关联更为紧密。

29.【答案】B

【解题指要】本题考查有关人口发展的问题。人口老龄化是指总人口中因年轻人口数量减少、年长人口数量增加而导致的老年人口比例相应增长的动态过程。人口自然增长率下降,导致年轻人口数量减少,生活水平提高使得死亡率下降,老年人口比例相对上升,我国人口发展受人口政策的影响,自然增长率下降显著,伴随经济的快速增长,人口老龄化进程很快。

30.【答案】D

【解题指要】本题考查了考生对城市规划基本原则的实际应用能力。基本原则之一是工业区与居住区之间应有卫生防护带相隔,仅凭此原则已可作出选择。另外还需掌握的原则是工业区的选址应注意当地的风向:常年有单一风向时,工业区设置在城区的下风向;季风区内工业区当设置在与盛行风向相垂直的郊外;多风向区内,工业区则应选择在最小风频的上风向。

31.【答案】B

【解题指要】本题考查影响农业生产的因素。农产品要到市场上销售,才能实现价值,市场需求量决定了农业生产的类型和规模,而热带花卉非本地产品,需要依托运输及保鲜技术来保障其远距离抵达市场,因此②和④为正确的影响因素,B选项正确。

32.【答案】A

【解题指要】该题主要考查考生对影响工业布局经济诸因素知识的全面认识,以及阅读试题附图的能力。试题所列四种工业布局的主导因素分别为甜菜制糖——原料,家具制造——市场,造纸厂——原料,化学工业——能源。由于制糖厂的原料容易变质和减少出糖率的原因,不便远距离运输,适宜建在原料产地。故A选项正确。

33.【答案】B

【解题指要】本题考查世界地理的有关知识,要求对主要海峡的分布有清楚记忆即可判断,白令海峡位于北冰洋和太平洋的交界处,是亚洲和北美洲的分界线,因此应选择B选项。

34.【答案】B

【解题指要】本题考查世界主要的环境问题之一"全球变暖",由于人类活动引起的全球变暖,使得两极、高山地区的冰雪融化,导致海平面上升,沿海低地国家或地区有可能会被淹没,太平洋岛国图瓦卢由于海拔低,无力应对全球变暖带来的这一后果,因而举国迁移到新西兰,其迁移的原因是受生态环境因素的变化所致,因此B为正确选项。

35.【答案】C

【解题指要】本题考查长江和黄河流经的省区,对这个知识点进行记忆即可作答。

36.【答案】A

【解题指要】该题考查的是我国主要人文旅游资源的分布。秦陵兵马俑在陕西省,云冈石窟在山西省,龙门石窟在河南省,只有敦煌莫高窟与阳关同位于甘肃省西北,距离最接近。

37.【答案】B

【解题指要】本题考查我国粮食生产的问题。我国可开垦的耕地不多,要想提高人均粮食产量,必须走科技兴农的道路,依靠提高单产来提高人均粮食产量。

38.【答案】B

【解题指要】本题考查亚洲的地形、河流等有关知识。亚洲的地形起伏很大,高原和山地面积广大,约占全洲面积的3/4;地势中部高,四周低,高原和山地主要集中在中部,受地势起伏特点的影响,亚洲的大江、大河多自中部向四周分流,呈放射状,因此选择B选项。

39.【答案】B

【解题指要】本题考查的是地球中低纬度的洋流模式及相关知识。首先应确定图示地区为大西洋中部海域,①~④洋流分别是本格拉寒流、巴西暖流、加那利寒流和墨西哥湾暖流。从成因分类均属于补偿流,图示范围内没有世界性大渔场。故B选项为正确答案。

40.【答案】A

【解题指要】本题考查与森林相关的环境问题。森林具有保持水土、保护生物多样性、防风固沙、涵养水源等多种环境功能,森林减少会导致土地荒漠化、水土流失、生物多样性减少等环境问题;臭氧层的破坏是由于人类使用制冷剂释放出来的氯氟烃类化合物所致,它是破坏臭氧层的主要物质,与森林的减少没有关系,因此A选项正确。

二、非选择题

41.【参考答案】早在三国时期,吴国孙权就派将军卫温率万人船队到达夷州(今台湾),加强了大陆与夷州的联系;隋朝炀帝三次派人去琉球(今台湾);元朝设立澎湖巡检司,加强对台湾和澎湖的管辖,并每年从那里征收盐税;1661年至1662年,郑成功打败荷兰殖民主义者,收复台湾;1683年清军进入台湾,第二年,清政府设置台湾府,隶属福建省。以上史实说明,台湾自古以来就是中国领土不可分割的一部分。

【解题指要】回答本题特别要注意把三国时期、隋炀帝时期、元朝、清朝四个时期大陆与台湾的关系答全面,四者缺一不可。尤其要知道在中国古代史上,元朝的版图最大。元朝时开始对台湾实行有效的管辖,不仅在台湾驻扎军队,而且对台湾征收盐税。在行政隶属关系上,元朝设立了澎湖巡检司,专门管理台湾及澎湖列岛的事务。澎湖巡检司隶属福建省。清朝建立了统一的多民族国家,先后在台湾设立台湾府和台湾行省。要会用这些历史事实说明台湾的归属问题。

42.【参考答案】(1)首先发展轻工业,然后发展重工业。发展轻工业所需资金少,易于获得利润,为重工业积累资金。(2)苏联首先发展重工业。苏维埃国家面临战争危险,必须首先发展重工业才能保卫苏维埃国家安全。(3)国民经济畸形发展,轻工业和农业落后,不能满足人民日益增长的需要。

【解题指要】本题主要考查的是对苏联工业化特征的理解与把握。苏联工业化走了一条与西方国家工业化不同的道路,斯大林在此首先就通常的工业化道路特点和原因作了说明,这是为说明苏联工业化的特点树立的一个参考项。问题(1)可以直接从材料中概括出来,并且解释得比较清楚。只要把问题(1)搞清楚了,参照项就有了,问题(2)的答案也就出来了:在斯大林看来,苏联是不能走通常的那条工业化道路的,它应该首先发展重工业,而不是从轻工业开始。走这样的工业化道路是苏联所处的环境使然:战争危险临近,苏联处在危险之中,没有发达的重工业就不能很好地保卫国家安全。问题(3)考查的是历史知识,它不在材料中,但与苏联工业化相关。优先发展重工业,造成了国民经济比例失调,其长期结果就是使国民经济出现畸形发展,重工业一枝独秀,轻工业和农业长期落后,直接影响到人民生活水平的提高。

43.【参考答案】清初采取的主要措施有:(1)收复台湾。1661年,郑成功打败了盘踞台湾38年的荷兰殖民者。1662年初,荷兰殖民者被迫投降,台湾回到了祖国的怀抱。1683年,清军进入台湾。1684年设置台湾府,隶属福建省。(2)粉碎噶尔丹分裂活动。游牧在伊犁河流域的漠西蒙古准噶尔部的噶尔丹自称可汗,向康熙帝提出对北方统治权的要求。1690年,在沙俄支持下,噶尔丹悍然进军内蒙古,康熙帝亲自带兵在乌兰布通打败噶尔丹的军队。1696年,康熙帝再次亲征,清军在昭莫多大败噶尔丹。清朝控制了漠北蒙古,进而控制了天山南北。(3)平定大小和卓的叛乱。居住在新疆天山南路的维吾尔贵族大和卓和小和卓兄弟发动叛乱,乾隆帝派兵平定,取得了彻底胜利,清政府重新统一新疆地区。(4)加强对西藏的管辖。清朝初年,顺治帝接见了西藏藏传佛教首领五世达赖,正式赐予"达赖喇嘛"的封号。后来,康熙帝赐予另一个藏传佛教首领五世班禅以"班禅额尔德尼"的封号。清政府规定,以后历世达赖和班禅都必须经过中央政权册封。1727年,清朝设置驻藏大臣,代表中央政府同达赖和班禅共同管理西藏。

【解题指要】本题给出的参考答案较为详细,实际答题时可以稍作简化;但是,四个方面的要点决不能省略。收复和管理台湾、册封西藏宗教领袖、实行政教合一的统治、平定新疆噶尔丹和大小和卓的叛乱,这些都是清初维护统一多民族国家所采取的有力措施,取得了很好的效果。正因为如此,才奠定了我国古代辽阔的疆域,使得我国成为一个拥有现今56个民族的国家。

44.【参考答案】

(1)C

(2)该地区位于西风带内安第斯山脉的背风坡,形成了降水量很少的气候 在沿岸海区有寒流经过,对沿海地区起了减温和减湿的作用,使降水更加稀少。

(3)B

(4)东部地区经济发达,能源消费量大

【解题指要】该题主要考查了考生阅读试题附图。通过海陆分布、图例和注记等多种符号,提取解题信息,加以分析判断。

第(1)题,阿根廷位于南美洲南部东岸地带,北部为亚热带湿润气候,降水量较大,形成有从山区流来的巴拉那河等,其南部的河流短小且径流量小,所以北部地区水力资源丰富。

第(2)题,试题附图显示,南部形成了温带荒漠带。其形成原因是:①从南部纬度可以看出这里处于南半球的西风带,西侧有高耸的安第斯山脉,这里正处于盛行西风的背风坡,故形成了温带干旱气候;②在南部东岸侧的海洋上有福克兰寒流经过,促使岸边气候更加干旱,所以形成了温带荒漠带。

第(3)题,阿根廷的牧业生产北部以养牛业为主,南部以养羊业为主。其原因是北部潘帕斯草原为亚热带草原,草高而且质量好,适宜养牛业发展;南部地区因气候干旱,形成了干旱的温带草原,适合发展养羊业。气候条件不同及其形成的草场差异,是牧业不同的根本原因。

第(4)题,阿根廷南部西侧是该国的石油产区,所产石油主要通过输油管道输往东部地区的布宜诺斯艾利斯和布兰卡港,因为东部沿海经济发达,石油消耗量大,所以形成了西油东输的特点。

45.【参考答案】

(1)蒸发 水汽输送 地表径流 地下径流

(2)海陆间水循环 陆上内循环 海上内循环

（3）D　跨流域调水、修水库

（4）维持着地球上各水体之间的动态平衡,使陆地上的淡水资源不断更新;水循环促进了自然界的物质运动和能量交换。

【解题指要】本题考查有关水循环的知识。以记忆类为主,难度不大。

第(1)题,考查水循环的环节,考生容易答错的是 B 水汽输送环节,复习时应注意。

第(2)题,记住水循环的类型即可。

第(3)题,人类能够影响的是地表径流环节,例如跨流域调水,改变地表径流的方向、区域等;修水库,改变了地表径流的时间。

第(4)题,水循环的意义,通过海陆间循环,使陆地上的水得以不断更新和补充,同时在水的三态变化、运动过程中,又促进了自然界的物质运动和能量交换。

46.【参考答案】

（1）深居内陆,受海洋影响小

（2）C 位于大陆西岸,受海洋影响大。

（3）东　日本　多优良港湾,科技发达,劳动力资源丰富

【解题指要】本题考查气候的相关知识。根据题设,此题考查亚欧大陆的气温、降水等相关知识,结合图中所给的气温、降水的时空分布,分析解答相关问题。

第(1)题,从图中可以看出 A 地位于大陆的内部,距海远,海洋上的湿润气流难以到达而使当地降水量少。

第(2)题,根据1月和7月气温变化曲线,可计算出各地的气温年较差,得出 C 地的气温年较差最小,其影响因素是 C 地位于大陆西岸,在40°N 地区受盛行西风的影响,大陆西岸受海洋上温暖湿润的水汽影响,由于海洋的调节作用,气温年较差小。

第(3)题,考查东、西半球的划分,20°W 以东至 160°E 为东半球,C 地在此范围内。据经纬度可判断 B 地属于日本,日本是亚欧大陆东岸的岛国,发展经济的优势是多优良海港,技术先进,人口密集,劳动力丰富。

历史地理模拟试卷(四)

考生注意:本试卷分第Ⅰ卷(选择题)和第Ⅱ卷(非选择题)两部分,满分150分,考试时间120分钟。

第Ⅰ卷(选择题 共80分)

一、选择题:本大题共40小题,每小题2分,满分80分。在每小题列出的四个选项中,只有一项是符合题目要求的。

1. 奉唐太宗之命,将《道德经》翻译成梵文的是( )
   A. 玄奘 　　　B. 鉴真 　　　C. 僧一行 　　　D. 遣唐使

2. 有"中国科学史的里程碑"之称的科学著作是( )
   A.《授时历》 　B.《梦溪笔谈》 　C.《本草纲目》 　D.《农政全书》

3. 以下关于《尼布楚条约》的表述,错误的一项是( )
   A.《尼布楚条约》是一个不平等的条约 　　B. 签订于1689年
   C. 条约规定,库页岛属于中国的领土 　　D. 条约签订时的中国皇帝是康熙

4. 太平天国发生天京变乱的原因,主要有( )
   ① 领导者进取心逐渐减退 　　　② 腐朽思想、宗派主义思想日益增长
   ③ 列强和清政府的破坏 　　　　④ 太平天国领导集团内部争权夺利
   A. ①②③ 　　　B. ②③④ 　　　C. ①②④ 　　　D. ①③④

5. 下列关于洋务运动的评价,正确的是( )
   ①创办了一批近代军事工业 ②实现了洋务派提出的"自强"、"求富"的目标
   ③创办了一批近代民用工业 ④引进了一些近代科学技术、培养了一批科技人才
   A. ①②③ 　　　B. ①③④ 　　　C. ②③④ 　　　D. ①②④

6. 下列关于辛亥革命的评述,不正确的是( )
   A. 使民主共和观念深入人心
   B. 为民族资本主义的进一步发展创造了条件
   C. 推翻帝制、建立了资产阶级共和国
   D. 彻底改变了中国半殖民地半封建社会的性质

7. 辛亥革命时期,孙中山先生为实现民主共和所作出的重大贡献有( )
   ① 主持召开国民党一大 　　　② 提出了"三民主义"
   ③ 创建同盟会 　　　　　　　④ 颁布了《中华民国临时约法》
   A. ①②③ 　　　B. ①③④ 　　　C. ②③④ 　　　D. ①②④

8. 第一次国共合作正式形成的标志是( )
   A. 中共三大召开 　　　　　　B. 国民党一大召开
   C. 北伐战争开始 　　　　　　D. 广东国民政府建立

9. 毛泽东领导创建的第一个革命根据地是(　　)

A. 中央革命根据地　　　　　　　　B. 鄂豫皖革命根据地

C. 井冈山革命根据地　　　　　　　D. 左右江革命根据地

10. 下列关于"四一二"政变的表述不正确的是(　　)

A. "四一二"政变是蒋介石发动的　　B. "四一二"政变是汪精卫发动的

C. "四一二"政变发生在上海　　　　D. "四一二"政变发生在1927年

11. 为巩固抗日民族统一战线,中国共产党领导的抗日根据地在政权建设上采取的重要举措是(　　)

A. 开展大生产运动　B. 实行减租减息　C. 开展整风运动　D. 实行"三三制"

12. 中国社会主义制度基本建立,开始进入社会主义初级阶段的标志是(　　)

A. 中华人民共和国的成立　　　　　B. 社会主义改造的基本完成

C. 一届人大的召开　　　　　　　　D. "一五"计划的完成

13. 下列事件中,不属于建国初期三大运动的是(　　)

A. 抗美援朝　　　B. 土地改革　　　C. 镇压反革命　　　D. 恢复国民经济

14. 下列人物中,被誉为"两弹元勋"的是(　　)

A. 钱学森　　　　B. 邓稼先　　　　C. 袁隆平　　　　D. 范文澜

15. 法国大革命爆发的标志是(　　)

A. 三级会议召开　　　　　　　　　B. 第三等级代表宣布成立制宪会议

C. 攻占巴士底狱　　　　　　　　　D. 制宪会议通过《人权宣言》

16. 马克思说,18世纪美国独立战争给欧洲资产阶级敲响了"警钟",其含义是指独立战争(　　)

A. 冲垮了欧洲封建统治秩序　　　　B. 推动了欧洲资产阶级革命

C. 促使欧洲殖民者调整政策　　　　D. 沉重打击了欧洲封建统治者

17. 帝国主义瓜分非洲过程中,没有被列强征服的国家是(　　)

A. 埃塞俄比亚、几内亚　　　　　　B. 刚果、埃塞俄比亚

C. 埃塞俄比亚　　　　　　　　　　D. 阿尔及利亚、喀麦隆

18. 布尔什维克党提出"从资产阶级民主革命过渡到无产阶级社会主义革命"是在(　　)

A. 二月革命后　　　　　　　　　　B. 第一次世界大战爆发前

C. 国内战争爆发后　　　　　　　　D. 《布列斯特和约》签订后

19. 下列关于朝鲜战争的事件发生的先后顺序是(　　)

① 朝鲜内战爆发　　　　　　　　　② 美军在朝鲜北部登陆

③《朝鲜停战协定》签订　　　　　　④ 中国人民志愿军入朝参战

A. ①④③②　　　　B. ①②④③　　　　C. ②①③④　　　　D. ④①②③

20. 能够比较准确地概括第二次世界大战后世界形势变化特点的是(　　)

A. 美国军事经济实力独占鳌头　　　B. 苏联成为唯一能与美国抗衡者

C. 欧洲在战争中受到严重削弱　　　D. 两极格局的形成

21. 下列关于经线与纬线的叙述,正确的是(　　)

A. 经线指示东西方向,纬线指示南北方向

B. 赤道是最短的纬线

C. 地球仪上的零度经线叫做本初子午线

D. 所有纬线都是圆,所有经线也都是圆

22. 下表中为我国甲、乙两地某日的日出、日落时间(北京时间),据此判断甲地位于乙地的(   )

城市	日出时间	日落时间
甲	5:28	19:00
乙	7:23	20:27

A. 东北方向   B. 西北方向   C. 东南方向   D. 西南方向

23. 以下节气中,北京地区正午时分人影最长的是

A. 春分   B. 夏至   C. 秋分   D. 冬至

24. 图4-1中,阴影表示陆地,非阴影表示海洋。其中表示北半球7月份气温分布形势的是(   )

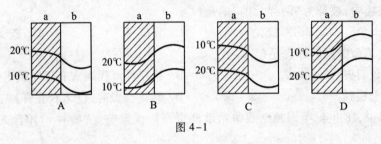

图4-1

25. 图4-2为四条气温年变化曲线,关于该图的描述,正确的是(   )

A. ①曲线表示巴西亚马孙平原气温变化

B. ②曲线表示俄罗斯莫斯科的气温变化

C. ③曲线表示澳大利亚悉尼的气温变化

D. ④曲线表示美国纽约的气温变化

26. 下列各组半岛中,自然带以亚热带常绿硬叶林带为主的是(   )

A. 伊比利亚半岛、亚平宁半岛

B. 印度半岛、山东半岛

C. 印度半岛、巴尔干半岛

D. 伊比利亚半岛、雷州半岛

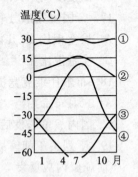

图4-2 气温年变化曲线图

读图4-3"大西洋洋流分布示意图",回答27～28题。

27. 关于洋流分布的正确叙述是(   )

A. 南半球中高纬海区洋流呈逆时针流动

B. 北半球中低纬海区洋流呈顺时针流动

C. 中低纬大洋西侧为寒流,东侧为暖流

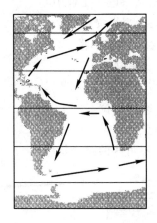

图 4-3

D. 甲洋流终年受西风影响,形成西风漂流

28. 洋流对地理环境的影响表现在(　　)

A. 在北印度洋海区,自西向东航行的轮船终年受洋流影响可加快速度

B. 能使海洋污染范围不变,污染程度减轻

C. 甲海区附近有世界著名渔场分布

D. 乙海区附近有世界著名渔场分布

29. 图 4-4 为我国东南沿海某市规划建设一家化工企业和一个火电厂的方案图,从环境保护角度考虑,比较合理的是(　　)

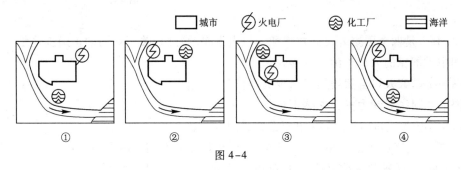

图 4-4

A. ①　　　　　　B. ②　　　　　　C. ③　　　　　　D. ④

30. 图 4-5 为美国本土工业分布图,关于该图的正确叙述(　　)

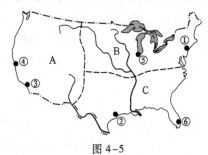

图 4-5

A. 图中 A 工业区中③和④均是新兴电子工业中心

B. 图中 B 工业区铁矿丰富而缺少煤炭资源

C. 图中①、②和⑥均为石油和农产品输出港

D. 图中⑤是美国著名的汽车工业中心

31. 石油和水能资源都比较丰富的国家是（　　）

A. 加拿大、俄罗斯　　　B. 印度、委内瑞拉

C. 巴西、刚果　　　　　D. 伊拉克、日本

32. 图 4-6 是台风路径图，其中不可能的路径是（　　）

A. a　　　　　B. b　　　　　C. c　　　　　D. d

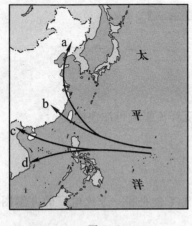

图 4-6

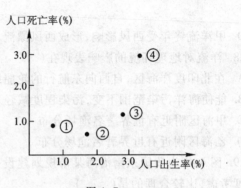

图 4-7

33. 图 4-7 是四个国家人口死亡率和人口出生率示意图，关于该图的正确叙述是（　　）

A. 图中①国家的人口老龄化明显

B. 图中②国家人口自然增长率出现负增长

C. 图中③国家劳动力资源深感不足

D. 图中④国家人口增长给环境和资源造成的压力最大

34. 一艘船只将从新加坡港启程，选择捷径至地中海沿岸，它将经过的海上咽喉要道有：
① 马六甲海峡　② 霍尔木兹海峡　③ 苏伊士运河　④ 直布罗陀海峡

A. ①②　　　　　B. ①④　　　　　C. ②④　　　　　D. ①③

35. 作为发展中国家，我国粮食增产的有效途径是（　　）

A. 大面积开垦荒地，扩大种植面积　　　B. 增加农业补贴，提高化肥和农药施用量

C. 科技兴农，走可持续发展的道路　　　D. 引进市场机制，发展订单农业

36. 20 世纪，黄河三角洲曾以每年 1 千米的速度向海洋推进，造成这一现象的主要原因是（　　）

A. 围海造陆　　　B. 海浪侵蚀　　　C. 海平面下降　　　D. 河流泥沙沉积

37. 一架飞机由广州起飞，沿北回归线向东绕地球一圈，经过的大洋依次为（　　）

A. 印度洋、大西洋、太平洋　　　B. 太平洋、大西洋、印度洋

C. 大西洋、印度洋、太平洋　　　　　　D. 太平洋、印度洋、大西洋

38. 关于图4-8的说法,不正确的是(　　　)

A. 山脉以北为黄土地,以南为红土地

B. 山脉以北为内蒙古高原,以南为华北平原

C. 山脉以北为准噶尔盆地,以南为塔里木盆地

D. 山脉以北为高原,以南为盆地

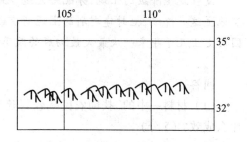

图4-8

39. 世界混合农业最主要的结构形式是(　　　)

A. 粮食作物—经济作物

B. 蔗—果—桑—鱼

C. 畜牧业—谷物生产

D. 农—林—牧—副—渔

40. 城市环境问题产生的主要原因是(　　　)

A. 城市数量多、占用耕地多

B. 城市交通拥挤、住房困难、绿地面积少

C. 城市人口过度膨胀、工业大量集中

D. 城市生态系统缺少足够的分解者

第Ⅱ卷(非选择题　共70分)

注意事项:

1. 用钢笔或圆珠笔直接答在试卷中。

2. 答卷前将密封线内的项目填写清楚。

题号	41	42	43	44	45	46	总分
分数							

二、非选择题:本大题共6小题,满分70分。

得分	评卷人

41. 阅读以下材料,回答问题:(11分)

材料一

(一)承认农民(雇农包括在内)是抗日与生产的基本力量。故党的政策是扶助农民,减轻地主的封建剥削……

(二)承认地主的大多数是有抗日要求的,一部分开明绅士并是赞成民主改革的。故党的政策仅是扶助农民减轻封建剥削,而不是消灭封建剥削,更不是打击赞成民主改革的开明绅士。

——《中共中央关于抗日根据地土地政策的决定》

材料二

没收地主阶级的土地,分配给无地少地的农民。这样,当作一个阶级来说,就在社会上废除了地主这一阶级,把封建剥削的土地所有制改变为农民的土地所有制。这样一种改革,诚然是中国历史上几千年来一次最大最彻底的改革。

——刘少奇《关于土地改革问题的报告》(1950 年)

回答:

(1) 材料一中的"扶助农民减轻封建剥削"指的是什么土地政策?这一土地政策的实行有什么成效?(5 分)

(2) 依据材料二说明土地改革的基本内容。为什么说这是一次"最彻底的改革"?(6 分)

得分	评卷人

42. 阅读以下材料,回答问题:(11 分)

林肯说过:"我很高兴看到一种劳动制度盛行于新英格兰,在这种制度下,劳动者当他愿意的时候就可以罢工,在这里他不被强迫在一切环境下工作,而且也不被束缚住和(不管你给报酬与否)被强制去劳动!我喜欢这种制度,因为这种制度容许一个人离开工作,当他愿意的时候。我希望这种制度到处施行。我之所以反对奴隶制度三理由之一,正是在这里。"

回答:

(1) 林肯是什么人?(3 分)

(2) 林肯所喜欢的是哪种劳动制度?(4 分)

(3) 林肯代表哪些人的利益?(4 分)

得分	评卷人

43. 第一次世界大战两大交战集团的最初组成如何?大战期间不同集团的成员发生了什么重大变化?(13 分)

得分	评卷人

44. 读图 4-9,回答问题:(10 分)

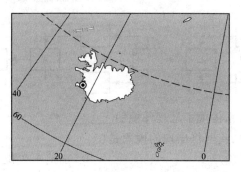

图 4-9

（1）此岛以东是_____半球，以西是_____半球。

（2）此岛地处_____板块和_____板块的交界处，此处的板块边界类型是_____边界。

（3）此岛以西隔丹麦海峡与_____洲相望；附近有_____洋流和_____洋流经过。

（4）此岛_____资源丰富，首都因此被称为"无烟城市"。

得分	评卷人

45. 读图 4-10，完成以下要求。（12 分）

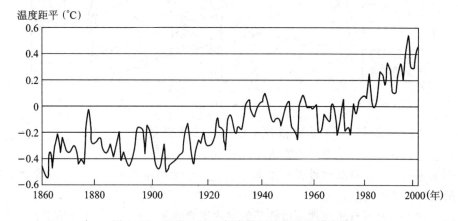

图 4-10 1860—2002 年全球平均气温距平变化

（1）1860—2002 年，全球平均气温大致呈_____趋势，最暖的年份是在_____年。

（2）造成气温变化，既有自然原因，又有人为原因。按照因果关系将下列选项的字母代号填在下面的方框内。

A. 全球海平面上升　　　　　　　B. 海洋表层出现热膨胀

C. 极地冰雪融化　　　　　　　　D. 沿海低地、良田、城市被淹没

E. 大气中温室气体浓度增高　　　F. 大量燃烧矿物化石燃料

G. 全球平均气温上升　　　　　　　　H. 大量森林被破坏和砍伐

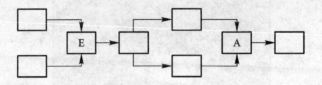

（3）图中各项之间的关系体现了地理环境的_____性。

（4）随着全球气候变暖，我国将出现的现象是（　　）。

A. 我国的热带将向北移　　　　　　　B. 山地永久积雪的下界上升

C. 一月0℃等温线将向秦岭—淮河以南移动　　D. 台湾岛的面积将增大

得分	评卷人

46. 读图4-11及材料，完成下列问题。（13分）

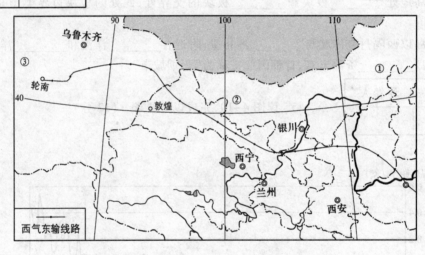

图4-11

（1）图中所示西气东输线路依次（自西向东）经过_____、_____、_____、_____、_____、_____等6个省区。

（2）图中①—②—③自然植被类型呈现_____—荒漠草原—_____的变化趋势，造成这种变化的主导因素是_____。

（3）关于图中③地区自然地理环境特征的描述正确的是_____（选择填空）。

A. 气候干旱，属于温带季风气候

B. 地形主要是高山和盆地，地貌流水侵蚀作用明显

C. 以荒漠景观为主，山地中分布有森林及草甸植被

D. 内流河为主，径流多以雨水补给为主

（4）黄河在A河段含沙量陡增，该河段流经地区最突出的环境问题是_____，并简要分析产生该环境问题的主要自然原因。

（5）请简要说明西气东输工程建设对东部地区发展的有利影响。

历史地理模拟试卷(四)参考答案及解题指要

一、选择题

1.【答案】A

【解题指要】这是一道有关唐代对外交流方面的题目。列举的四个选项中,三个是唐代的僧人。鉴真是东渡日本,为中日文化交流作出杰出贡献的人物;他的主要业绩是设计、指导、建设了日本奈良的招提寺。僧一行是唐代杰出的天文学家,其成就主要是测量了子午线的长度。玄奘才是著名的翻译家,他不仅将大量的印度梵文佛经译成中文,还将一些汉文典籍译成梵文,《道德经》就是其中之一。玄奘对中国和印度之间的文化交流,作出了巨大贡献。

2.【答案】B

【解题指要】《梦溪笔谈》是北宋的著名科学家沈括的著作,他被研究中国科技史的英国专家李约瑟称之为"中国科技史中最卓越的人物"。《梦溪笔谈》总结了我国古代众多的科学技术成就,是一部杰出的科技史著作,正确选项为 B。《授时历》只是一部历法,《本草纲目》为医学著作,《农政全书》为农学著作,显然不应予以选择。

3.【答案】A

【解题指要】有关《尼布楚条约》的知识要点在本题四个选项中基本都包括了。但是,第一个选项中"是一个不平等的条约"的表述错误,应当说它是一个"平等"条约,所以必须选择 A。在复习的同时也要将其他选项的内容一并记牢,因为这几个要点完全可以成为出题的目标。另外,在中国近代史上,曾经签订过一系列的不平等条约,但康熙时签订的条约是属于古代时期,当时清政府还很强大,在世界上占有重要地位,因此当时签订的是平等条约。条约规定,外兴安岭以北,格尔必齐河、额尔古纳河以西属俄国;外兴安岭以南,格尔必齐河、额尔古纳河以东,包括库页岛属中国。条约签订的具体时间是在 1689 年。

4.【答案】C

【解题指要】天京变乱的原因主要应该从太平天国内部去找。太平天国内部矛盾由来已久,定都天京后,由于农民阶级自身的局限性,太平天国领导者很快封建化,享乐思想、宗派主义等思想日益滋长,内部矛盾更加尖锐,结果酿成了天京变乱,太平天国走向衰亡。天京变乱和清政府没有太大关系;西方列强这时基本采取的是观望政策,企图从这场战争中捞取更多好处。

5.【答案】B

【解题指要】本题涉及对洋务运动的认识和评价问题。从现代化的角度来看,洋务运动是中国现代化发展的一个重要环节,也可以说是物质层面上的现代化,这体现在①③④三个表述中;但洋务运动毕竟是半殖民地半封建社会的产物,洋务派办洋务的目的是为了维护腐朽的专制统治,这就决定了洋务运动不可能使中国走上富强的道路,洋务运动事实上也没有实现洋务派提出的"自强"、"求富"的目标。因此,应排除②。

6.【答案】D

【解题指要】关于辛亥革命的性质和历史功绩是我们必须掌握的。辛亥革命是中国近代史上一次伟大的反帝反封建的资产阶级民主革命,其历史功绩正如 A、B、C 三个选项所述。关于 D

选项,只要准确地把握了辛亥革命失败的原因,也就很容易看出其错误所在。由于资产阶级的软弱性,辛亥革命最终失败了,没有完成反帝反封建的任务,中国半殖民地半封建的社会性质也没有发生改变。如果考生对中国近代史有一个总体的了解,就能够准确地选出正确答案。

7.【答案】C

【解题指要】本题适用排除法。国民党一大召开于 1924 年,它标志着国共两党合作的形成,这与题干中的时间限定不符,应予以排除。其他选项均符合题意。

8.【答案】B

【解题指要】1923 年召开的中共三大正式决定同孙中山领导的国民党合作,建立革命统一战线,标志着中共关于建立革命统一战线的政策正式形成;1924 年召开的国民党一大,确立了"联俄、联共、扶助农工"的三大政策,同意共产党员以个人身份加入国民党,标志着国共两党合作正式形成;广东国民政府的建立和北伐战争则是国共合作的成果。要注意进行比较分析。

9.【答案】C

【解题指要】这是一道以记忆为主的考题。大革命失败后,中国共产党积极发动武装起义,先后建立了十几个农村革命根据地,其中包括毛泽东领导建立的井冈山革命根据地、徐向前等领导建立的鄂豫皖革命根据地、邓小平等领导建立的左右江革命根据地。井冈山根据地建立后,毛泽东、朱德又先后向赣南、闽西发展,成立了中央革命根据地。

10.【答案】B

【解题指要】本题主要考查的是考生对"四一二"政变这一历史事件的掌握情况,包括谁、在哪一年、在什么地方发动的等问题,A、C、D 项均是这方面的内容。

11.【答案】D

【解题指要】抗战时期,为巩固根据地和争取抗战胜利,中国共产党采取了一系列措施。实行减租减息和开展大生产运动都是经济上的举措,整风运动则是在思想领域内采取的措施。为巩固和扩大抗日民族统一战线,在根据地政权建设上实行"三三制"原则,即在抗日民主政权的机构中,共产党员、非党的左派进步分子、中间分子各占三分之一的名额。

12.【答案】B

【解题指要】看社会形态的变化一般要看生产关系的变革,只有 B 项最符合题意。

13.【答案】D

【解题指要】抗美援朝、土地改革、镇压反革命被称为建国初期的三大运动,它们巩固了新生的人民政权。

14.【答案】B

【解题指要】这几位人物的代表性贡献需要掌握。

15.【答案】C

【解题指要】本题难度较高。选项 A 的干扰作用最强,因为所有教材中"大革命的开始"一节都是从三级会议召开讲起的,考生对此记忆深刻,稍不留神就会选错。法国大革命是推翻封建专制统治的资产阶级革命,而选项 B 和 D 都能体现这一性质,因此在教材和讲课中都会特别强调,也会对考生造成干扰。正确选择的关键是,法国大革命既然是一场"革命",一定使用了暴力,而选项 C 攻占巴士底狱正体现出这一点。

16.【答案】B

【解题指要】美国独立战争对法国大革命和拉丁美洲独立运动产生了积极影响,原因是它不仅是一场民族解放战争,同时还是一次成功的资产阶级革命运动。在被欧洲人认为是落后的殖民地的美国,新兴资产阶级能够取得胜利,为资本主义经济发展扫除障碍,对欧洲资产阶级来说具有极大的激励和样板作用,特别是对法国资产阶级。在独立战争中,美国军民得到了法国等国的援助,这也加深了他们对美国情况的了解,从而增强了发动革命的决心。

17.【答案】C

【解题指要】本题考查的是对19世纪末帝国主义瓜分非洲的理解和认识。1870年之后,由于各主要资本主义国家纷纷向帝国主义过渡,它们对殖民地的态度逐渐发生变化,殖民地被看做母国的财产,未被完全占领的、无防御的非洲大陆变成了帝国主义者渴望争夺的中心。在几十年的时间里,整个非洲大陆被欧洲列强所瓜分。在此过程中,1894年,意大利发动对埃塞俄比亚的侵略战争,孟尼利克二世皇帝发表"告人民书",号召人民奋起抗击意大利的入侵,保卫国家独立。经过全国各阶层人民的艰苦奋战,终于迫使意大利签订"亚的斯亚贝巴和约",承认埃塞俄比亚是独立国家,并交付大量赔款。所以,C选项是正确的。选项中涉及的其他几个国家:几内亚为葡萄牙殖民地,刚果为比利时殖民地,阿尔及利亚为法国殖民地,喀麦隆为法国殖民地,均不是独立国家。

18.【答案】A

【解题指要】题干中"从资产阶级民主革命过渡到无产阶级社会主义革命"是列宁《四月提纲》的主要内容之一,这一句表明这一文件应出现在十月革命之前;而C、D两项均是在十月革命之后的事件,B项表明的时间就更早了。

19.【答案】B

【解题指要】这是一道以记忆为主的试题。①③两项比较明显,②④比较容易混淆。有关中国人民志愿军入朝参战的具体时间,教材中中华人民共和国史部分有明确的讲述。

20.【答案】D

【解题指要】本题主要考查对第二次世界大战后世界形势变化特点的准确把握。题干里的"世界形势变化"的提法非常关键,为正确解答本题提供了指向。首先,要求从整个世界形势的整体着眼,而不是从局部着眼;其次,要求抓住"变化",即整体上的变化。把握住这两点就找到了正确解答本题的钥匙了。A、B两项虽然都是第二次世界大战后的新现象,但还不是世界整体变化的全部;C项虽然也是事实,不过还是局限在欧洲范围内。D项即表明了世界形势整体变化的特点,同时也包含了其他选项的主要内容,所以它能够比较准确地概括第二次世界大战后世界形势变化的特点,最符合题意。

21.【答案】C

【解题指要】本题考查经纬网的有关知识,经线指示南北方向,纬线指示东西方向;赤道是最长的纬线;纬线是圆,经线是连接南北两极的半圆;零度经线是本初子午线,C选项正确。

22.【答案】A

【解题指要】本题综合考查了地球运动的地理意义,主要是自转导致的地方时差异以及自转、公转对昼长时间的影响。解题时可先依据两地日出时间的差异判断出,较早日出的甲地位置当比乙地偏东,故可先排除B、D两项。而后再分别计算两地的昼长时间,可知甲昼长13小时32分钟,乙昼长13小时4分钟;既然两地均昼长夜短,此时当属夏半年,纬度越高则白昼越长,因此可判断出甲地比乙地纬度偏高。最后因题目限定两地点均在我国境内,故甲地应当比乙地偏北,答案选择 A 项。

23.【答案】D

【解题指要】本题考查地球运动的有关知识,正午时分人影长度与正午太阳高度角的高度负相关,正午太阳高度角越高,人影长越短,反之人影越长,因此应选择北京正午太阳高度最低的冬至时分,D 选项正确。

24.【答案】C

【解题指要】该题以考查读等温线分布图的能力为主,同时还考查了冬夏海陆气温分布、全球气温分布规律等知识。试题要求是"北半球 7 月份"气温分布图。根据全球气温分布规律,可以判断 A、B 在答案范围之外。根据 7 月份陆地气温高于同纬度海洋气温的特点,可以判断 C 为正确答案。

25.【答案】A

【解题指要】本题考查的是不同地区的气温年变化规律,以及气温变化曲线图的判读能力。此种图的判读要领是首先读懂横、纵坐标含义,其次再观察每条曲线的变化规律,特别需要注意的是最高、最低气温的数值及出现的时间。图中曲线①全年各月气温均接近 30℃,符合亚马孙平原热带雨林气候的特征。②线气温年较差小,最低气温不低于 0℃,符合亚热带气候或温带海洋性气候的特征,而莫斯科属温带大陆性气候;③、④两曲线的气温数值都很低,全年全部或大部分时间在 0℃ 以下,当分别属于北、南两半球的极地地区,与悉尼、纽约的位置不符,因此答案为 A 项。

26.【答案】A

【解题指要】本题一是考查世界自然带的分布,二是考查主要岛屿的位置,对这两个知识点都要掌握。亚热带常绿硬叶林带分布在地中海气候区,地中海沿岸是该气候和自然带的主要分布区,A 选项中的伊比利亚半岛和亚平宁半岛均位于地中海沿岸,故 A 选项正确。

27.【答案】B

【解题指要】本题考查世界洋流的分布规律。从图上也可以看出,在南北半球中低纬度海区,洋流在北半球呈顺时针方向流动,在南半球呈逆时针方向流动;B 选项正确。在北半球中、高纬度海区,大洋环流呈逆时针方向流动;在南半球中高纬度受海陆分布的影响,西风漂流顺时针绕南极大陆流动。在中低纬度海区,大洋西侧为暖流,东侧为寒流。

28.【答案】C

【解题指要】本题考查洋流对地理环境的影响。洋流对流经的大陆沿岸气候、海洋渔业,以及大洋航行等都有影响。在北印度洋海区,由于受季风的影响,洋流具有明显的季节变化,冬季海水向西流,夏季海水向东流,因此只有夏季在此海区自西向东航行的轮船可借助洋流,加快速度,A 选项不正确;洋流会扩大海洋污染的范围,也因此使污染物得到稀释;甲海区位于寒暖流交汇处,为鱼类带来丰富的饵料,成为世界上著名的渔场(纽芬兰渔场)。因此 C 为正确选项。

29.【答案】A

【解题指要】该题考查的是影响工业布局的环境因素。火电厂主要污染大气,此类产业应布局在常年盛行风的下风向,或当地最小风频的上风向,或与盛行风向相垂直的郊外。化工厂对水体造成污染的可能性大,应布局在区内河流的下游处。

30.【答案】D

【解题指要】该题主要考查考生对美国工业区和工业中心空间分布、区位优势及海港的识记。美国是经济发达国家,本土分为三个工业区。在 A 工业(西部工业区)中④为电子工业中心;B 工业区煤炭和铁矿等资源为工业发展创造了条件;美国是石油进口国,不会有石油出口港;工业中心⑤是芝加哥著名汽车制造中心。故选 D。

31.【答案】A

【解题指要】本题考查世界水能资源和石油资源的分布。世界水能资源较丰富的国家有:中国、俄罗斯、巴西、美国、加拿大等国;中东、拉美、俄罗斯、北美等地区是世界主要储油地区,因此 A 选项正确。

32.【答案】D

【解题指要】该题主要考查考生对台风路径知识的掌握和相关的读图能力。台风即发生于北太平洋西部的热带气旋。形成后自东向西或西北方向移动,进入西风带后转向东北方向移动。试题附图中 d 箭头指向了西南,故 D 选项为符合试题要求的答案。

33.【答案】A

【解题指要】该题主要考查考生阅读人口出生率与死亡率图的能力,以及进行思考分析和作出判断的能力。附图中的人口出生率与人口死亡率之差即为人口自然增长率。自然增长率不同,带来的人地关系后果不尽相同。自然增长率过快和过慢,均会产生人口问题,影响资源的开发、环境质量、社会经济的发展。

34.【答案】D

【解题指要】本题考查重要的海上航线。需要对海陆分布、主要海峡等分布有清楚的记忆方可作答。从新加坡启程至中海沿岸,出发即经过马六甲海峡,进入印度洋后,经曼德海峡进入红海,之后经苏伊士运河进入地中海,到达目的地,故 D 为正确选项。霍尔木兹海峡沟通波斯湾与阿拉伯海;直布罗陀海峡沟通地中海与大西洋。

35.【答案】C

【解题指要】本题考查我国的粮食生产受地形条件的影响。我国的耕地面积比重少,可开垦的耕地后备资源不多,且集中在边远地区,要提高粮食产量,只有走科技兴农之路,提高单产来实现,因此 C 选项正确。

36.【答案】D

【解题指要】该题考查的是黄河的水文特征。黄河是世界含沙量最大的河流,其携带的泥沙除沉积在下游河床中,形成"地上河"以外,还有相当数量沉积在河口三角洲处,产生造陆的效果。因此选 D 项。

37.【答案】B

【解题指要】该题主要考查考生对世界大洋的空间分布的识记能力。记忆世界大洋位置要做到:一要在空间分布图中记忆;二要与世界大洲结合在一起记忆。经分析可知四选项中唯有 B 项正确。

38.【答案】D

【解题指要】本题实际考查的是我国主要地形区的分布大势,题目以经纬网和山脉走向作为切入点,借以强调了山脉是地形的骨架,常是划分地形区的界线这一知识点。根据图中信息可以确定,该山脉为我国中部的秦岭。秦岭以北为黄土高原,以南为四川盆地,故答案选 D。A 项错误在于四川盆地的土壤应为紫色土。

39.【答案】C

【解题指要】本题考查的是农业地域类型中混合农业的生产方式。混合农业是两种或两种以上农业生产方式的综合。目前世界上混合农业一般为谷物种植(麦、玉米)与畜牧业(牛、羊)的结合。B 选项是我国一种新颖的混合农业而非世界上最主要的。

40.【答案】C

【解题指要】本题考查的是城市化及其对地理环境的影响。选项 B 为城市化过程中对地理环境的不利影响。D 则为城市生态系统特征。城市化过程中如果人类活动更加合理化,不一定会产生环境问题。

二、非选择题

41.【参考答案】(1)这指的是中国共产党在抗日战争时期实行的"地主减租减息、农民交租交息"的土地政策。这一政策减轻了地主的封建剥削,改善了农民的物质生活,提高了农民抗日和生产的积极性,也有利于联合地主阶级共同抗日。(2)材料二反映的是新中国成立后所进行的土地改革运动。根据《中华人民共和国土地改革法》的规定,土地改革的基本内容是:废除封建剥削的土地所有制,实行农民阶级的土地所有制。至 1952 年年底,除少数地区外,全国已基本完成了土地改革。这次土地改革,彻底废除了在我国延续了数千年的封建剥削的土地制度;广大农民成了土地的主人,在政治上、经济上翻了身;解放了农村的生产力,为农业生产的发展和国家工业化开辟了道路。

【解题指要】材料分析题往往可以有效地考查考生理解和分析问题的能力。本题所给材料涉及中国共产党在民主革命时期土地政策的变化,考生要善于从史料中提取有效信息。材料二注明时间是"1950 年",因此要避免与解放战争时期解放区的土地改革相混淆。相关知识还应掌握:第一次国内革命战争时期中国共产党在革命根据地实行的土地政策,也就是开展打土豪、分田地、废除封建剥削和债务的土地革命。掌握了相关的历史知识,此类问题就都能解答了。

42.【参考答案】(1)林肯是共和党人,1860 年当选美国总统。(2)林肯喜欢当时盛行于美国北方的自由劳动制度。(3)林肯代表北方工商业资产阶级的利益。

【解题指要】这道题目考查考生综合运用知识的能力。问题(1)很简单,考生从历史课上已经知道了答案;回答问题(2)也不难,因为"不被强制去劳动"、"可以罢工"、可以"不被束缚"地"离开工作"等词语使学过一点政治经济学的考生很快就能得出"自由劳动制度"的结论;而且稍有地理知识就知道"新英格兰"指当时美国的北方;至于问题(3),无论从题面上还是从已经学过的历史知识中都很容易得出答案。

43.【参考答案】(1)最初组成:同盟国集团包括德国、奥匈帝国,意大利;协约国集团包括英国、俄国、法国。(2)成员变化:① 大战爆发后,奥斯曼帝国、保加利亚加入同盟国集团;塞尔维亚、比利时等加入协约国集团。② 原属同盟国的意大利后来加入协约国集团;日本、美国也先后加入协约国集团。

【解题指要】本题主要考查对第一次世界大战两大交战集团成员变化的了解。从战前两大集团组成到战争爆发后,两大集团特别是协约国集团出现了很大变化,几个重要国家相继加入其中,使这个集团在双方的力量对比上占有优势,从而赢得了最后胜利。同时,集团成员的变化也反映出帝国主义国家之间的勾结与交易;深入分析成员变化背后的原因,可以透视这场战争的帝国主义性质。意大利的情况比较特殊,它是从同盟国集团退出后加入另一个集团的;而日本和美国都是在大战后期加入的,明确了这一区分有助于记忆。

44.【参考答案】

(1)东　　　西

(2)亚欧　　　美洲　　　生长

(3)北美　　　东格陵兰寒流　　　北大西洋暖流

(4)地热

【解题指要】本题首先考查了通过经纬网和岛屿形状定位的能力,并在此基础上考查世界地理中的一些基础知识,如半球划分、板块构造学说、洋流分布等。

考生即使不能迅速辨认出冰岛的轮廓特征,也可以解答此题。首先根据纬度判断本岛在北半球,由于题目提及半球划分,故可判断此岛位于北大西洋西经20°处。正确定位后只需按题目设问分别调取世界海陆分布、世界洋流分布、六大板块分布图知识,便可对第(2)和(3)问题作答。第(4)题如不能记忆,也可借助第(2)问的提示,既然该岛地处板块边界,理当地壳运动活跃,多火山、地震现象;"无烟城市"的说法又提示出该城市应有清洁能源供应,综合分析也可推断出地热资源的结论。

45.【参考答案】

(1)上升　　　1998

(2)

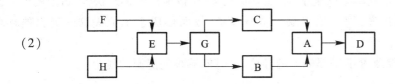

注:F、H 的位置可以互换;C、B 的位置可以互换

(3)整体

(4)A　B

【解题指要】本题考查有关全球变暖的知识。围绕全球变暖产生的原因及影响进行考查。要求考生在理解知识点的基础上,对全球变暖的过程进行梳理,从而完成结构图及相应问题。

第(1)题,通过读图即可得到答案。

第(2)题,考查全球变暖的原因,由于人类大量燃烧化石燃料,导致大气中二氧化碳浓度升高,同时森林的破坏,导致植物吸收二氧化碳的量减少,进一步增加了大气中的二氧化碳含量的增加,从而使温室效应增强,全球气温升高,导致冰川融化、海水膨胀,使海平面上升,沿海低地地区被淹没,依据此过程,从给出的 E 和 A 两框入手,即可绘出正确的框图。

第(3)题,这种地理环境各要素间的相互影响,相互制约的现象,体现了自然环境的整体性特点。

第(4)题,全球变暖会导致热量带向两极方向移动的结果,山地因温度上升,海拔较低的冰雪会融化,导致雪线上升,因而 A、B 两项正确;台湾岛的面积会由于海平面上升部分沿海地区被淹没而减少。

46.【参考答案】

（1）新疆、甘肃、宁夏、陕西、山西、河南

（2）草原　荒漠　水分(1分)

（3）C(1分)

（4）水土流失　降水集中且多暴雨；地形破碎起伏大；土质疏松；植被稀疏。

（5）有利影响：对东部地区可以减轻能源压力，调整能源消费结构，有利于环境质量的改善。

【解题指要】该题以西气东输为背景，综合考查有关行政区划、自然带、环境问题等相关问题，综合性较强，要求考生对相关知识的掌握要到位，才能够准确作答。

第(1)题，是识记类知识，记住即可。

第(2)题，考查我国西北地区的自然带分布，该地区位于中纬度地区，是从沿海向内陆地域分异最明显的表现地带，受水分条件影响，自东向西依次为草原—荒漠草原—荒漠。

第(3)题，考查新疆地区的自然地理环境，该地区深居内陆，远离海洋，降水量少，气候呈现以干旱为主的特征，属于温带大陆性气候，由此影响其他自然地理要素，因降水少，外力作用的主要动力为风，风力侵蚀和风力堆积地貌最明显；地表植被以荒漠为主，在山地地区，受垂直地带因素的影响而形成森林或高山草甸植被，因此 C 选项正确；受气候因素制约，该地河流流量小，流程短，多为内流河，补给类型以高山积雪和冰川融水补给为主。

第(4)题，黄河 A 河段因流经黄土高原地区，而导致含沙量增加，主要原因是黄土高原地区典型的环境问题是水土流失，水土流失的产生，要从水、土两个角度考虑，即从气候和地表状况出发去回答，该地降水的特点是夏季暴雨集中，从地表状况来看，该地区地形起伏大，黄土的土质疏松，垂直节理发育，易随水流失，加上地表缺乏植被保护，故而形成水土流失这一突出的环境问题。

第(5)题，西气东输主要改善了东部地区的环境，同时能够减轻能源的压力。

历史地理模拟试卷(五)

考生注意:本试卷分第Ⅰ卷(选择题)和第Ⅱ卷(非选择题)两部分,满分150分,考试时间120分钟。

第Ⅰ卷(选择题 共80分)

一、**选择题:**本大题共40小题,每小题2分,满分80分。在每小题列出的四个选项中,只有一项是符合题目要求的。

1. 西晋时期大规模内迁的"五胡"当中,攻入长安灭亡西晋的是(　　)

A. 鲜卑族　　　　　B. 羌族　　　　　C. 匈奴族　　　　　D. 氐族

2. "风声鹤唳"的成语出自(　　)

A. 官渡之战　　　　B. 赤壁之战　　　　C. 淝水之战　　　　D. 巨鹿之战

3. 文成公主与吐蕃首领松赞干布成婚是在(　　)

A. 唐高祖时期　　　B. 唐太宗时期　　　C. 武则天时期　　　D. 唐玄宗时期

4. 《千金方》的作者是(　　)

A. 孙思邈　　　　　B. 华佗　　　　　C. 张仲景　　　　　D. 李时珍

5. 三省六部制创立于(　　)

A. 隋朝　　　　　B. 唐朝　　　　　C. 北宋　　　　　D. 明朝

6. 火药用于军事开始于(　　)

A. 东汉　　　　　B. 唐末　　　　　C. 宋代　　　　　D. 元代

7. 以下有关郑和下西洋的表达,错误的一项是(　　)

A. 发生在明成祖时期　　　　　　　B. 当时的西洋是指今天的大西洋

C. 先后7次航海,到达了30多个国家　　D. 创造了世界航海史上的纪录

8. 对太平天国由盛转衰起着关键作用的事件是(　　)

A. 定都天京　　　　B. 天京变乱　　　　C. 安庆失陷　　　　D. 北伐失败

9. 沙俄通过什么条约霸占了中国乌苏里江以东四十多万平方公里的领土(　　)

A. 中俄《瑷珲条约》　　　　　　　B. 《中俄勘分西北界约记》

C. 《中俄改订条约》　　　　　　　D. 中俄《北京条约》

10. 德国强占胶州湾后,由康有为和梁启超等人组织的维新团体是(　　)

A. 强学会　　　　　B. 孔教会　　　　　C. 保国会　　　　　D. 兴中会

11. 第一次世界大战期间,中国民族资本主义进一步发展的有利因素包括(　　)

① 欧洲列强暂时放松了对华侵略

② 辛亥革命为近代工业发展扫除了一些障碍

③ 群众性反帝爱国斗争的有力推动

④ 南京临时政府颁布奖励发展实业的法令

A. ①②   B. ②③   C. ①③④   D. ①②③④

12. 中国共产党对革命军队绝对领导的制度确立于(   )

A. "八七"会议   B. 南昌起义   C. 三湾改编   D. 遵义会议

13. 关于中共八大,下列评述,正确的是(   )

① 大会认为:在社会主义制度建立后,我国的主要矛盾是先进的社会制度同落后的生产力之间的矛盾

② 大会提出了建设一个伟大的社会主义中国的目标

③ 大会提出了既反保守又反冒进的经济建设方针

④ 中共八大的路线是正确的,尤其是关于社会主义社会主要矛盾的理论具有深远的实践意义

A. ①②③   B. ①②③④   C. ①③④   D. ①②④

14. 中国共产党作出实行改革开放伟大决策的会议是(   )

A. 十一届三中全会   B. 十三大   C. 十一届六中全会   D. 十四大

15. 标志英国君主立宪制确立的事件是(   )

A. 议会通过《权利法案》   B. 处死查理一世

C. 成立共和国   D. 克伦威尔就任"护国公"

16. 在法国大革命中,下列事件排列的时间顺序正确的是(   )

A. 处死路易十六,《人权宣言》发布,法兰西第一共和国成立,拿破仑上台执政

B. 《人权宣言》发布,处死路易十六,法兰西第一共和国成立,拿破仑上台执政

C. 拿破仑上台执政,处死路易十六,《人权宣言》发布,法兰西第一共和国成立

D. 处死路易十六,法兰西第一共和国成立,《人权宣言》发布,拿破仑上台执政

17. 下列有关第一次世界大战的评价,不正确的是(   )

A. 是两大帝国主义集团重新瓜分世界、争夺势力范围和霸权的斗争

B. 战争规模不断扩大,战火波及亚、非、欧、美四洲

C. 为俄国进行社会主义革命创造了条件

D. 使国际关系出现了新的格局

18. 下列各项中,对欧洲战争策源地的形成起了最直接推动作用的是(   )

A. 德国国内出现民族主义情绪

B. 纳粹党上台,对内实行独裁,对外进行扩张

C. 世界经济危机对德国造成很大冲击

D. 希特勒领导纳粹党利用混乱局势扩张势力

19. 历史上对某次历史事件作出了这样的评价:它"改变了苏德战场的形势,大大鼓舞了世界各国人民";"推动了整个战争形势的转变,是第二次世界大战的重要转折点。"这个历史事件是(   )

A. 莫斯科战役   B. 斯大林格勒战役   C. 墨索里尼垮台   D. 雅尔塔会议

20. 推动欧洲共同体成立的根本原因是(   )

A. 欧洲国家在经济发展过程中联系日益密切

B. 面对美苏争霸维护自身安全

C．与美、日分庭抗礼

D．摆脱美国的控制

21．造成"狮身人面像"缺损严重的主要自然原因是（　　　）

A．河流侵蚀作用　　　　B．风化和风蚀作用　　　C．喀斯特作用　　　D．冰蚀作用

22．下列图5-1中，不符合热力环流原理的空气运动方向是（　　　）

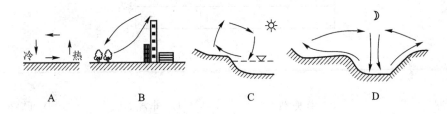

图5-1

23．当地球运行到远日点时，在我国出现的地理现象是（　　　）

A．东部地区盛行偏北风　　　　　　　　　　B．雨带推移到华北、东北地区

C．长江中下游地区刚进入梅雨期　　　　　　D．黄河流域进入枯水期

24．某地位于37°N，118°E，其所属的陆地自然带应是（　　　）

A．温带荒漠带　　　　　　　　　　　　　　B．温带草原带

C．温带落叶阔叶林带　　　　　　　　　　　D．亚热带常绿阔叶林带

25．广西平果县以丰富的铝土资源为基础，发展了氧化铝工业，其发展的能源优势是（　　　）

A．火电　　　　　　B．水电　　　　　　C．核电　　　　　　D．风能

26．下列欧洲旅游景点与其所在国家组合正确的是（　　　）

A．巴特农神庙——希腊　　　　　　　　　　B．水城威尼斯——西班牙

C．卢浮宫——英国　　　　　　　　　　　　D．峡湾海岸——法国

27．我国水能资源最丰富的地区是

A．东北地区　　　　B．西南地区　　　　C．西北地区　　　　D．中南地区

28．下列关于降水的叙述，正确的是（　　　）

A．高压控制的地区，容易形成降水　　　　　B．常年盛行下沉气流的地区，降水稀少

C．沿海地区的山地必然多雨　　　　　　　　D．信风控制的地区，必然降水少

29．下列关于陆地和海洋的说法，正确的是（　　　）

A．太平洋位于五个大洲之间　　　　　　　　B．亚洲直接濒临全球四大洋

C．印度洋位于亚洲、非洲和大洋洲之间　　　D．地跨赤道南北的大洲共有三个

30．关于图5-2的说法，不正确的是（　　　）

A．山脉以北为黄土地，以南为红土地

B．山脉以北为内蒙古高原，以南为华北平原

C．山脉以北为准噶尔盆地，以南为塔里木盆地

D．山脉以北为高原，以南为盆地

31．世界上人口自然增长率最高的大洲是（　　　）

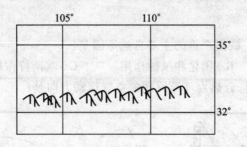

图 5-2

A. 亚洲　　　　　　　　B. 南美洲　　　　　　C. 非洲　　　　　D. 欧洲

32. 下列地形区与其特点组合正确的一组是(　　　)

A. 内蒙古高原——崎岖　　　　　　　　　　B. 云贵高原——雪山连绵

C. 四川盆地——多沙漠　　　　　　　　　　D. 东北平原——黑土广布

33. 图 5-3 四幅气候变化曲线和降水量柱状图,反映我国拉萨气候特点的是(　　　　)

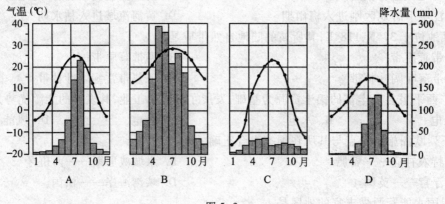

图 5-3

34. 现在我国三江平原已停止垦荒,主要原因是(　　　)

A. 保护湿地生态系统

B. 三江平原土地日渐贫瘠,产出降低

C. 我国粮食生产已经过剩

D. 准备开发当地的石油资源,建立石油基地

35. 我国以冰雪融水和地下水为水源的灌溉农业区是(　　　)

A. 渭河平原　　　　B. 宁夏平原　　　　C. 河西走廊　　　　D. 河套平原

36. 美国东南部利用光热条件,重点发展蔬菜、花卉的生产,供应东北部工业区,主要依赖
(　　　)

① 交通运输条件的改善　　② 廉价劳动力和土地

③ 优良的品质和政策优势　　④ 农产品保鲜、冷藏技术的发展

A. ①②　　　　　　　B. ③④　　　　　　　C. ②③　　　　　　　D. ①④

37. 既是青藏地区的主要农业区,附近又有丰富的水能和地热资源分布的是(　　　)

A. 湟水谷地　　　　　　　　　　　　B. 雅鲁藏布江谷地

C. 横断山区　　　　　　　　　　　　D. 宁夏平原

38. 北美洲各种气候类型中,分布面积最广的是(　　　)

A. 温带季风气候　　　　　　　　　　B. 亚热带季风湿润气候

C. 西部的山地气候　　　　　　　　　D. 温带大陆性气候

39. 关于美国东北部与德国鲁尔工业区发展的有利条件叙述正确的是(　　　)

A. 发展历史都很悠久　　　　　　　　B. 农业基础都比较好

C. 水陆交通都非常便利　　　　　　　D. 附近都有丰富的煤、铁资源

40. 我国北方用"温室大棚"能够反季节种菜,原因是改变了下面的哪个条件(　　　)

A. 热量　　　　　　　B. 水分　　　　　　　C. 土壤　　　　　　　D. 光照

第Ⅱ卷(非选择题　共70分)

注意事项：

1. 用钢笔或圆珠笔直接答在试卷中。

2. 答卷前将密封线内的项目填写清楚。

题号	41	42	43	44	45	46	总分
分数							

二、非选择题:本大题共6小题,满分70分。

得分	评卷人

41. 阅读以下材料,回答问题：(11分)

　　现在本党大会已经表决,这是本党成立以来破天荒的举动。……发表此项宣言,就是表示以后革命与从前不同。前几次革命,均因半路上与军阀官僚相妥协,相调和,以致革命成功之后,仍不免于失败。……即举排满、倒袁、护法而言,我们做革命都是有头无尾,都是有始无终,所以终归失败。……此次我们通过宣言,就是从新担负革命的责任,就是计划彻底的革命。终要把军阀来推倒,把受压迫的人民完全来解放,这是关于对内的责任。至于对外的责任,又要反抗帝国侵略主义,将世界受帝国主义所压迫的人民联络一致,共同动作,互相扶助,将全世界受压迫的人民都来解放……

　　　　　　　　　　——孙中山《对于国民党宣言旨趣之说明》(1924年1月23日)

回答：

(1)"本党大会"是指什么大会？(2分)

(2)"排满、倒袁、护法"是指哪几次革命运动？(4分)

（3）"前几次革命"有什么特点？"计划彻底的革命"又有什么特点？（5分）

得分	评卷人

42. 阅读以下材料,回答问题：（11分）

　　法国大革命中雅各宾派专政时期,为了抗击普鲁士和奥地利组成的反法联军和镇压国内王党复辟势力叛乱,实行的恐怖政策,进行战时总动员,用最严厉的手段打击一切敌对势力和投机活动,断头台成为这时期恐怖统治的标志,期间有三四万人被处死。在这种统治政策下,国内局势稳定下来,叛乱被平息,反法联军也被击退。但人人自危的局面使雅各宾派领袖失去支持,最后众叛亲离。

　　对雅各宾派的专政历来评论不一。有的认为那是在内外形势紧急的特殊条件下采取的非常手段,其结果在主导方面确实挽救了革命。有的强调它的打击面过宽,处决的人太多,而且在恐怖统治下养成了一种心态,即当权的人利用恐怖手段排斥异己。你赞同哪种观点并简单说明理由。（可以赞成一种观点或提出新观点,要求史实准确,言之成理。）

得分	评卷人

43. 试述苏俄新经济政策的主要内容和历史意义。（13分）

得分	评卷人

44. 读图 5-4 和图 5-5,回答下列问题:（11分）

（1）写出国家名称：

A. _____　B. _____

C. _____　D. _____

（2）B 国境内的洲界线为_____,其在世界交通中的重要性是_____,局限性是_____;

（3）B 国家的人口和城市绝大多数集中在_____　_____;该国最重要的矿产资源是_____;

图 5-4

（4）图5-5中的3处旅游胜地,属于B国家的是_____（选择填空），今天景观乙破坏严重的原因是_____。

（5）E河上游流经_____气候区,该气候一年分两季的原因是_____。

甲

乙

丙

图5-5

得分	评卷人

45. 读图5-6,回答下列问题:(11分)

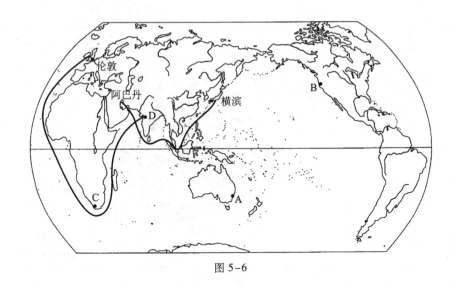

图5-6

（1）由图中伊朗的阿巴丹至日本横滨的航海线,沿途经过的重要海域和海峡名称,依次有__

_____

_____。

（2）图中港口D为_____港,港口C为_____港。由D港口起航经C港至伦敦,沿途经过的重要海域和海峡依次有_____

_____。

（3）一艘油轮由阿巴丹出发,沿途经过红海、地中海、大西洋、北海,到波罗的海沿岸的圣彼得堡,沿途经过的海峡、运河依次有_____

_____

_____。

（4）日本横滨某客轮跨太平洋去 B 海港,沿途是顺风顺水还是逆风逆水? 请说明其原因。

_____。

得分	评卷人

46. 读我国酸雨发生频率分布图(图 5-7),回答下列问题。(13分)

（1）当今世界主要的环境问题有酸雨、_____、_____等。

（2）我国酸雨发生频率相对较高的地区主要集中在_____,其中以_____、_____等省(区、市)最为严重。

（3）试从自然和社会经济等方面,分析这些地区酸雨多发的原因。

（4）防治酸雨问题的对策主要有哪些?

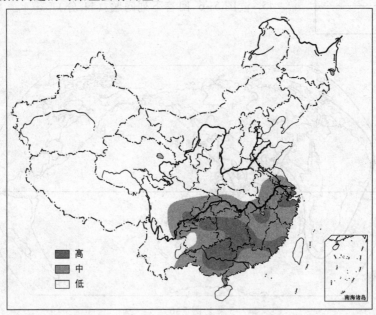

图 5-7

历史地理模拟试卷(五)参考答案及解题指要

一、选择题

1.【答案】C

【解题指要】"五胡"是指自东汉以来居住在我国北部和西部的五个少数民族:匈奴、鲜卑、羯、氐、羌。西晋时期五胡大规模迁往长城以南的内地,内迁过程中不断与西晋发生战争。内迁后,受到西晋统治者的压迫,引起各族的反抗。最终,匈奴族于316年攻入西晋首都长安,推翻了西晋的统治。北方进入了五胡十六国统治时期,南方则由逃亡到建康的东晋政权统治。

2.【答案】C

【解题指要】"风声鹤唳"的成语出自南北朝时期的重要战役淝水之战。当时,统一了北方的氐族前秦皇帝苻坚发大兵进攻东晋;东晋兵虽少,但采取集中优势兵力作战的巧妙策略,利用前秦兵半渡淝水之际,猛烈反击;秦兵一败涂地,纷纷逃跑;晋兵乘势追杀;秦兵闻风声鹤唳都以为是晋兵追来,拼命四散逃亡,东晋以少胜多。本战役中还有一个成语是"草木皆兵",说的是秦兵在逃跑过程中望见山上的草木都以为是东晋的追兵,说明了前秦败兵的狼狈状态。该成语也要一并记住。选项中的官渡之战、赤壁之战均发生在东汉末年,巨鹿之战发生在更早的楚汉战争时期,均不在被选择之列。

对于淝水之战的知识要点还要掌握发生在383年。战争之后,苻坚狼狈逃回长安。前秦兵多将广,为什么会有如此结果,要会做如下分析:前秦虽有兵力80多万,但战线拉得过长,前锋军到达淝水时,后续部队还在长安、洛阳,战略上犯了极大的错误;秦军里的鲜卑、羌等族的将士都希望前秦失败,以摆脱氐族贵族统治;秦军中的汉族士兵更希望东晋取胜,以解除前秦的民族压迫;东晋虽然只有8万军队,但大部分是由淮河两岸富有战斗经验的农民和北方流亡的农民组成,战斗力较强,加上谢安、谢玄等人的有力指挥,因此,晋军能够以少胜多,大败秦军。

3.【答案】B

【解题指要】文成公主与吐蕃(藏族祖先)首领(赞普)松赞干布成婚,是唐代汉、藏民族关系史中的重要事件。发生在唐太宗贞观年间。松赞干布多次派遣使节向唐朝求婚,唐太宗将文成公主嫁给了松赞干布;这不仅仅是一次简单的不同民族之间的婚姻,通过文成公主入吐蕃,带去了大批内地的手工艺品和生产技术与医药书籍,直接促进了吐蕃经济文化的发展。文成公主和松赞干布成婚后,唐与吐蕃的关系长时间交好。

4.【答案】A

【解题指要】本题四个选项中的人物都是古代著名的医生,分别有着著名的医学成就。孙思邈是唐代的著名医生,被称为"药王",要记住他的主要成就是写出了《千金方》;东汉的医生华佗的成就在于创制了麻沸散和五禽戏;明代的李时珍最著名的成就是编写了《本草纲目》;张仲景被称为"医圣"。对中国古代的医学成就的复习,要打破朝代限制,将知识点集中在一起,效果最好。

5.【答案】A

【解题指要】在中国古代历史上秦朝和隋朝是政治制度改革力度最大的朝代。三省六部制创立于隋朝,唐代只是在隋朝的基础上加以完善。这个制度在隋创立、唐代成熟、宋代以后有所发展变化。与三省六部制度同样重要的还有隋朝创立的科举制,这也是在唐代加以完善的重要制度。隋文帝即位后,在中央设三省六部的官吏制度,废除魏晋以来选拔官吏的九品中正制,开始用分科考试的办法选拔官员。隋炀帝时,开始设立进士科,科举制度正式形成。科举制中,进士科最为重要。在复习三省六部制度的同时,可以联系科举制度的有关知识一同记忆。

6.【答案】B

【解题指要】火药是我国古代炼丹家在炼制丹药时发明的,是我国古代四大发明之一。一般只在宋代文化史中讲述,不作为唐代历史的考查要点。实际上,用火药制作武器开始用于唐末的军事战争;但是离火药武器的出现还相差甚远。宋、元时期火药已经广泛用于军事战争,而不是开始使用的时期。元朝时火药和火器还经阿拉伯人传到欧洲。

7.【答案】B

【解题指要】B项的表述错误。因为明朝时期的西洋是指今天文莱以西的南洋和印度洋沿岸一带,并非指今天的大西洋。当时郑和船队所到的三十多个国家,也都是亚洲和非洲的国家。但是,这已经是世界航海史上的空前创举,比欧洲航海家的远洋航行要早半个多世纪。本题其他三项的叙述全部符合历史事实。

8.【答案】B

【解题指要】本题考查考生对历史事件的比较分析能力。定都天京,标志着太平军正式建立了与清政府相对峙的农民政权;北伐失败是太平军前期军事战略的一个重大失误,使太平军丧失了一举推翻清朝统治的机会;安庆失陷则使天京丧失了长江上游的最后一道屏障,天京暴露在湘军的直接威胁之下;而天京变乱则使太平天国丧失了稳定的领导核心,是太平天国由盛到衰的转折点。

9.【答案】D

【解题指要】沙俄是一个资本主义工业落后的国家,它主要靠掠夺别国的土地来为本国资本主义发展提供市场和资源;在近代中国,沙俄通过选项所列的四个不平等条约共掠夺我国150余万平方公里的土地;其中D项与题干相符。

10.【答案】C

【解题指要】维新运动期间,为宣传维新变法,康有为等维新派积极创办报刊、组织维新团体。其中,1895年在北京组织了强学会。1897年,德国强占胶州湾,紧接着列强掀起了瓜分中国的狂潮。为挽救民族危机,康、梁等于1898年组织保国会,以"保国、保种、保教"为宗旨,推动了维新运动的发展。孔教会是辛亥革命后康有为发起组织的,它反对资产阶级共和国,主张复辟;兴中会是孙中山组织的第一个资产阶级革命小团体。考生要注意区分。

11.【答案】D

【解题指要】在复习过程中,把相关的知识综合、比较在一起,往往能起到事半功倍的作用。如关于中国民族资本主义的产生和发展,我们可以这样来记忆:(1)中国民族资本主义产生于19世纪六七十年代;(2)甲午战争后,民族资本主义获得初步发展,其原因:一是清政府允许民间设厂,二是受实业救国思想的影响,许多爱国人士纷纷投资近代工商业;(3)第一次世界大战期间,由于题中所列的四个原因,中国民族资本主义获得进一步的发展;(4)民族资本主义的发展,是资产阶级民主革命发展的物质基础。

12.【答案】C

【解题指要】这是一道知识记忆题。大革命失败后,为了挽救中国革命,中国共产党决定用武力来反抗国民党反动派。南昌起义打响了武装反抗国民党反动派的第一枪,中国共产党领导的人民军队也在南昌起义中诞生了。"八七"会议纠正了陈独秀右倾机会主义错误,确定了开展土地革命的总方针;毛泽东在会上提出了"政权是由枪杆子中取得的"思想。毛泽东在率领秋收起义军队向井冈山进军途中,进行了著名的三湾改编,确立了党对军队的绝对领导。遵义会议是在长征途中召开的,事实上确立了毛泽东的核心领导地位。相关的知识、概念要清楚。

13.【答案】B

【解题指要】中共八大是中国共产党历史上一次重要的会议,它提出的许多理论、新设想都富有创造精神,对于探索社会主义建设道路作出了重要贡献。因此,对上述内容,尤其是关于社会主义社会主要矛盾的论述,考生要给予充分重视。

14.【答案】A

【解题指要】这是一道简单的知识记忆题。1978 年召开的党的十一届三中全会作出了"改革开放"的伟大决策;1981 年,党的十一届六中全会通过了《关于建国以来党的若干历史问题的决议》;1987 年,党的十三大确立了党在社会主义初级阶段"一个中心,两个基本点"的基本路线;1992 年,党的十四大提出我国经济体制改革的目标是建立社会主义市场经济体制。相关的历史知识、概念不能混淆。

15.【答案】A

【解题指要】本题要求考生对"君主立宪制"有准确的理解。所谓"君主立宪制",首先要有君主存在,但君主的权力受到议会和法律的制约。如此说来,无论是处死查理一世,还是成立共和国,抑或克伦威尔担任"护国公"时期,都没有君主在位;因此选项 B、C 和 D 都可以被排除,只有 A 项是正确答案。

16.【答案】B

【解题指要】正确选择的关键,是记住相关的史实发生的时间。

17.【答案】B

【解题指要】本题考查的是对第一次世界大战的宏观理解。第一次世界大战爆发的性质,从双方来说,都是帝国主义战争。德国的目的是实现世界霸权、摧毁英国的海上垄断权、夺取英法的殖民地;奥匈帝国的目的是奴役巴尔干;英国的目的是保住世界霸主地位,打败最大的竞争对手德国,瓜分德国的殖民地和德国舰队;法国的目的是收复阿尔萨斯和洛林两省,进而夺取德国的萨尔区,打垮德国,树立法国在欧洲大陆的霸主地位;俄国的目的是摧毁德、奥在土耳其和巴尔干的势力,确立自己在这一地区的统治;日本的参战是为了夺取德国在太平洋上的属地和攫取德国在山东的权益,进一步侵略中国;意大利则要瓜分北非沿岸的突尼斯等地,建立在地中海等地的霸权。由此可见战争的性质对于双方来说都是非正义的帝国主义战争。由此可见 A 选项是对第一次世界大战正确的评价。在战争进行的过程中,反动、腐朽的沙皇政府在各交战国中危机最深,因此在这里首先爆发了十月社会主义革命。正如列宁所言:"沙皇制度的极端老朽和腐败(加上极其痛苦的战争的打击和负担)造成了一种反对自己的莫大的破坏力量。"由此可见,C 选项也是对第一次世界大战正确的评价。19 世纪的国际格局是欧洲列强统治世界。第一次世界大战后兴起了两股巨大的政治力量,是帝国主义无法摆布的:其一是社会主义国家苏联以及各国的无产阶级革命运动,其二是殖民地半殖民地国家的民族解放运动。这两股力量结合在一起,使得帝国主义国家统治世界的政治格局再也无法维持下去了。由此,D 选项也是对第一次世界大战正确的评价。所以,作为逆向选择题,只有 B 选项是符合题目要求的错误表述,错在战火并未波及美洲。

18.【答案】B

【解题指要】这属于一道最佳选择题类型的试题。此类题的特点是,四个选项都与题干有关系,但要求从中选出“最”有直接关系的一项。本题的 A 项自德国在第一次世界大战战败后就一直存在;C 项是一个重要原因,但经济危机的冲击并不必然导致德国成为战争策源地;D 项同 C 项是同样的道理。

19.【答案】B

【解题指要】首先题干中表明这是发生在苏德战场上的事件,因此可以排除与苏德战场没有直接关系的 C 项。其次要注意两句引文中的“改变”、“转变”和“转折点”三个词,它说明这个事件既对苏德战争又对整个第二次世界大战的战争进程具有重大影响;这样 D 项可以被排除了,因为雅尔塔会议是在战争后期召开的,这时战争进程和结局早已明确无疑。A、B 两项都是苏德战场的重要战役,但前者还只是抵挡住了德军的一个战略方向的攻势,并没有形成整个苏德战场、乃至整个反法西斯同盟在大战中的战略反攻;而斯大林格勒战役恰恰完成了这样的任务。

20.【答案】A

【解题指要】本题主要考查促成欧洲共同体成立的根本原因。题干中的“根本原因”四个字是理解本题题意的关键。它表明需要在众多原因中找出最关键、最内在的一个。A 项是最符合题意的一个。尽管酝酿组建欧共体是在冷战环境下进行的,但从没有把它作为一个政治或军事组织来设计。它的诞生,正是在战后欧洲国家发展经济过程中不断提出合作需求的基础上实现的。其他选项虽然都与欧共体成立有或多或少的关系,但都不是促成其成立的根本原因。

21.【答案】B

【解题指要】本题实际考查的是埃及地理环境特征,主要是塑造地表形态的外力作用类型。首先应由“狮身人面像”推知该地为北非的埃及,大部分属于干旱的沙漠环境,这种环境中最主要的外力作用是风化和风蚀作用。

22.【答案】D

【解题指要】由冷热不均引起的热力环流是大气运动的最基本形式,本题用示意图的形式考查了考生对热力环流原理的理解。四个选项中,A 项是热力环流的基本图,后三幅则是这一原理的实际应用。B 项反映的是城郊热力环流(城市热岛效应),C 项反映的是海陆风(季风环流),D 项则是要反映山谷风。夜晚时,谷地因白昼吸收的热量不易散失而成为热源,产生上升气流,山顶则相对低温产生下沉气流,形成的热力环流方向应与图中相反。

23.【答案】B

【解题指要】本题综合考查与地球运动、中国气候、河流的有关知识,要求对各部分知识都有明确的掌握,才能够整合基础知识进行分析。根据题干所述,当地球运行到远日点时,是每年的7月初,此时,正值北半球的夏季,我国东部地区盛行东南季风,长江中下游地区正值伏旱时节,东部季风区的河流正值汛期,雨带推移到华北、东北地区,因此 B 选项正确。

24.【答案】C

【解题指要】本题考查了运用经纬网定位的能力,以及我国陆地自然带的空间分布这一知识点。考生应熟记北京的经纬度位置为40°N,116°E,由此可知题目中的地点位于北京东南方向不远处,仍属于华北地区的范畴,植被同为温带落叶阔叶林。

25.【答案】B

【解题指要】本题实际考查的是我国广西壮族自治区的能源供应类型。广西地处华南,降水丰沛,河流水量充足;地形属丘陵山区,落差明显,所以水能资源丰富。

26.【答案】A

【解题指要】该题主要考查欧洲著名旅游景点的空间分布知识。欧洲旅游资源丰富,如南欧海滨有阳光灿烂的沙滩浴场,北欧有挪威曲折幽深的峡湾式海岸,以及希腊的巴特农神庙,意大利的古斗兽场、法国的卢浮宫、奥地利的音乐之都维也纳,等等,均是旅游者向往的景点。

27.【答案】B

【解题指要】本题考查我国水能资源的分布,西南地是水能最丰富的地区,其次是中南、西北地区。

28.【答案】B

【解题指要】本题考查气压带、风带以及有关降水成因的知识。凡是盛行上升气流的地区,水汽容易凝结,易成云致雨,形成上升气流的原因有:低气压、山地迎风坡气流被抬升、锋面活动等,这些地区如气流中含有水汽,在上升过程中气温下降,谷易形成阴雨天气。高压盛行下沉气流,空气干燥,降水机会少。沿海地区的山地迎风坡多雨,背风坡干燥。信风控制的地区,源于高压区或者内陆地区的气流干燥,不易形成降水,源于海洋的气流湿润,会形成降水。

29.【答案】A

【解题指要】本题实际考查的是考生对世界海陆分布图中各大洲、大洋的位置的理解。虽未出现地图,但考生必须做到"心中有图"。B项错在亚洲不直接濒临大西洋,C项遗漏了南极洲,D项符合条件的大洲应有大洋洲、南美洲、非洲、亚洲四个。故选A项。

30.【答案】D

【解题指要】本题实际考查的是我国主要地形区的分布大势。题目以经纬网和山脉走向作为切入点,借以强调了山脉是地形的骨架,常是划分地形区的界线这一知识点。根据图中信息可以确定,该山脉为我国中部的秦岭。秦岭以北为黄土高原,以南为四川盆地,故答案选D。A项错误在于四川盆地的土壤应为紫色土。

31.【答案】C

【解题指要】本题考查世界人口的增长态势。非洲是人口自然增长率最高的大洲。

32.【答案】D

【解题指要】本题考查我国主要地形区的特点,内蒙古高原起伏和缓、平坦开阔;云贵高原地势崎岖不平,多山间盆地,喀斯特地貌发育;四川盆地地势北高南低,多丘陵,自然条件较好,物产丰富;东北平原有肥沃的黑土,应选D。

33.【答案】D

【解题指要】该题主要考查考生根据气温变化曲线和降水量柱状图判断气候在我国空间分布的能力。根据附图中水热组合状况,可以确定A为秦岭—淮河以北的温带季风气候,B为南方的亚热带季风气候,C为分布于西北内陆的干旱气候,D为分布于青藏高原上的高原气候。故D

选项正确。

34.【答案】A

【解题指要】本题考查的是我国东北地区可持续发展的具体举措。三江平原属于我国典型的湿地生态系统,在新中国成立初期曾经大规模垦荒,变"北大荒"为"北大仓"。随着认识水平的提高,人们已发现我国已经不再适合通过扩大耕地面积来提高农业产出,而是应当提高科技投入,走生态农业之路。三江平原的生态价值远高于它的生产价值,停止垦荒符合可持续发展的持续性和代际公平性原则。

35.【答案】C

【解题指要】本题考查有关我国农业生产的知识。在我国西北地区,水源是影响农业生产的制约性因素之一,一些灌溉农业区以高山冰雪融水和地下水为水源发展,河西走廊的农业生产依赖祁连山的冰雪融水及地下水灌溉;宁夏平原和河套平原的农业生产是引黄河水灌溉生产,故应选C。

36.【答案】D

【解题指要】本题考查有关农业区位因素的问题。在不同的地区进行农业生产的产销联系,得益于交通运输条件的改善和保鲜、冷藏技术的发展。

37.【答案】B

【解题指要】本题考查青藏高原的相关知识。青藏高原的农业主要分布在湟水谷地和雅鲁藏布江谷地,B选项雅鲁藏布江谷地位于板块交界处,有丰富的地势资源,同时水能资源丰富。

38.【答案】D

【解题指要】该题主要考查对北美洲各种气候分布范围等基础知识的认知水平。北美洲受其地理位置、面积、地形等因素影响,气候类型多样,有热带、温带、寒带多种气候。但其西部高山、高原地形阻挡了西风,使之大陆性气候分布最广(如亚寒带针叶林气候、温带落叶阔叶林气候、温带草原气候、温带沙漠气候)。故D选项叙述正确。

39.【答案】C

【解题指要】本题考查有关传统工业区的相关知识。美国东北部和德国鲁尔工业区都属传统工业基地,两地水陆交通都非常便利。美国东北部有丰富的煤、铁资源,鲁尔工业区煤炭资源丰富,铁矿资源需要从法国进口。

40.【答案】A

【解题指要】本题考查了我国北方地区农业生产的限制性因素及解决途径。我国北方地区由于纬度相对较高,所以热量欠缺,熟制只能达到一年一熟或两年三熟。采取"温室大棚"的方式可有效减少热量的散失,达到反季节种菜的效果。应注意的是大棚只能杜绝空气流动,但不能达到增强光照的作用。

二、非选择题

41.【参考答案】(1)国民党第一次全国代表大会。(2)辛亥革命、护国运动、护法运动。(3)"前几次革命"都不彻底,中途与军阀官僚妥协而致革命失败。今后的革命要彻底地反帝反军阀。

【解题指要】(1)从材料中提示的名称、作者和时间以及材料中"现在"、"此次"、"从新"等时间副词来看,"本党大会"应该是1924年1月左右召开的。再进一步从"以后革命"是要"计划彻底的革命",要"把军阀来推倒","将世界受帝国主义所压迫的人民联络一致"等内容来看,这应该是受到了共产党和苏联影响的大会,由此可知,这次大会是指在广州召开的国民党一大。

(2)既然"本党大会"是国民党一大,当然可以知道孙中山过去几次革命的内容,主要是反对满清政府、反对袁世凯的统治、反对北洋政府拒绝恢复《中华民国临时约法》等活动。由此可知:"排满"是指辛亥革命,"反袁"指护国运动,"护法"指两次护法运动。

(3)根据材料中谈过去革命时的话"均因半路上与军阀官僚相妥协,相调和,以致革命成功之后,仍不免于失败",可知过去革命的特点主要是与军阀官僚妥协而致失败。根据材料中对"计划彻底的革命"说明的话"终要把军阀来推倒,把受压迫的人民完全来解放,这是关于对内的责任。至于对外的责任,又要反抗帝国侵略主义,将世界受帝国主义所压迫的人民联络一致,共同动作,互相扶助,将全世界受压迫的人民都来解放",可知"计划彻底的革命"有两个特点:对内要推倒军阀,解放民众;对外要联合世界被压迫人民反帝。总结起来就是彻底地反帝反军阀。

42.【参考答案】(1)同意第一种观点。理由:雅各宾派的恐怖政策是在复杂背景下实行的。外有反法同盟武装干涉法国,内有王党复辟势力活动猖獗,社会秩序混乱,政局动荡不稳。结果是它将革命推进到比较彻底的阶段,击退了外国干涉军,镇压了复辟势力的暴乱,安定了社会;挽救了革命和拯救了共和国。(2)同意第二种观点。理由:恐怖政策使打击范围随意扩大,违背了法制原则,侵害了公民基本权利;对商业活动的干预过多,违反了资产阶级自由经济原则;逐渐成为领导人铲除异己、维护权力的手段,违背了《人权宣言》规定的民主政治原则。结果使雅各宾派政权陷于孤立而覆亡。

【解题指要】本题考查对法国大革命期间雅各宾派专政的评价,需要调动所学知识和分析问题的能力。针对上述观点,可以赞同其中一个,也可以提出自己的见解,关键是按照题目后的要求,做到"史实准确,言之成理"。本题是开放型论述题,历史论述需要史论结合,因此史实不准确必然会影响到立论的正确性。同时要记住,历史事件是复杂的,对其分析也尽量要全面,片面地认识复杂的历史现象只能步入误区。

43.【参考答案】(1)主要内容:① 废除余粮收集制,实行粮食税;② 实行租借制和租让制,允许发展私有企业;③ 废除国家贸易垄断,发展社会主义商品经济。(2)历史意义:从苏俄的国情出发,利用商品和市场关系发展生产;巩固了工农联盟;使苏维埃政权摆脱了经济和政治危机。调动了群众的生产积极性;促进了国民经济的恢复发展。

【解题指要】新经济政策的三项主要内容涉及农业、工业和流通领域。工、农业作为国民经济的两个最重要部门,在重大的经济政策调整中必然首当其冲。流通领域则是沟通工、农业的主要桥梁。正是由于新经济政策的调整,使战时共产主义时期因政策失误而导致的工农关系紧张、工农联盟面临危机,苏维埃政权的基础受到削弱等情况得到缓解。同时,新经济政策由于适应了苏俄当时的生产力发展水平,起到了调动群众的生产积极性、促进国民经济恢复发展的作用。

44.【参考答案】
(1)沙特阿拉伯　埃及　伊拉克　土耳其
(2)苏伊士运河　沟通红海和地中海,大大缩短了从欧洲、北美洲到印度洋、太平洋西岸各国的航程　运河水深度有限,25 万吨以上大型货轮难以通行,仍需绕道好望角
(3)尼罗河沿岸及河口三角洲　石油
(4)乙　乙地处热带沙漠,昼夜温差大、风力强,风化、侵蚀强烈

（5）热带草原　由信风带和赤道低压带交替控制,形成旱、雨两季

【解题指要】该题考查的是关于西亚、北非地区的主要国家,埃及的基本国情,苏伊士运河的重要意义及北非自然环境的主要特征。

第（1）题,根据海陆轮廓可辨认出图示区域在亚、非之间,西亚、北非号称"两洋、三洲、五海"之地,是世界交通要冲,标明的几个国家都是本区的大国,其国土轮廓、位置应熟记。

第（2）题,本区作为洲界线的水上要道主要有二,即土耳其海峡和苏伊士运河,其中以苏伊士运河的意义更为重大,这在世界交通和石油输出等章节内容中均再三强调。

第（3）、（4）题考查的都是重要国家埃及的基本特征,金字塔和狮身人面像的破损问题似乎没有讲过,但景观的改变无非是人为原因和自然原因两种,稍加分析即可发现当地的风沙环境应是破坏的主力,这一点需要考生灵活应变。

第（5）题,首先确认该河为尼罗河,是世界第一长河,其上源位于非洲中部、东非高原上的维多利亚湖,属于热带草原气候类型,进而再分析这种气候的成因应为气压带、风带的季节移动。

45.**【参考答案】**

（1）阿巴丹→波斯湾→霍尔木兹海峡→阿拉伯海→印度洋→马六甲海峡→南海→巴士海峡→太平洋→横滨

（2）孟买　开普敦　阿拉伯海→印度洋→莫桑比克海峡→大西洋→英吉利海峡→多佛尔海峡→伦敦

（3）阿巴丹→霍尔木兹海峡→曼德海峡→苏伊士运河→直布罗陀海峡→英吉利海峡→多佛尔海峡→北海—波罗的海运河（基尔运河）→圣彼得堡

（4）顺风顺水　日本横滨与B海港正位于北半球的西风带,在西风吹拂下形成了由西向东的北太平洋暖流。所以由横滨向东去B海港,是顺风和顺水航行。

【解题指要】该题主要考查考生对世界主要大洋、海域、海峡、运河空间位置的识记水平,同时还考查了洋流流向和风向与远洋航行的关系等知识及相应的判断能力。

世界海域的空间分布是世界大洋航行的空间场,是世界地理中的最基本的知识之一;它也是世界海洋资源利用的不可替代的知识,考生应重视世界海域名称的识记和空间方位的记忆,养成读图和用图的习惯,把地图当做学习地理知识的重要工具和获取地理信息的源泉。

46.**【参考答案】**

（1）全球变暖 臭氧层空洞（物种灭绝）

（2）长江以南或南部 湖南 广西（或重庆、上海,答对两个即可）

（3）主要的自然原因是气候湿润,降水丰富;主要的社会经济原因是能源消费结构以煤炭为主,使用的燃料中硫的含量高。（答案合理,即可得分）

（4）采用脱硫技术,改变能源消费结构（或使用清洁能源）,提高能源利用效率。（答案合理,即可得分）

【解题指要】本题以酸雨为主考查当今世界的主要环境问题。题目涉及中国的酸雨问题,要求熟练掌握中国政区的知识。

第（1）题,全球变暖、臭氧层空洞、酸雨、物种灭绝是主要的环境问题。

第（2）题,从图中可以看出,酸雨严重的地区集中分布在长江以南的地区,颜色深的地区是危害严重的地区,包括湖南、广西、重庆、上海等省市。

第(3)题,"酸雨"即酸性降水,因此要从酸性和降水两个角度来回答这个问题,从自然条件来看,我国南方地区气候湿润、降水丰富;社会经济方面,当地的生产生活活动有酸性气体的排放,能源消费构成中以煤为主,我国煤炭资源含硫量高,燃烧后排放的气体中含有硫。

第(4)题,从问题产生的原因入手,分析这个问题,在能源利用的各个过程中,尽可能地减少酸性气体的排放。